— the —
EXTINCTION FILES

BEST 嚴選

奇幻基地出版

大滅絕檔案終部曲

大滅絕・未來

The Extinction Files

傑瑞・李鐸 著

陳岳辰 譯

A. G. Riddle

BEST 嚴選

緣起

在繁花似錦的奇幻文學花園裡，你或許還在門外徘徊，不知該如何抉擇進入的途徑；也或許你已經置身其中，卻因種類繁多，或曾經讀過不合口味的作品，而卻步、遲疑。

BEST嚴選，正如其名，我們期許能透過奇幻基地對奇幻文學的了解，以及對讀者的理解，站在出版者與讀者的雙重角度，為您精選好作家與好作品。

他們是名家，您不可不讀：幻想文學裡的巨擘，領域裡的耀眼新星。

它們最暢銷，您怎可錯過：銷售量驚人的大作，排行榜上的常勝軍。

這些是經典，您務必一讀：百聞不如一見的作品，極具代表的佳作。

奇幻嚴選，嚴選奇幻。請相信我們的眼光，跟隨我們的腳步，文學的盛宴、幻想世界的冒險，就要展開。

20

看見珮彤坐在餐廳裡的那一夜，戴斯蒙輾轉難眠，腦海不斷重播同樣的畫面。除了珮彤，他還一直想起迎著風雪站在街邊時，尤里臉上的表情。他覺得有什麼地方不對勁，一股異樣感梗在心頭。這背後有內情，可是戴斯蒙還看不透。

他下了床，到浴室朝臉上潑水後，走出了房間。本來以爲會在電梯前的接待櫃檯遇上珍妮佛，沒想到竟是一個亞裔青年坐在那兒，盯著筆電螢幕。

瞧見戴斯蒙，他立刻起身。「先生早。」

「早……」

「請叫我阿奐就好。」

「你好。」戴斯蒙愣了一下。「珍妮佛請假？」

「您說哪位？」

「珍妮佛。珍妮佛·尼爾森。之前白天都是她在這裡。」

「我不清楚，先生。我沒見過她。」阿奐遲疑一下子之後問：「需要爲您送餐嗎？」

「謝謝，不必了。」

戴斯蒙回到圖書館巨大落地窗前的長桌坐下，繼續思考人類早期漫遊世界的過程。他們消滅了尼安德塔人、丹尼索瓦人、佛羅勒斯人等各種古人類，卻留下黑猩猩、大猩猩、倭猩猩這些靈長類。爲什麼？

但無論他怎麼試圖努力，都沒辦法專注，心思一再回到餐廳前面。珮彤的臉龐。還有同席的琳恩。琳恩那種平靜無波的氣息，簡直和尤里一個模子印出來。

專注。

他站起來，步上蜿蜒金屬階梯，到了三樓，停在季蒂昂密會紀錄前方。他從六〇年代晚期抽出一本又一本翻閱，終於找到他需要的部分。

關鍵環節之一。

他再到二樓，又查詢米格魯號的探險紀錄，總共有好幾大冊。戴斯蒙一次搬了五本下去，在桌上堆了高高一疊，仔細閱讀。

兩天後，他終於有辦法回答尤里的問題。

尤里的嗓音在挑高的圖書館內迴蕩時，嚇了戴斯蒙一跳。「看你一副胸有成竹的模樣，」尤里走至桌邊坐下。「說來聽聽。」

戴斯蒙清清喉嚨。「現代人類是地球歷史上最可怕的殺人魔後代。」

「動機？」

「爭奪熱量和蛋白質。」

尤里臉上露出罕見的微笑，但那抹笑意稍縱即逝。「解釋看看。」

「其他人種，像是尼安德塔、丹尼索瓦、佛羅勒斯都是熱量競賽的競爭者，棲息在叢林的靈長類反而還好。猿猴需要的熱量比人類少得多，黑猩猩和倭猩猩每天只要四百大卡，大猩猩也只要六百三十五大卡左右，紅毛猩猩多一點是八百二十大卡。雖然這些動物的體型比人類大，但關鍵在於腦部。大腦每一磅組織消耗的熱量是肌肉的二十倍。

「更重要的是，其他靈長類大多是草食，主要吃香蕉、堅果之類，不會與人類爭奪腦部擴大以後最好的熱量來源——也就是肉，特別是煮熟的肉。爲了尋求更多的肉，古代人離開非洲，一路擴散到澳洲。我們的遷徙對地球造成了巨大衝擊，引發一場全球性的滅絕。」

「滅絕的是什麼？」

「巨型動物。現代人的祖先每次遷入新地區，就會導致該處的巨型動物滅絕。四萬五千年前，古人抵達澳洲時也發生同樣的現象：他們在那邊找得到超過一千磅的長頸鹿、兩噸的袋熊、二十五呎長的大蜥蜴、四百磅重不會飛行的鳥類，還有三百磅重的袋獅以及與汽車一樣大的烏龜。然而在很短的時間內，這些重量超過一百磅的動物消失了百分之八十五，絕對不是偶然。」

尤里的表情紋風不動。「繼續。」

戴斯蒙翻開一本米格魯號的紀錄。「研究員在世界各地都找到了我們的祖先殺害的物種，這種現象構成所謂的『第四紀滅絕事件』。」他指著書本說：「標本證明滅絕的凶手就是古人類。那是全球規模性的種族屠殺，殺害的不止其他人種，也包括地球上所有大型哺乳類，僅有少數種類逃過一劫。時至今日，人類在地球上的生物質量已達三百五十萬公噸，是所有綿羊、雞、鯨魚和大象『加起來』的三倍之多。整個星球生態圈幾乎是爲了供應人類腦部所需的龐大熱量而存在。」

「巨型動物消失之後呢？」

「古代人遭遇危機，人口縮減，但他們繼續遷徙、擴張，爲此還渡過白令海峽，抵達南美，也漂流到南洋群島、夏威夷、復活節島等地，全都是爲了找食物。

「眞的找不到巨型動物以後，人類數量就很難增加，於是演變成澳洲那種狀態。他們到了那裡以後殺光大型獵物，與當地生態漸漸達成新的平衡，結果錯過下一波席捲世界的新浪潮，也就是往後熱量的主流來源——農業。農業是一次革命，耕種米、麥之類的穀物，爲人類提供源源不絕的能量，而且風險比狩獵更低。因此都市大約在一萬兩千年前開始形成，成立的前提就是農業。農業造就人口爆炸，也爲商業、書寫、律法、貨幣鋪路。這一切全部都起源於人類特別大的腦部，需要特別多的能量。」戴斯蒙停頓片刻。「澳洲原住民的祖先則跳過這個階段，停留在狩獵與採集，直到被外界發現爲止。他們沒有發展出農業，也就沒有都市和都市化的生活模式，而生活模式又關乎思想與研究的創新。」

「很好，戴斯蒙，解析得非常詳盡。但你還缺了一環。」

戴斯蒙靠著椅背，準備洗耳恭聽。

「爲什麼是我們？」尤里問。

「我們？」

「怎麼活下來的不是尼安德塔人？他們的腦部更大、體型更大，肌肉強壯，適應力非常好；

在被我們祖先消滅之前，至少在兩塊大陸生存長達五十萬年。有個地方，你該再看看。」尤里將那疊書拉到自己面前，一本一本查看目錄後，翻到特定一頁，轉過去給戴斯蒙看。內容是記載米格魯號一九七三年的德國之行。

戴斯蒙很吃驚。「你全都讀過了？」

「世界上沒有人比我更熟悉這些紀錄。」尤里低頭望向頁面上的黑白圖片，那是個考古挖掘現場，已經找到骨骸。「那次的行動很危險，想進去一九七三年的東德很難，想出來更是難上加難，想把東西運到國界之外，可說是難如登天。幸好，我有俄羅斯的人脈打通關節。」

「你？所以你進去過米格魯號？」

「從出航……到沉沒前一陣子。」

「可是名字——」

「米格魯的紀錄找不到，密會紀錄也一樣找不到。所有名字都是捏造的，否則這間圖書館被敵人發現的話，後果不堪設想。」

戴斯蒙張嘴想再問清楚，但尤里打斷了他。

「先專心解開眼前的謎題，戴斯蒙，別浪費時間在季蒂昂的歷史上。」尤里指著書說：「我們在那次行動，找到了五萬年前尼安德塔人居住過的洞穴，裡面有石造火爐、祭祀用的土丘和其餘石器。根據線索研判，部落裡有老人，其中一些還生了病，可能已病了好幾年，但得到同胞的悉心照顧。尼安德塔人和我們其實很相像，不可思議之處在於：我們怎麼會取得那麼大的優勢？」

「行爲現代性——」

「不要倒果爲因，戴斯蒙。什麼因素決定了勝敗？好好思考，設想一下不知道結論的前提：當你回到五萬年前、站在山上，看見這邊的山谷是自己的祖先，隔壁的山谷裡住著尼安德塔人，你認爲誰能征服世界？答案或許顯而易見，否則在這裡聊天的人輪不到我們。然而，兩個族群當時的發展程度只是看似非常接近。繼續挖掘，答案一樣能在這裡找到。」

☣

尤里離開以後，戴斯蒙坐在原位沉思良久。他再翻開米格魯號探索紀錄，閱讀那些報告，試圖找出代表尤里的人名是哪一個。「林達斯」博士？沒錯，就是這個了，不僅口氣吻合，而且「林達斯」就是「史達林」的逆寫。尤里在二次大戰後的蘇聯長大，史達林造成他生命中諸多苦痛，自然是他最反對的人物。

戴斯蒙再往下讀，看見考古學、遺傳學、生物學各領域內容。讀到最後一部分時，他的頭皮開始發麻，一頁接著一頁停不下來，腦海閃過珮彤與她母親用餐的畫面。怎麼會呢？

他像著了魔似地將探索紀錄一口氣全看完，然後推開椅子，起身揉眼，覺得需要新鮮空氣舒緩緊繃的神經，於是換上慢跑服，往電梯走去。

阿奐見到他又立刻起身。「先生，需要什麼嗎？」

「出去透透氣而已，謝謝。」

他跑向海濱，清冽的海風灌進肺葉，在靠近碼頭時轉爲充斥濃厚魚腥味。周圍的人群也不同了，從本地人換成指著惡魔島和夕陽下的金門大橋拍照的觀光客。但戴斯蒙無論走了多遠，都覺得自己被監視著。他試著放慢步伐，前後左右張望。

過了八點，他才回去圖書館。腦筋在外頭兜兜風之後是清楚了一些，也對自己的猜測有了十足把握，但最後還是得加以驗證。

他在淋浴更衣後披上外套，拿了錢包又出門。走在前幾個路口時，戴斯蒙還是動不動就回頭查看，後來心想爲什麼要這麼擔心呢？假如自己猜中了，也只能解釋尤里如何得知珮彤和琳恩所在的餐廳，並不代表自己受到監控。

到了海灣街，他招來一輛計程車。「到門洛帕克的溫莎社區。」

司機對著掛在擋風玻璃內側的導航輸入地址後，車子便駛進了夜色之中。

☣

計程車差不多一小時以後停在僻靜住宅區內。戴斯蒙付了車資，要司機等著。自己帶著加速的心跳走到門前，覺得喉嚨好像梗著什麼。其實他很想轉身，要是弄錯了會尷尬到極點。

但他還是敲了門。屋裡亮了燈，傳出腳步聲，窺孔後頭貼上一隻眼睛。門隨後打開，琳恩．蕭身上還穿著褲裝，像是才剛下班回到家。

「戴斯蒙？」

「我能進去嗎？」

「當然。」

之前戴斯蒙來過這裡幾回。琳恩的家居裝潢很普通，甚至可以說像是準備出售一樣。他知道琳恩大半時間都在史丹佛大學或自己的公司裡進行基因研究。

「改名這招還眞的騙到我了。」他開口。

「你在說什麼？」

「妳是米格魯號和季蒂昂的一員吧？我讀過報告了，雖然一切都掩飾得很好，但還是能找到蛛絲馬跡。珮彤提過一些關於妳和她父親的事，日期都能對得上。米格魯號沉沒那天，他在船上嗎？我看時間是重疊的。」

琳恩坐到凸窗前的扶手椅上，示意戴斯蒙在沙發坐下。

他還是站著。

「坐下吧，戴斯蒙。」琳恩聲調平淡卻嚴肅。他就座之後，身子向前傾，手肘放在大腿上。

「你究竟想知道什麼？」

戴斯蒙一直很欣賞琳恩的直來直往。

「我一直以爲尤里找上我，是因爲我主動調查了季蒂昂。我之前在一間叫作SciNet的新創公司上班，工作中無意間發現了你們的組織。」

他停頓下來，看看琳恩會不會主動透露什麼，但琳恩只是盯著他瞧。

「現在我懷疑……」他繼續說：「是妳叫他拉攏我的。」

戴斯蒙在琳恩臉上尋找線索，但她不爲所動。

「我想知道原因，」他稍微遲疑。「這不爲過吧。」

琳恩總算偏過頭，嘆著氣說：「尤里去找你之前，我們一起把紀錄裡所有他、我和珮彤父親的照片都拿掉了，還以爲不至於被你拆穿。我可是很少看走眼的，戴斯蒙。」

「爲什麼？爲什麼是我？」

「珮彤。」

「珮彤？」

「你讓她心碎了。」

這句話的力道之強勁堪比獵象槍。「我不是故意……」

「我懂。有些事情……不是你自己能控制的。」琳恩的聲音變低了：「我明白那種感覺。失去一生摯愛的滋味，我也懂。你走了之後，她整個人都不一樣了。」

「我……」

「戴斯蒙，你聽著，她變了，你也變了。但你們還有機會。因爲，魔鏡能夠治癒所有傷口。」

「尤里承諾我的事情，是眞的？」

「是。」

「妳是爲了這件事才找我加入？」

「對。」

「妳的動機是？」

「爲人父母都一樣，我只是希望女兒能幸福，過得比我好。」

兩人沉默一陣，後來戴斯蒙再開口：「我該不該……告訴尤里我們見了面？」

琳恩悶哼一聲。「何必呢，誰都別想走在尤里．帕挈柯那種人前面，我看他早已知道你在這裡。另外，他非常有可能正在聽我們談話。」

「那我該怎麼做？」

「乖乖回去，一切照舊。放棄這條路的話，你就等於放棄她。」

21

康納已經嗅到遠處大火飄來的焦煙氣味。無線電竊聽到的狀況十分混亂，火舌沿著一幢幢住宅流竄，居民爲了自保已顧不得宵禁，連忙紛紛走避。

從琳恩住處客廳那扇凸窗內，他看見別人家的車庫開了門，一輛黑色BMW駛進街道，加速離去。

他走回車庫，貨車後門開著，帕克醫師在裡面盯著平板螢幕上藍色、綠色、紅色的線條波動。

「還要多久？」

醫生沒抬頭。「快了，二十到三十分鐘。」

康納覺得沒那麼多時間能耗下去。

他再回到屋子裡，穿過廚房，走進琳恩·蕭的臥室。梳妝檯上有張照片，背景是大峽谷，母女三人加上兒子安德魯站在一起。這畫面十分突顯了孩子的爸、琳恩的丈夫威廉的不知所蹤。

康納拿起照片後一怔。背面竟然有東西，摸起來是金屬材質。他趕快翻到相框背面。

相框背面居然用膠帶黏了一把鑰匙。

鑰匙並不大，看來應該是掛鎖或保險箱，握柄頂部兩邊覆蓋了一層白漆，但其下的軸身、齒部與尖端是普通的銀色。爲什麼？

他逐一拉開梳妝檯抽屜，找找看哪裡有鎖頭或保險箱，也拆了床單、掀了床墊、打開床頭櫃檢查。什麼也沒找到。

他走到窗戶邊望向後院，心想會不會藏在花園或小倉庫之類的地方。但都沒有。於是他又在屋子裡每個房間繞了一圈。

一般人最不容易想起來的地方是哪裡？

他回到走廊，找到繩子拉下通往閣樓的階梯，踏上去的時候，階梯搖搖晃晃、吱吱作響。他又拉了燈泡開關的細繩，亮了之後什麼也找不到，只有屋椽、暖氣空調和泡沫隔溫層。

康納爬下階梯，覺得有些氣餒。

難道琳恩·蕭早就懷疑住處會被人侵入，故意留一把沒用的鑰匙分散注意力？不無可能，但他還沒打算放棄。

康納再進入臥室。

琳恩家裡沒有更衣間，只擺了兩個百葉折疊門的隱藏式衣櫃，以那年代的房屋設計而言很常見。他觀察櫃子內部——果然左右不同。右邊櫃子裡的側牆與後牆交會處，能看到尋常用來圍繞門窗的白色飾條。

似乎找對方向了。

康納將櫃中的衣服扔到地板上，伸手推擠後牆。牆面確實動了，雖然只有一點點，但程度還是超過一般以牆骨固定的石膏牆。他在整片後牆搜了搜，卻沒發現鑰匙孔。

接著他注意到地上擺著兩層式鞋架，但拉開後只看到地板的硬木條。

康納蹲下，視線順著牆底白色木頭飾條檢視一陣後，看到有塊地方的反光不太一樣。他伸手一探，發現不是木質而是金屬——還是圓形的，中間用透明膠帶貼上列印紙掩飾。

撕下一看，後面的確是個鑰匙孔。

他用鑰匙尖端在鎖孔周圍刮了刮，不出所料，鎖當然是銀色的。康納冷笑，心想琳恩果然心思縝密過人，爲了掩飾鎖孔還上了白漆，讓它和周圍飾條融爲一體，但上漆時也不忘先插入鑰匙，避免油漆滲入鎖孔內。鑰匙上奇怪的白漆應該就是這樣留下來的。

他插進鑰匙、轉動以後，聽見咔擦聲。康納再次使勁一推，後牆並未直接彈開，只是露出幾吋寬的縫隙，所幸已足夠他擠進密室。

裡面和閣樓一樣有個拉繩式電燈，亮燈之後的眼前所見，令康納呆了半晌。他趕快關上密門，蹲下查看琳恩藏匿的東西。

角落裡放了一套折好的軍服。應該已七十年以上沒人穿過，畢竟那個政權早就滅亡，但納粹制服可是非常好認的。

制服旁邊有個鞋盒。康納小心地打開它，裡面是一疊照片，大部分是黑白照，表面留下混凝土裂痕般的皺褶，邊緣凹凸不平、四個角都已磨圓。影中人多半是同一個中年白人男性，歐洲血統很明顯。

牆上有一幅世界地圖，以許多圖釘標記了各地大城市，康納看不出意義何在，便取出手機將密室拍下來，上傳到季蒂昂伺服器。

接著他撥了電話。

「嗯？」尤里一如往常毫無情緒。

「在琳恩．蕭家裡找到了有意思的東西，你快看看。」

22

寬闊的戰情室裡，眾人忙得不可開交，尤里的部下十分盡責地安排好所有事務，「魔鏡」很快就能上線，他的畢生心血即將開花結果。

地上散落很多用過的咖啡紙杯，像是被沖上海灘的垃圾。他小心地避開，走進裡面的會議室，梅麗莎．惠麥爾與兩名技術人員已經等候著。

他才坐下，紅髮女子就開口報告：「開發團隊估計『昇華』控制系統已經完成一半，但特別提醒我們進度與時程很難拿捏，僅供參考。」

她停頓一下，尤里只是點點頭。

惠麥爾翻了一頁檔案，微微嘆了氣。尤里感覺得到接下來是壞消息。

「隱日號的米凱洛娃艦長剛才捎來消息。水面與米格魯號都已搜索完畢，她派遣的入侵小隊已經陣亡。」惠麥爾又停頓：「不過，掌握了對方的逃亡路線，她會從波斯特—羅傑斯——」

「告訴她，別浪費時間。琳恩．蕭逃走了就是逃走了，現在要假設她從米格魯號帶走了東西。」

「我們與政府內的暗樁聯繫過，沒發現他們進行通報。」

「她不會指望政府的。以琳恩的心眼，一定會保持蟄伏，直到關鍵時刻才出頭。」

「下一步該如何做？」

「追著她跑無濟於事。」尤里回答：「要逮到她就得判斷她的目的地，直接到那邊埋伏出擊。還得調查她究竟打什麼主意。琳恩一定有同黨，若他們打算破壞『魔鏡』的話，只控制她或許還不夠。」

「您的意思是？」

「深入調查她的過去。將對她可能有特別意義的地點做成清單，然後列出與米格魯號科學團隊有關的所有地點，兩者交叉比對。有交集的地方就派一支小隊駐紮，一旦確認潛在目標就派遣出動，不必再向我確認。另外也召集一支戰略小隊，做好隨時進發的準備。」

23

飛機持續朝著黑暗中的北極前進。到達牛津的最短路線就是切過地球的頭頂，穿越格陵蘭與冰島。

珮彤自己找了一張座椅坐下，對面的長沙發上有她母親、艾芙莉和奈傑爾。兩名海豹隊員沒坐下，在附近徘徊走動。

「《愛麗絲夢遊仙境》的作者，筆名路易斯．卡羅。」艾芙莉說：「不過，感覺上應該是續集《愛麗絲鏡中奇遇》和現在的狀況比較相關才對。妳怎麼能從*A Liddell*連結到路易斯．卡羅？」

「其實，*A Liddell*是連結到『愛麗絲．李道爾』（Alice Liddell）。」琳恩解釋：「她就是小說主角的原型。卡羅寫書時，這個愛麗絲還是小女孩，她父親是牛津大學基督堂學院院長。卡羅的眞名叫作查爾斯．路特維奇．道奇森，他在牛津念書，後來也擔任教授，十分多才多藝，對文學創作、邏輯學、數學、攝影都有研究，也是英國國教助祭。」

「嗯哼，」奈傑爾開口：「我是不怎麼瞭解他的生平，但有一件事我很肯定——他已經死了，死了很多年。那是一八不知道多少年的事。」（注）

「當然。」琳恩說：「可是博德利圖書館歷史更加久遠，前身早在十三世紀就已經存在，並且以收藏稀有初版書聞名。若我沒猜錯的話，這次的目標就是《愛麗絲夢遊仙境》那難得一見的初版。」

太陽在格陵蘭海岸線上衝出海平線，珮彤凝望由橙橘轉為淨白的曙光，接著卻是一陣刺痛來襲，彷彿爪子鑽進眼珠。她趕快闔上眼睛，感覺溫熱在臉上蔓延。一整個月沒看見陽光，此刻才察覺自己有多麼懷念。

上個月，她挖掘出生命中好多祕密：父親與兄長、母親和季蒂昂，還有戴斯蒙。彷彿她以前的人生活得蒙昧無知，直至此刻才重見天日。起初覺得疼痛，但珮彤選擇慢慢地睜開雙眼，面對太陽的明亮燦爛。她做好準備了。

注：路易斯·卡羅（Lewis Carroll）於一八九八年逝世。

24

二〇〇三年冬天，戴斯蒙醒著的每分每秒，幾乎都耗在俯瞰舊金山海灣的圖書館內。尤里每星期都會露面，戴斯蒙反覆嘗試回答他深奧難解的問題，但一而再再而三地被指出盲點所在。

「我們直立行走，靈長類不是。大猩猩、黑猩猩、倭猩猩都不是，差異不僅僅在於外表。」

尤里靜靜地坐在華麗的多層大燈臺下聆聽。

戴斯蒙繼續說：「直立行走對演化造成巨大影響。女性的產道變窄，但同時腦部卻擴大，隨之而來的是分娩困難，於是子嗣顱骨上出現囟門，生產過程中受產道擠壓，嬰兒頭部骨骼才能重合。孩子出生後兩年內，囟門都保持分開的狀態，腦部成長不受阻礙。這種現象在黑猩猩、倭猩猩身上都找不到，牠們的腦部在子宮內已經大致發育完成，分娩時囟門已經密合，腦容量不會再增加。

「所以，如果將人類嬰兒與猿猴嬰兒做比較，會發現牠們的幼兒發育程度較高。人類嬰兒則必須等到十八至二十一個月的時候，才有類似的水準。與其他物種相比，人類嬰兒剛出生時幾乎無法自立，必須完全依賴父母，親子關係因而萬分緊密，進一步形成聚落之類的社會結構，保護後代。我們以家庭爲單位生存是演化的結果，透過文化和社會手段來解決生產過程中面對的生物性困難，這也是人之所以爲人的特徵。」

他抱著期望等待，但尤里又搖了搖頭。

「有關聯，但不是關鍵。再挖深一點，戴斯蒙。」

他照辦了，日以繼夜苦讀不休。好幾個月過去，聖誕節、新年都流逝。戴斯蒙本來還想著能不能欣賞白雪覆蓋金門大橋的景致，但窗外畫面是與第一天相同的紅霞。季節更迭卻不見飄雪的現象，至今他都無法習慣，舊金山的緯度明明不低，卻好像關在泡泡裡，無視自然規律，冬天不冷夏天乾燥。

二月的情人節到來，他總在這時節想起珮彤。不知珮彤會不會有了新對象，過得幸不幸福？也許琳恩錯了——戴斯蒙心裡有一半這麼希望，另一半的他卻又不願這麼希望。

隔天，尤里坐在圖書館裡等著。

「溝通。」戴斯蒙又提出答案：「米格魯號研究了尼安德塔人的化石，他們的喉嚨不一樣，發聲變化不及我們，也就沒有像我們一樣發展出複雜語言。」

「越來越接近了。」

尤里走出去以後，戴斯蒙拿了本書用力砸向牆壁。

阿奐跑了進來。「先生？」

「運動而已。」

「要不要我——」

「不必。謝謝。」

戴斯蒙回房換衣服，然後搭電梯下樓。他跑步穿過電報山、行經聯合廣場，再從金融區出來。到了教會區裡，他放慢腳步整理思緒。

片刻後，他靈光一閃。

☣

隔天早上，他打電話給尤里。「我想通了。」

「我現在過去。」對方回答。

尤里到達以後不像往常那樣直接坐下來，而是站到落地窗前，望著晨光從玻璃漫入室內。

「故事。」戴斯蒙開口說，尤里一聽便立刻坐下。

「創作。我們能夠創作，其他物種做不到。」

「繼續說下去。」

戴斯蒙翻開米格魯號研究紀錄其中一頁。「這是西班牙阿爾塔米拉岩洞，壁畫是三萬五千年前的東西。」

「草原野牛。」尤里說。

「你知道？」

「我在挖掘現場。」他輕描淡寫地說：「不過草原野牛並非虛構，作畫時確實有這種動物。」

「對，人類眞正的突破關鍵是『想像力』，尤其是想像不存在的事物。」戴斯蒙起身說：「尼安德塔人會用火，會埋葬同胞，會照顧病人，也和我們一樣直立走路，能製作石器。然而，這些表現大半還是適應環境的反射行爲。我們則不一樣。我們透過想像在腦海中描繪出實際上不存在的東西，以及一旦那些東西進入現實會如何影響世界。

「你先前提到了早期澳洲原住民，爲什麼他們可以到達海的另一邊，尼安德塔人做不到，丹尼索瓦人也做不到？就是因爲想像力。他們想像出能夠載著自己漂洋過海的工具，可能是竹筏或是簡單的船隻。做出來以後眞的出航了，也找到新的土地提供豐富熱量，供給發達的大腦，於是這種生物電腦在他們心中具現出新的現實、模擬他們可以選擇的不同版本未來有哪些。」

尤里笑了，而且是誠懇的笑容。戴斯蒙從未在他臉上看過這種神情。「說對了，戴斯蒙。」

「所以……這就是答案？你要我研究的就是這個？」戴斯蒙問：「人類特徵最精華的部分──想像力、創造力、模擬現實的能力，來自於獲得足夠能量的大腦。」

「沒錯，這個特徵使我們與地球上其他物種有了決定性的差異，也是人類所有進步的核心所在。此外，這種能力有其規律，指引出人類做爲物種的前進方向。」

「我不懂。」

「你馬上就會懂了，」尤里站起來。「只要回答最後一個問題。」

戴斯蒙忍不住搖起頭。

「要有耐心。」尤里邁出一步。「時機成熟自然水到渠成。但首先我有東西給你，算是獎勵。」

「什麼獎勵？」

「旅行。」

「去哪裡?」

「以你的情況而言,似乎條條大路通澳洲。」

☣

當天晚上,兩人就從舊金山國際機場乘坐私人飛機出發。十七小時航程中,他們坐在高級沙發椅上下下棋,或者輪流在長沙發上睡覺。戴斯蒙偶爾問些問題,尤里全部都迴避掉了。

飛機降落以後,戴斯蒙訝異地發現居然還是晚上。飛機朝著日落方向飛行,航線呼應了地球自轉。

尤里沒提示目的地,但看機場號誌也能知道,他們身在阿得雷德。上回他走在這座航廈時,珮彤待在他身邊,陪他試著重溯過去,與人生和解,只可惜失敗了。難道尤里也是同樣的打算?結果不會有任何改變的。

更之前那次則是孩提時代的記憶,也就是離開澳洲、前往美國的日子,陪著戴斯蒙的是另一位他深愛的女性——那時夏綠蒂是牽著小男孩的高䠷大姊姊,她臉上的笑容是他黑暗生命中唯一的光亮。

然而黑暗遲遲不肯散去。此刻隨著尤里穿越機場的他,甚至懷疑是否有結束的一天,感覺回到澳洲也是白費工夫,在這兒找不到解答。可是琳恩·蕭曾說過,他還有機會與珮彤復合,對戴斯蒙而言,這一丁點的希望也就足夠。他會繼續跟在尤里身後,無論道路盡頭在何處。

轎車在機場外等候。司機看來不簡單，他一身黑西裝、脅下看得到鼓起物。戴斯蒙心裡起疑，但坐在後座沉默不語。車子開進鄉村小鎮，停在戴斯蒙很熟悉的墓園之外。外頭下起了濛濛細雨，太陽從山丘後面探頭，他們下車走在墓碑之間，尤里手裡拿著黑色垃圾袋，裝著不知什麼東西。

「你知道今天是什麼日子嗎？」尤里輕聲問。

一經提醒，戴斯蒙馬上會意：「森林大火過了剛好二十年。」那場大火奪走他的家人，徹底改變他的人生。

尤里腳步趨緩，掏出黑色塑膠袋裡的東西。原來是個花圈。他遞給戴斯蒙以後停步。

戴斯蒙站著好一會兒，感受陽光溫暖臉龐、和風輕拂身體，然後彎腰放下花圈，讀了墓碑上的名字。亞利斯泰．安德森．修斯，伊麗莎白．班廓弗．修斯——都死於一九八三年二月十六日。

「看仔細點，」尤里悄悄地說：「有些事情，你到現在還沒察覺。」

戴斯蒙回頭望向他平靜無波的臉孔，再轉身專注於墓碑上。的確，面前只有兩座墳，戴斯蒙一直認爲應該有三座，兩大一小——父母和弟弟。「康納……」他吶吶地說，連忙問尤里：「康納被埋在別的地方？」

「換做別人或許會這麼臆測。但我們不做臆測，而是提出假設後，加以驗證。」

「兩種可能性，」戴斯蒙回答：「如果不是他被埋在別處，就是他根本沒下葬。」

「正確。」

戴斯蒙立刻挺起了身子站好。「尤里，你還知道些什麼？」

尤里轉身背向陽光，走回轎車。戴斯蒙很努力地克制情緒，否則大概就要衝過去撲倒尤里，逼他一五一十全招出來。車子旁那兩個身上有槍的大塊頭是起了點阻嚇作用，但並不是很強，爲了得知弟弟下落，就算要戴斯蒙跟軍隊開打也在所不惜。關鍵是，他很清楚尤里的個性，對尤里靠暴力絕對沒用。尤里和自己很相似，有著在苦難中千錘百煉而成的堅韌意志。

轎車在沉默中駛回阿得雷德，停在市中心旅館前。戴斯蒙入住的套房寬敞豪華，有獨立客廳、辦公桌、筆電與網路。

「只要再回答一題，」尤里說：「你就算是季蒂昂一員了，然後我會幫你調查康納的下落。」

戴斯蒙聽得出來尤里無意討價還價，而是直接開條件要自己做到。他坐在辦公桌前說：「可是圖書館在舊金山。」

「這一題不需要翻書，靠網路和你的腦袋就好。答案明擺在眼前，卻很少人看得見。」

戴斯蒙拿起紙筆。

「一四〇五年七月，」尤里開始出題：「中國發生『鄭和下西洋』一事。他率領艦隊從蘇州出發，繞行太平洋。行動規模大得超乎想像，船隻超過三百艘，船員將近兩千八百人，而且大部分來自軍隊。艦隊造訪了東南亞大半地區，包括汶萊、爪哇、泰國等等，也曾停泊於印度、非洲之角和阿拉伯。

「一四〇五年的中國已有六千五百萬人口，相較之下的英格蘭才兩百萬人。當時中國是世界上最大的經濟體，第二名則是印度。鄭和的艦隊比歐洲任何一國都先進，最大船隻長度四百英呎，甲板多達四層。哥倫布的聖瑪利亞號也不過約五十八英呎長而已。

「公元一千四百多年時，若討論未來誰會殖民澳洲，恐怕沒有人會將西歐國家列入考慮，但事實證明，最後由荷蘭人率先在一六〇六年登陸，一七八八年英國人開始建立殖民地。爲什麼事態會如此發展？這在歷史上不是單一事件，從後來西歐國家逐漸在經濟、軍事以至於文化稱霸世界就能看出來。爲什麼？英國與西班牙的航海家、探險者，究竟哪裡有特別之處？」

25

康納拿著旅行袋回到琳恩・蕭的密室，將找到的東西悉數收好。直覺告訴他，這裡的照片、尤其是那張地圖，之後一定會派上用場，或許正是分析琳恩・蕭叛變動機的關鍵。

無線電有人通報：「二號隊呼叫零號隊，XI部隊開始撤離聖克魯茲周邊居民。」

康納跑回客廳，從凸窗看見火勢已擴大得十分迅速。

「現在情況？」他沉聲發問，但身體不由自主地麻痺起來。

「長官——？」

「火啊！」他大吼：「問你們這些白癡，放的火燒到哪裡了！」

頻道安靜幾秒鐘。「十分鐘前派了無人機過去——」

「說重點！」

「主要在沙丘路以南。他們在史丹佛周圍設了防火牆。」

「我們在史丹佛嗎？」

「不，長官。沙丘路以北的火勢蔓延很快，無法撲滅。」

康納一愣。「火燒到我們這邊要多久？」

「粗估二十分鐘前後。」

他跑回車庫，帕克醫師還坐在貨車內，後門沒關。螢幕上依舊顯示出戴斯蒙的腦波變化。醫生顯然也聽見了無線電通訊，知道康納要問什麼，一見到他就聳聳肩說：「我不確定。」

「醫生——」

「剛剛好吧。」

「多剛好？」

「一、兩分鐘差距，趕在火燒過來之前的機率是一半一半。」

康納很想掉頭就走，但他不能也不願。躺在病床上的哥哥毫無自保能力，碰上火災就是死路一條，和當年的自己一樣。

雖然那天戴斯蒙力有未逮，救不出康納，但二十年後他還是辦到了。現在輪到康納救哥哥——藏在迷宮實境裡的記憶是唯一的希望。

他啓動無線電：「二號、三號、四號隊，撤退到阿瑟頓西郊，就掩護位置待命。一號隊做好撤退準備以後到我這裡會合，別被發現。」

琳恩．蕭住處的溫度在十分鐘過後開始升高。坐在車庫內的康納冒出一身熱汗，他專注調控呼吸，盡力抗拒熊熊大火的影像燒進心中。

出乎意料的是，竟有人敲了前門。

戴斯蒙不等尤里幫忙，自己在澳洲聘請了私家偵探，調查弟弟在森林火災以後究竟有什麼遭遇。他找來了國內最高明、數一數二的人選，但過程中處處碰壁，開銷不斷增加，透過律師調閱政府公文要錢、詢問專家也要錢，卻始終沒成果，而戴斯蒙也越催越緊。

其餘的時間，他專心思考尤里提出的最後一個謎題，也意識到問題核心等同於現代世界如何演變至今日樣貌。精確來說，爲什麼是大不列顛殖民了澳洲，而非俄羅斯、中國、日本、印度等國？若以一六〇六年荷蘭登陸澳大利亞爲準，當時那些亞洲國家都是強權，卻全都沒有發現南半球的新大陸。連美洲和太平洋諸島也是由西歐人拿下，接受了它們的語言、文化以至於法律和經濟制度。爲什麼？

戴斯蒙從比較顯著的差別下手：宗教。但提出論點以後，尤里直接搖頭說：「與宗教無關。」

他再深入研究，針對地理、氣候進行比較，逐漸發覺答案或許與之前幾個問題有關。現代智人在歷史上擊敗包括尼安德塔人、丹尼索瓦人、佛羅勒斯人在內的競爭者，靠的是思維不同。那麼，英國人、西班牙人、荷蘭人的思維與其他國家不同之處在哪裡？

很快地，他就看見了答案。

尤里在戴斯蒙的旅館房間裡盤腿坐著，雙手放在大腿上。戴斯蒙站在落地窗前，俯瞰維多利亞公園的草木和步道。

「資本主義。」戴斯蒙說：「資本主義推動了西方文明，對探索和隨後的剝削提供了極大的誘因。」

尤里點頭。「這是答案的前半。」

但戴斯蒙沒想過還有後半。

尤里轉身離開的時候，戴斯蒙伸手抓起檯燈，差點朝門口砸過去，最後還是按捺了下來，不過他極度想喝杯酒。

發誓戒酒的他決定去散步紓解情緒。這段日子以來，他學到的不僅是尤里引導出的知識，還有耐性及克己。

電話突然響起，他接起後聽見私家偵探的聲音，精神又振奮了一點。對方名叫鄂洛（Arlo），是紐西蘭人，嗓音粗啞、地方腔調很濃重：「戴，有線索了。」

☣

兩人約在葛倫菲街上的一間咖啡廳碰頭。小店裡除了咖啡機聲響，還有不少客人帶著愛犬擠進來，有些盯著電腦、有些讀平裝小說，再不然就是漫不經心張望，大眼瞪小眼。

一頭亂髮的偵探朝圓桌放下一個牛皮紙袋，從裡面取出幾張相片和手寫的醫院病歷，內容有住院、手術和處方紀錄。病患姓名填的是Joe Bloggs，相當於美國的「無名氏」（John Doe），代表身分不明，年紀估計爲剛出生滿十二個月。

「森林大火兩天後，救援隊去過你老家附近好好搜了一遍，居然在翻倒的冰箱後面找到這個小娃娃，旁邊有一具女人焦屍——」

「讓我自己看吧。」戴斯蒙低聲吩咐。

病歷上的一字一句，像利刃一把插在他心上，他很想丟下病歷一走了之，但更想知道眞相。

嬰兒被送到急診室，之後轉到兒科加護病房，診斷寫得很清楚：嚴重脫水，接近百分之四十皮膚達三度灼傷，右側大腿和肱三頭肌達四度灼傷。

最後一句話讓他呆在當場：癒後不佳。

治療團隊進行輸液、清創並細心包紮，希望給孩子一線生機。

第四天開始，紀錄內容終於正面了些。

傷勢仍然嚴重，但狀況逐漸穩定，處置有效。

病人轉到阿得雷德兒童醫院，花了兩個月慢慢康復，有意識的時候一直哭，醫護人員能做的只有施打鎭靜劑和盡力治療面部及軀幹燒傷。護理師的描述令人感觸良多：病人年紀小很難說是好是壞，至少不會記得受傷過程的驚恐。

鄂洛等得不耐煩。「喂，」他朝店員叫著：「來杯愛爾蘭咖啡吧？」

店員咕噥了什麼，戴斯蒙沒聽清楚。鄂洛探身過去。「這小子拚了命活下來啊。」

戴斯蒙翻到最後一頁，上面記載病人被安置在市外的孤兒院。

「他現在人在哪裡？」

鄂洛往後一靠。「不知道。」

「還知道什麼？」

「就這樣。」

「就這樣？」

「呃，我以為你會想趕快知道。」

是沒錯，但確定弟弟沒葬身火窟，反而讓他更加迫不及待。

「查下去，鄂洛。活要見人、死要見屍。」

偵探有張世故的臉孔，他朝戴斯蒙擠出一個同情的笑容，只是虛假得很。他兜了這麼一圈，裝模作樣地嘆息，彷彿不願意宣布壞消息似的。「你手上的東西已經很難弄到手了，我跑遍南澳一半的醫院才挖出來。這份尋人工作太勞民傷財，我的時間和支出都超過原本三倍不止。」

鄂洛的視線飄開，沒再說下去。戴斯蒙明白他的意思，私家偵探也會挑時機確認客戶的口袋有多深、願意為案子投入多少。

「再給你兩週，」戴斯蒙說：「無論找到活人還是死亡證明，都給你一萬澳幣。」

鄂洛雙手一攤。「嘿，我是收鐘點的，無法保證調查結果——」

「我只要結果。如果一萬澳幣不夠，那現在就拉倒。」

鄂洛的眼珠子轉了轉，看似很掙扎。「唉，好啦，我都做到這地步了。我也想看你們兄弟倆團圓啊。」

知道弟弟劫後餘生卻可能至今仍孤伶伶一人背負傷痛，使戴斯蒙的日子充滿了煎熬。

他一直很難入睡，心思像是不斷重複的錄影帶，一直播放二十年前種種：自己站在老家前，眼睜睜看著火焰爬上牆壁和屋頂，而他呼喊弟弟的名字卻得不到回應。現在知道了真相——要是當初多等幾分鐘、沒有傻乎乎地闖進火場，之後進去廢墟尋找家人遺骸時，或許他就會發現弟弟。若他帶著康納去醫院，兩個人就能一起長大，他們的生命將變得多麼不同？康納是否會過得好些？有太多太多的疑問與歉疚纏繞在他心頭，揮之不去。

他想專心思考尤里拋出的謎題，但總是無法集中精神。

如同在舊金山那時，戴斯蒙將運動當作暫時抒發的出口，他常去阿得雷德大公園跑步，一天比一天跑得更久，靠腦內啡麻木心靈、得到釋放。

許多天過去了，鄂洛並沒有聯絡他。

迎著南澳的春雨和烈日，戴斯蒙每天早上和下午都要去跑步。

某個星期天的晴朗早晨，戴斯蒙跑完七英里之後，在最出乎預料的時間點上，突然恍然大悟。那一瞬間，他根本沒在思索要如何回答，答案卻不請自來地浮現在腦海。與尤里的問答全部串了起來，戴斯蒙覺得這就是所謂的見樹不見林，眼界小的話，一輩子會看不見全貌，而他終於跨過了那道門檻。

於是戴斯蒙立刻掏出手機，撥給尤里。

「嗯？」

「我知道五百年前西歐人靠什麼殖民美洲澳洲印度香港和非洲了。」

電話那頭沉默不語。

「靠的是你們。」

26

灣流航太噴射機忽然一陣傾斜搖晃，珮彤一個沒坐穩，摔進中間走道。琳恩立刻起身跑進駕駛艙，艾芙莉對著無線電大叫，接著珮彤就看見英國空軍逼近。

飛機後來打平，穿越蘇格蘭領空，她從斷斷續續聽見的對話，大概知道發生了什麼事。盧比孔與各國政府已達成協議，艾芙莉與英國地勤聯絡以後獲得授權，空軍戰鬥機夾在兩側護送。

經過一個月的遠離塵囂，此刻珮彤終於透過機上的橢圓窗戶再度感受到人類文明——或者說人類文明的殘存。明明日正當中，公路上卻死氣沉沉，散落著廢棄或燒焦的車輛，只有學校、醫院、體育館之類據點周邊還有軍方的車子進出，從上空看來像是蜂群聚集於綠地周邊，市區反倒大半都空了。一些小路上有幾輛車移動，想必是倖存居民正設法取得生活補給，除此之外，下方的世界彷彿按下了暫停鍵，凝滯不前。

牛津機場被草坪包圍，和波斯特—羅傑斯一樣是單跑道設計，航廈外停著二十四輛裝甲運兵車，以及後頭蓋上帆布的貨卡。

他們一落地，就有二十名士兵衝到柏油路上接應，個個身著迷彩服和防彈衣，褐色貝雷帽上有塊黑色標誌，圖案是一雙翅膀夾著長劍，底下箴言寫著：勇者必勝——英國空降特勤隊的座右銘，艾芙莉接洽的對象派出了最堅強的陣容提供協助。

她們進了航廈，首先將奈傑爾從北極號帶出的資料拷貝十份。琳恩依舊不肯解釋資料內容究竟是什麼、又用來做什麼，以及自己的合作對象是誰，只要求對方遞送副本給美國、加拿大、澳洲、德國、俄羅斯五國政府，剩下五份則要藏在英國國內不同位置。備案安排得非常完整。

資料送出去以後，琳恩一行人與空降特勤隊轉乘四輪驅動越野車，前往牛津大學。珮彤特別留意路上風景，雖然她六歲之前都住在倫敦，但還沒機會造訪牛津。此時見當地古風盎然，有許多歌德式的古董石造建築，常春藤蔓爬滿牆，直達傾斜石瓦，感覺彷彿回到了中世紀，或者說是走進童話故事，時間在此好像未曾流逝。

車子轉進卡特街時，開始飄了雨，雨勢輕緩如薄簾般遮蔽太陽，淡淡霧氣瀰漫路面後，整座城市好似縮小至身邊。

車隊停在博德利圖書館前面。珮彤下了車，踏入外頭的十二月寒天，涼風雖然陰冷，卻與北極的刺骨冰寒相差甚遠，而且屋頂上也沒看見積雪。

視野所及之處沒有其他人，街邊欄杆還靠著幾架無主的單車。再過幾天就是聖誕節，門窗上卻沒有張燈結彩，儘管是這麼古色古香的城鎮，也不得不以生存爲最優先考量。

大門就在前方，足足有五層樓高，是英格蘭最壯觀的門樓，外號「五式建築塔」的原因正在於它囊括托斯卡納、多立克、愛奧尼、科林斯以及混合式的裝飾元素。佩彤走過巨大的雙開木板門時，好好欣賞了一番，不過側面的售票導覽櫃檯與景點大方亭都沒人。

眾人穿越石造庭院，腳步聲在院中迴蕩不已。他們換了方向，繞過彭布羅克伯爵雕像——他是一六一七至一六三〇年的牛津校長。

再過了一道木板雙開門，就進入圖書館的開闊前廳，這裡的兩側都有圓形服務櫃檯，一位年約六十的高大男子出面表示自己是館員，身後還擠著十個年輕助理。他們迎接空降特勤隊和珮彤等人時，臉上表情充滿訝異與好奇。

琳恩、珮彤、艾芙莉在航程中已討論過要如何找出《愛麗絲夢遊仙境》的初版書。正常狀況下，只要透過牛津圖書館線上搜索系統就好，但盧比孔已經提醒她們，網際網路崩潰後該系統也已停擺。與艾芙莉聯繫的專員詢問她們要找哪本書，不過琳恩堅持不可對外透露，最後也在琳恩主導下，決定三人在現場隨機各請一位館員隨行。至於奈傑爾就與空降特勤隊和美國的海豹部隊留守，琳恩不夠信任他，不願讓他加入。

館員們出來以後，琳恩沒多做介紹或解釋此行目的。她掃視之後點名了三人，兩男一女，要對方跟自己進去。

隨後一行六人步入美得令人屏息的空間，此處至少十二呎寬、二十呎高，兩側各有五扇歌德式拱頂大窗鑲嵌了彩繪玻璃，珮彤覺得自己就身在中世紀的教堂之內。石砌天花板上浮起的條條稜線，令人走在底下又像是掉進巨鯨肚腹中，從內側看見其腔室與脊骨。突起的稜線匯聚爲星形，朝地板延伸，也彷彿是從屋頂垂下的根根冰錐。

眼前的景象竟格外眼熟。「這裡有名字嗎？」珮彤問自己身邊年紀相仿的館員，她有一頭深色的秀髮，鼻上的眼鏡對那張臉蛋來說顯得過大。

「神學院，十五世紀初完竣，是目前整個校園裡特定目的建築物中最古老的一座。」

珮彤點點頭。

另一個黑色頭髮的年輕男館員湊過來說：「《哈利波特》的保健室就在這裡取景喔。」

難怪似曾相識。

女館員搖搖頭，似是很不樂見這裡的歷史成爲流行文化的附庸。

一行人停在中間，琳恩開口：「我們接下來要做的事情很重要，事關許多人的性命，我告訴各位的、以及之後發生的事情，請你們守口如瓶，不要聲張。」

館員聞言個個瞠目結舌。她等所有人都點頭回應了，才說：「現在要找出一本書，是《愛麗絲夢遊仙境》的初版。」

珮彤身旁的女館員出聲問：「哪個初版？」

「什麼意思？」琳恩問。

「唔，最早的初版計畫發行兩千本，可是在卡羅的要求下報廢了。」

「麻煩妳詳細說明。」

「當時的發行商克萊蘭登出版社——就是後來的麥克米倫出版社——在一八六五年六月送了五十本樣書給卡羅，讓他可以送人，結果插畫家約翰．坦尼爾看到了，表示對印刷品質不滿意，於是卡羅就將樣書退回去，還要麥克米倫將兩千本都當作廢紙處理。」

「眞是個完美主義者。」琳恩喃喃自語。

「沒錯。那兩千本就被稱爲『最初的愛麗絲』，是難得一見的珍品，目前所知有十六本在學術機構，五本成為私人收藏。去年佳士得拍賣會上曾出現一本，喊價將近兩百萬美元，不過最後並未售出。」

「嗯，」琳恩說：「我們要找的應該就是這個。牛津也有收藏嗎？」

「當然，卡羅是牛津之光，書也是在這裡寫好的。瑪格麗特夫人學堂有一本，韋斯頓圖書館有一本，還有一本在樓上的漢弗萊公爵圖書館。」

「好，那兵分三路，我們三個一人找一本，」琳恩指了指珮彤和艾芙莉。「妳們都帶著一個館員過去幫忙。」

她將珮彤分配到樓上，珮彤很清楚原因是顧及自己安全。特勤隊大部分人皆駐守在此，考量到尤里的手下或許已經潛入牛津，外出的風險比較高。

跟在她旁邊的女館員叫作艾琳諾，她帶領珮彤上樓。漢弗萊公爵圖書館也十分壯觀，兩層樓高的空間中塞滿了深色木櫃與書本，正午陽光如霧氣般滲透窗戶。珮彤發覺自己又認出來，而且總算想得起來，這是《哈利波特》電影裡的圖書館，故事有很多轉折都發生在這裡。

「到了。」艾琳諾說。

館員找了張桌子鋪上桌巾，換上白色布質手套，從口袋掏出銀色鑰匙，打開玻璃櫃，小心翼翼地抽出一個紅色小本子。封面沒有文字，只在中央印了圖案：帶有金紋的圓圈裡是一位女孩抱著豬的側影，書背上還有三條金線。

艾琳諾兩手捧著初版書翻到背面，同樣是金圓圈，不過裡頭換成了柴郡貓。她將書放在桌上以後，瞥了珮彤一眼，珮彤點頭示意可以繼續。

她翻開書本。第一頁印著：

《愛麗絲夢遊仙境》

路易斯．卡羅　著

含約翰．坦尼爾所繪四十二幅插圖

艾琳諾繼續輕輕翻頁，過了目錄，來到第一章第一頁時看起來卻模模糊糊，原來這裡夾了張半透明的描圖紙，好似曾經有人想臨摹，最後卻放棄。她撥開描圖紙，露出底下文字。

標題是〈掉進兔子洞〉，插畫裡的兔子穿著馬甲背心、手拿雨傘，站得直挺挺的，眼睛盯著懷錶。

「還沒見過正本書裡夾描圖紙的情況。」艾琳諾說。

書很漂亮，但珮彤更好奇那張描圖紙是怎麼回事。「可以把它拿起來對著光嗎？」

艾琳諾輕輕掐出半透明描圖紙，朝著二樓窗

戶高高舉起。

珮彤打開無線電：「這裡有發現。」

她母親立刻回應：「不要在無線電上說。艾芙莉，找到書以後先別開，我們到神學院集合。」

艾琳諾又仔細地將描圖紙塞回去。「那要下去，還是……？」

「沒關係，還有時間，再看看後面。」

館員繼續翻書，竟發現裡面還有更多描圖紙——前五章的開場插圖都覆蓋了一張。

「怎麼回事？」艾琳諾問。

「我也不知道。」但珮彤直覺判斷這是保羅．克勞斯博士留給後人的麵包屑，至於會將她們帶到何處，則是未知數。

☣

三人回到富麗堂皇的神學院，琳恩請館員和特勤隊保持距離，要求他們去樓上漢弗萊工具圖書館留守。兩個海豹隊員帶奈傑爾過來參與，三本初版的《愛麗絲夢遊仙境》已擱在長條桌上。

「我們調查過另外兩本了，」琳恩說：「沒有痕跡筆記。」她拿起珮彤找到的描圖紙。「看來這就是克勞斯要我們發現的東西。」

艾芙莉有些不以爲然。「只是不完整的圖案？」

「其實已經很完整。」琳恩低聲說。

她從自己的外套口袋拿出白紙，開始照著描畫。一開始珮彤也看不出是什麼，等到認出直布羅陀海峽，才明白是西歐地圖（左圖上）。

琳恩又將描圖紙疊在粗糙的地圖上，線條大半呼應（左圖下）。

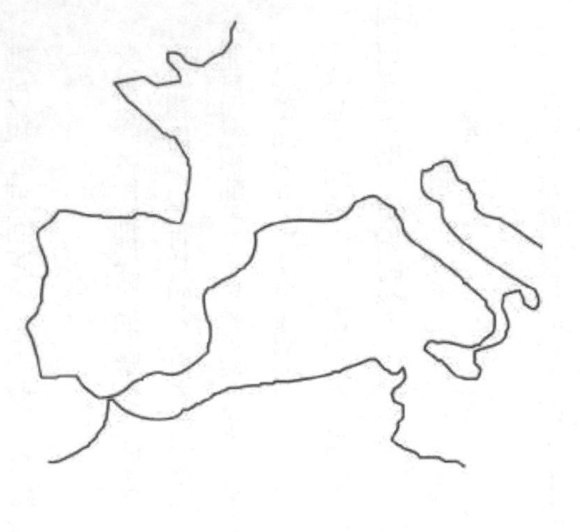

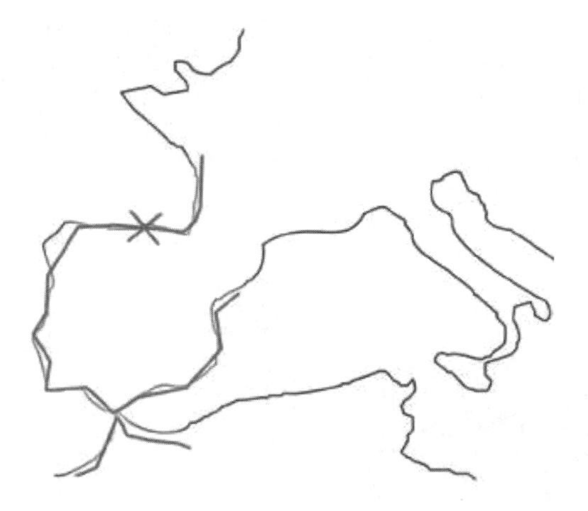

「藏寶圖，」奈傑爾見狀說：「那得畫更清楚才——」

「我知道在哪裡。」琳恩打斷。

眾人靜默下來。

「西班牙北部的臨海小鎮散提亞拿。那邊挖掘到的一個洞穴，曾經改變我們對人類歷史的認知，如今可能將要帶來第二次震撼。」

「阿爾塔米拉洞穴。」奈傑爾說。

「對。那座山洞應該就是我們要找的兔子洞。」

27

飛行在大西洋上空三萬英呎時，尤里的衛星電話響起。來電者梅麗莎．惠麥爾，是末代季蒂昂集團裡最高明的情報分析專家。

「追蹤琳恩．蕭的飛機之後，發現她們到了西班牙海岸，現在正在下降中。」

「可能的目的地是？」

「桑坦德。」

沒道理。除非——

惠麥爾回答了他沒問出口的問題：「調查過了，沒有琳恩．蕭去過這個地方的紀錄。」

「克勞斯呢？」

一陣鍵盤敲打聲。

「沒有。米格魯號根本沒有停在這裡過。」

「有趣。」

「三十分鐘後會脫離衛星通訊範圍，琳恩．蕭或許也計算過這一點，所以決定中途降落，換了飛機。」

「下次通訊時間是？」

「兩小時後。偏遠地區的魔鏡傳輸佔用了大部分的衛星資源。」

麻煩。若是再猜不準琳恩的目標，恐怕會追丟。

「針對琳恩·蕭和克勞斯繼續挖資料，然後動員所有還在西歐地區的人手，飛機全都上跑道待命。」

28

他們降落在西班牙北部港都桑坦德，接著乘車沿A67號公路朝西南前進。隨行人數增加了，繼英國空降特勤隊之後，西班牙特種作戰司令部也派人護衛，再加上亞當斯、羅卓戈以及奈傑爾一路相伴。珮彤坐在休旅車裡，望向外頭的青蔥碧綠風光，多雲的天候、潮濕的空氣將美景烘托得宛如雨林，植物在地茂盛生長，不受文明局限。內陸地形漸漸崎嶇，特種部隊裡有個人提起西班牙是歐洲第二多山的國家，只排在瑞士後面。她挺開心有對象能聊聊天，其餘的人都陷在自己腦袋的沉思裡，或許正在想像阿爾塔米拉洞穴內究竟藏了什麼。

接近日落時才抵達洞窟，車隊開始散開，一輛擋在進出道路上，兩輛擋住停車場前後。餘下的車輛進駐在遊客中心，這棟建築的構造嵌入山壁，平坦屋頂被草地覆蓋，幾乎完全與大自然融爲一體。

琳恩拒絕英國與西班牙的軍人陪同入洞，他們只好以遊客中心爲據點，布下防線。裡面供遊客參觀的博物館有個大房間，複製了阿爾塔米拉史前居民的生活環境，牆壁和天花板全部是石頭，但仍裝設了平板玻璃窗，能夠眺望蒼鬱山丘。兩支護衛隊似乎都覺得這是個好地點，紛紛將睡袋和補給放在裡面。彈藥與裝備和展覽品、導覽牌比鄰的畫面，看來相當弔詭。

餘暉褪到丘陵後方時，琳恩率隊朝洞窟走去。入口是個長方形木框，看上去有如長滿野草的山地忽然開了道門，左右聳立了許多大樹。

眾人進洞以後才點燈。現在她們身邊只有兩名海豹隊員保護，防衛幾乎全交在遊客中心內外的駐軍手裡。

往前深入之後，溫度掉得很快。原本狹窄的隧道經過一小段路，便連接到大房間，玻璃櫃裡放了岩石與解說卡。右側有條小路，左側有另一個大房間，正前方則是兩道大裂縫。一面牆上蓋著很多紅色、黑色的鮮豔掌印，乍看彷彿阿爾塔米拉人相隔幾千年歲，仍朝大家揮著手。別片岩壁上有野馬、野豬與山羊的圖案，洞頂則是一幅大壁畫上成群結隊的草原野牛。

史前藝術充滿超凡脫俗、引人遐思的魅力。不只是珮彤，其他人也都看得頗爲陶醉——唯一的例外是琳恩，她將提燈放在長條形玻璃櫃上，自背包取出書本。珮彤有些擔心洞裡的濕氣會損壞無價古書，但轉念一想，與人類存亡相比，小事就別提也罷。

「珮彤在第一章開頭找到標示出阿爾塔米拉的地圖，」琳恩開口說：「我相信大家都察覺得到線索與故事內容互相呼應。愛麗絲跟著白兔走進兔子洞，到了一個大房間，周圍都是門。門不是太大就是太小，女孩也就跟著把自己劇烈地放大縮小，來配合那些門扉和通道。阿爾塔米拉已知的隧道就超過一千公尺，空間忽大忽小也是理所當然，想深入探索會是不小的體能負擔。」

「妳來過？」珮彤問。

琳恩沒抬頭便回：「嗯。」

「什麼時候的事？」

「很久以前。」

珮彤感覺得到母親不想正面回答。

琳恩輕輕地翻書，撥開第二章開頭的描圖紙，露出了底下的插畫。

圖畫底下的標題是〈淚水之潭〉。故事第一行是「越奇怪越來！」(注)

琳恩先前在遊客中心拿了一份洞窟地形圖，現在攤開之後，將描圖紙壓了上去。「如我所料，」她解釋：「也是藏寶圖。」

大家隨她走向房間後方，左邊有個凹洞，右邊是條大隧道，進去隧道後遇上岔路，又選了左邊前進。沿途的岩壁與洞頂有著更多圖畫，畫上是或群聚或落單的動物。走了大約三百呎以後，琳恩停下來比對描圖紙和地形圖。

「快到了。」

她高舉提燈，放慢腳步搜索，在牆上找到一條窄縫。「得穿過去。」

眾人隨她彎腰爬行，越往裡面石頭便越潮濕。爬著爬著忽然又進了個石窟，形狀不太規則，像是歪掉的五角星。

「死路。」奈傑爾嘀咕。

琳恩沿著邊緣轉一圈。「恐怕沒這麼簡單。」

「故事裡，」艾芙莉開口說：「愛麗絲變大後頭部撞到天花板，眼淚堆積成水潭。後來她縮小了，得游泳才能離開。」

珮彤一臉驚奇地盯著她。

「我爸以前有讀給我聽過。」艾芙莉聳聳肩。

注：《愛麗絲夢遊仙境》名句之一，原文為 Curiouser and curiouser!。

「真令人懷念，」奈傑爾說：「不過那是什麼意思？」

琳恩在山壁的小凹陷停下腳步。「拿水來。」

亞當斯走上前，轉開水壺遞過去。

珮彤打量四周，就著提燈的黯淡光線，看到琳恩伸手從岩縫掏出一個小東西：老鼠的雕像。

「愛麗絲游泳出去的時候，遇上了一隻老鼠。」艾芙莉提醒。

琳恩心不在焉地點頭，傾斜水壺將水倒進找到老鼠雕像的縫隙。她每隔幾秒鐘就會停下來聽聽看，珮彤跟著在旁邊聽，起初只有微弱滴答聲，然而倒了七次水之後，岩壁內側開始咔擦作響。

珮彤這才明白：裂縫連接到水槽，滿水時能觸發機關，開啓密門。

琳恩伸手一推。岩壁開始移動，後面有個密室。

29

康納從前門窺孔偷看。Xı部隊的士兵就站在外頭，兩個在階梯、兩個伸手掌搭在額上，正朝凸窗裡面張望。

階梯上的一人開了無線電：「一四五號，空的。」

他們說完，踩著草皮走向了隔壁。看來單純是因應大火蔓延，前來協助住戶撤離。

康納吐了口氣，這代表還得等對方離開才行。當然也得等到戴斯蒙的記憶回溯告一段落。但至少現在還算安全。

☣

戴斯蒙到達旅館時，尤里已在落地窗前的扶手椅上等候多時。他顧不得晨跑之後的渾身臭汗，一屁股就朝尤里旁邊的空椅坐下。

「我想通了，尤里。我知道那問題是怎麼串連在一起的了。」

老人的聲音一如往常不帶感情：「從頭說，戴斯蒙。這很重要，是給你的最後一次測試。」

「測試？然後呢？」戴斯蒙只是想聽他親口說出來。

「然後就可以加入季蒂昂，得到你想要的東西。」

「你承諾過的那些？珮彤？我弟弟？」

「沒錯。」

戴斯蒙起身，覺得自己像個接受論文口試的博士生。這段期間尤里的怪異指導，確實讓他像是在進修什麼宇宙眞理的課程班。

「五百年前，西歐國家開始稱霸世界，是因爲得到其他地區沒有的優勢——就是你們，尤里。」

「我的年紀不小，但也沒那麼老。」

「不是說你本人，而是說像你這樣的人。季蒂昂。科學家。思想家。」

「從頭說起吧，戴斯蒙。」

「好。」他稍微理了理思緒。「人類歷史上出現三次重大轉折，三次……異常事件。事件的結果塑造了現在的世界。你提出三個問題，目的是要我探索和研究這三次事件，現在我明白了原因。瞭解這三次事件才能瞭解未來，掌握全人類的演進方向。」

尤里點點頭。「繼續。」

「第一次事件的時間點在距今七萬年至四萬五千年之間。地球上的某處，有個人種發展出新技能，那是認知方面的突破、不一樣的思考模式——他們開始想像尚未存在的事物。其他原始人也會製作工具，但多半是被動過程，對既有的東西做理所當然的漸進改良。然而『虛構』這個概念隨著想像力問世，人類的心智能夠模擬根本不存在、與所處環境截然不同的現實，並進而推論，如果某個東西存在，會催生出什麼變化與可能性？這是個跳躍性的突變。」

「證據？」

戴斯蒙微笑。「條條大路通澳洲。你第一個問題就是確鑿的證據，或許也是人類想像虛幻未來並且化爲現實最早的案例。古人不只是在洞穴畫畫而已，大約五萬年前，南亞某個地方某個我們的祖先——名字永遠不會有人知道了——他站在海岸瞪著海水，想像一種沒人見過也從未出現在地球上的裝置。那東西叫作『船』，可以載他和他的同胞抵達前所未見、連存在與否都不得而知的新天地。現在能夠肯定的就是，那個人眞的造出了船或木筏之類的工具，帶著族人乘風破浪、遠渡重洋，最後登陸了澳洲，成爲這塊土地的原住民。

「冒險得到豐厚的獎賞，當地大量動物已適應與世隔絕的生態，對入侵者毫無防備、任人宰割。他們是澳洲眞正最早的殖民者，卻很諷刺地因此錯過人類歷史第二次革命——也就是農業。根據米格魯號找到的證據研判，澳洲原住民獵捕巨型動物群正是第四紀滅絕事件的背景。失去優良食物來源以後，他們的人口減少並且各自爲政，每個部落適應環境以後就停滯發展。五萬年後，新的侵略者出現，輪到他們變成獵物。」

「爲什麼？」

「農業和因農耕成型的都市聚落，再次衝擊人類的思考，尤以文化方面最顯著。一萬兩千年前起，我們祖先破天荒『扎根』了——扎農作物的根，也扎自己的根。爲了塡飽肚子辛苦打獵，卻還不確定下一餐在哪裡的時代結束，人類有了穩定、可以持續和掌控的熱量來源。」

「影響是？」尤里問。

「非常巨大。人類社會經歷有史以來最大的改變。在此之前，我們祖先過的是部落生活，群體小且多數不斷遷徙，無法掌握食物供給。那種情況下，人們光是活著就精疲力盡，時間全部用在覓食上，只爲了供養過度發達的腦部。

「不過這麼大的腦部本來就不應該存在，這是生物學上的異常現象和未解之謎。」

「解釋清楚。」

「人類大腦消耗的熱量佔總攝取的比例太高了。之前幾百萬年裡，也就是想像力這種跳躍式突變發生以前，過大的腦部其實是演化劣勢。想像力與模擬能力看似造就了人類擴散、征服世界，但其實得到這種能力之後的好幾萬年裡，人類還是爲了生存苦苦掙扎。而之所以這麼辛苦，都是因爲有這個貪吃鬼。」

尤里挑眉。「貪吃鬼？」

「極度貪吃。思考一下就會發現問題所在：地球年齡大約四十六億年，生命大約在三十八億年前出現，最初形式是單細胞原核生物，或許是細菌之類。從此以後，地球的生命史就是反覆的嘗試和調整，彷彿透過輪盤測試什麼組合能夠走到最終目的地——也就是人類大腦、生物電腦，就自然規則而言根本不應該存在的器官。人腦消耗全體攝入熱量的兩成，卻只佔了體重的百分之二——地球上沒有任何物種如此奉養腦部。

「但事實也證明，大腦帶來無可比擬的優勢。人類是唯一能掌控整個星球的物種，可以想像未來，並且按照腦海裡的形象去塑造環境。

「不過，這種智能跳躍其實是透過農業才得以發展。穀物與畜牧為生物電腦提供了永續動力，以農牧為中心形成都市，也促成前所未見的心智交流，讓人類能夠專注於創新。都市化的生活型態仍有些負面影響，但好處遠大於壞處。農業出現之前，人類祖先沒辦法形成高人口密度的永久聚落，有了都市以後，腦力終於能夠集中，就好比……」

戴斯蒙想要找個比喻，最後從自己專精的領域找到：「……個人電腦一樣。八○年代硬體越來越強大，卻始終處於孤立狀態，無論在家裡執行什麼程式或遊戲都與世界無關。直到區域網路普及後才有了轉機，資料放在伺服器，客戶端執行生產力軟體，員工透過網路分享想法與合作，效率從此大大提升，商業流通加速。」

尤里起身與戴斯蒙一起站在窗前，臉上掛著微笑。戴斯蒙越說越起勁，感覺就快找到突破口。縱然自己回到了人生支離破碎的起點，即將發現的祕密卻能夠修補一切，無論是珮彤、弟弟，還是自己的殘缺。

「第三次扭轉人類歷史的重大變革也發生在認知方面，就像人類心智安裝了新的軟體。你提出的問題在於西歐與其他地區有何不同，為什麼西班牙能征服中南美、英國能夠日不落。這過程看來不可思議：一五一九年埃爾南．科爾特斯帶著不到五百五十人登陸了墨西哥，僅僅兩年時間，就擊潰將近有五百萬人民的阿茲特克帝國。帝國首都特諾奇提特蘭，也就是現在的墨西哥城，當年有二十萬人居住，與歐洲兩大城市巴黎和拿坡里加起來差不多。然而兩軍交戰時，西班牙盟軍折損一千人，阿茲特克的死傷卻高達二十萬。

「皮薩羅打敗印加帝國用到的兵力更少，才一百六十八人。

「英國對印度的故事更加有趣。十九世紀到二十世紀初的印度人口超過三億，英國只派出五千官員、低於七萬士兵就能統治該國，非常可怕。」

戴斯蒙回去沙發坐下。「西歐國家成功的關鍵？就是像你這樣的人，尤里。投身於科學的人。」

「中國和印度都有科學家。」

「沒錯，但科學只是歐洲殖民史的半邊天，另一半要歸功於資本主義，兩者結合成爲科學資本主義這種強大驅力。資本主義提供在人口分配利益的平臺，姑且稱之爲『社會結構』也無妨。這個體制鼓勵大家藉由實踐想像，爲他人帶來好處，具體實例就是西班牙征服者建立新的貿易路線，不僅爲自己創造財富，也幫助了背後支持他們的君權和君主的臣下。荷蘭東印度公司更明顯——它是歷史上第一間『合股公司』，發行股票讓大量投資人一起承擔風險的同時，也與所有股東分享利潤。資本主義可以管控風險、共享成果，科學則增進效率、擴大資源，兩者合一至今爲止都是最強悍的架構。」

戴斯蒙稍微停頓。「至於季蒂昂呢，季蒂昂製造的不止原子彈，還有之前的許許多多發明。舊金山那邊的紀錄可以看到電報、蒸汽渦輪發動機，以至於發現重力和天擇論都包括在內。現代人生活的世界，本身就是科學資本主義的產物。」

「結果是？」

「全球化。」

「意義在於？」

「人類的命運反應在我們最出色的發明上——就是電腦。區域網路就像原本的城市，然而到了八〇、九〇年代即將進入新世紀時，經由網際網路全部連接在一起，就像歐洲殖民導致全球各地的連結。全球化之於人類，就像網際網路之於電腦，是共享資源和創意的途徑。如今思想可以在毫微秒之間就流傳整個世界，在這個新平臺上最發達的心智繼續將想法轉變爲現實，將現實引導爲大眾的福祉。

「再仔細想下去就會發現『願景』——模擬的現實——依舊是人類最神奇的力量。以《富比士》雜誌的富豪排名來看，上榜的人各有千秋，但共同點就是眼界。他們想像得到眼前不存在的未來，知道某個新產品、新服務造成的改變，能如何重塑世界。他們之所以能賺大錢，是因爲他們的眼光精準，正確預測了還不存在的事物中，有什麼可以被創造，而且眞的對特定族群有意義。

「拿比爾．蓋茲來說，他看準個人電腦的潛力，但其實早有成千上萬人都察覺到了。差別在於他有遠見，預測到無論軟硬體都會有很多廠商冒出頭，因此需要一套統一的作業系統，讓每臺電腦都能執行各種軟體。各行各業亦透過這種模擬情境找到方向，像是亞馬遜或Ebay，也是想像到了自己提供的服務將如何便利人類。關鍵還是在於模擬情境是否正確，只要命中就能轉換爲巨額財富。不論商政軍或者藝術、時尚，所有領域都一樣，回歸本質就是較量對未來的模擬，能夠有多準確。」

戴斯蒙說完了，自認一定能通過尤里設下的嚴苛考驗。

老人也坐下。「那你告訴我下一步。」

「啊？」

「戴斯蒙，我們正面對第四次、也是最後一次革命。想想我接下來說的話：一九六六年二月，蘇聯發射的探測器成功登陸月球，後來人類就不斷探索宇宙。一九七七年九月，NASA發射航海家一號，二〇一二年它成爲第一顆抵達星際空間的探測衛星。未來某一天，航海家衛星會被某個行星、小行星、衛星，甚至是黑洞的重力給拉走，屆時必然墜落。地點說不定就類似我們的月球，只是繞著另一個行星，在非常非常遙遠的地方。」尤里一笑。「既然如此，爲什麼在我們自己的月亮上從未有過同樣的事？月球存在也超過四十五億年了。這個世界最大的謎團就是，我們的月球爲什麼沒有被太空垃圾淹沒。」

「太空垃圾？」

「就是類似航海者一號的探測器。理論上在人類進化、甚至地球有生命之前，就該有別的智能物種從宇宙另一端射出探測器才對。」

戴斯蒙在心裡掂量他說的這番話。確實奇怪。這麼詭異的事情擺在大家眼前，背後隱藏的意義又太過震撼。「你想說什麼？」

「只是證明人類的未來在何處。一個誰也無法逃避的大事件，時間比你以爲的更接近。戴斯蒙，現在已有許多人跳脫了傳統思維，我是其一，如同幾個月前說過的，我相信你也是其一。你是已經覺醒的人。

「下次革命很快就要開始，比起想像力、農業、科學、全球資本主義或網際網路的影響更爲深遠，不過一切都是必要的前置。這次革命將會帶來翻天覆地、永久性的改變，由我們、由季蒂昂來推動。看仔細一點，好好思考你學到了什麼。下個階段只是必然。你看見了嗎？全部寫在歷史上。」

戴斯蒙仔細思量尤里說的內容，以及這陣子自己研究得到的知識和人類漫長的歷史。的確，每個環節都能串連起來，他找出規律並看見全貌——好像他以前和那幅畫的距離只有幾吋，此刻終於懂得退後幾步，能夠欣賞、理解完整的畫面。

條件齊全了，歷史就是現代世界的墊腳石。最初是人腦成爲能夠模擬現實的機器，接著農業提供能量、城市提供網絡，然後航運發達促進貨物與思想的交流，進一步演變爲電報、電話、傳眞、撥接與光纖網路。傳輸越來越快，獲取熱量和資訊則越來越便利。他看見了。戴斯蒙第一次清楚把握到人類命運的走向。

同時他也瞥見了「魔鏡」，並深深爲之折服。

30

康納坐在琳恩．蕭家裡的廚房，冰箱和冷凍櫃都開著讓冷氣湧出，但仍不足以化解大火造成的悶熱。汗水從他的臉頰滑進防彈衣裡。

葛因斯進來蹲在他前面。「長官，得走了。」

「留下，少校。」

葛因斯只好急急忙忙地回到車庫。隔著牆壁，康納還是聽得到傭兵的爭論，有人揚言反叛逃逸。

面對衝突，康納反而能夠堅定心志。童年時代的他就是靠抗爭心熬過來的。

於是康納走到門口，視線冷冷一掃，令眾人安靜下來。他開口時聲音鎮定：「很快就會走。」

高大短髮、下巴有條刀疤的傭兵，看了看躲在背後的五個夥伴。「是燒死之前走，還是燒死之後才走？」

康納將手放在身側的槍套上。「你再張嘴，就是殺了你才走。」

又一陣沉默，對方的態度軟化下來，低頭盯著地板。外頭火勢的咆哮越來越大聲，有如風洞的呼號。

「進去，」康納說：「我開車。」

只有這樣才能確保自己準備就緒前車子不會走。

隊員上車，康納湊過去耳語：「醫生，時間？」

「幾分鐘。差不多了。」

康納鑽進駕駛座、繫好安全帶後，放下車窗。

無線電裡傳來：「二號隊呼叫零號隊，有狀況。X1拿國王大道當作防火線，從空中灑下滅火劑，目前無法通行。瓦爾帕萊索大道也一樣，很多地方設了關卡，所有撤出民眾都要留下資料，然後轉移到史丹佛，還有的路口被防火路障擋住。」

「用無人機，」康納指示：「找出最有可能突破的關口，在一個路口之外集結，等我們到了一起衝出去。」

前提是火還沒燒到這裡。

而且一旦康納率隊攻擊，情勢就整個不同：X1部隊必定會因此察覺敵人已經巧妙滲透到領地內，更會猜想火根本就是他們放的。於是X1會將門洛帕克裡裡外外翻個徹底也要抓到人，現在只能祈禱迷宮實境的下個位置距離夠遠。

僅僅一秒鐘，但戴斯蒙的世界便完全不同：過去有了意義，未來變得清晰。

他們還待在阿得雷德那間俯瞰維多利亞公園的旅館房間，尤里繼續說下去：「戴斯蒙，告訴我，你看見什麼？人類的命運是什麼？」

「新的世界只看重一樣東西：心智的力量。出身背景、外形長相都無關緊要。在那裡，任何創傷都能得到治癒，心靈的傷口也不例外。任何人都能重新來過。」

「你終於明白了。」尤里起身，戴斯蒙也跟著站起。「我們就是要建立那樣的世界，你願意襄助一臂之力嗎？」

「我會留到最後。」

尤里點頭。

「但要怎麼做？」戴斯蒙問：「告訴我，『魔鏡』究竟如何運作？」

尤里解釋得很詳細，內容都是從密會紀錄刪除的資料。他口中的裝置野心勃勃，戴斯蒙忍不住追問再追問，但尤里總能清楚回答，還有很多技術不夠成熟，但已經有足夠基礎確認方向。

「我在其中扮演什麼？」

「你很快就會知道。」

「從哪裡開始？」

「我們深愛的人，我們想拯救的人。」

戴斯蒙腦海立刻浮現被秀髮圈住的微笑臉蛋，以及她背後那輪皎潔明月。他彷彿又回到沙灘之夜，兩人躺在毯子上，珮彤在吹向大海的風中，瘋狂地吻著自己；接著他的想像換成坐在高腳椅上的嬰兒朝自己傻笑，那是他對康納最後的記憶。

「想見見你弟弟嗎？」

☣

他們租了車，由戴斯蒙駕駛，尤里則根據記憶指示路線。兩人向北離開阿得雷德，進入工業區，這裡也是犯罪率高得多的市郊。原本整齊的市容逐漸變爲小酒吧與破舊商店街，再被倉庫及車廠取代，車子最後駛進阿得雷德港。戴斯蒙將路線背在心裡。

途中看見好幾個路標，A9公路北邊的垃圾場、漁人碼頭和火車公車站等等。

「所以，」戴斯蒙開口：「你早就知道他在這裡。」然後還冷眼旁觀，讓我找偵探瞎忙。

尤里倒是直接回應他沒說出口的部分：「人之常情，換作是我，也會忍不住想找到他。」

「出院以後，他過的是什麼日子？」

尤里盯著前面說：「這裡左轉。」

公寓外觀很糟糕，屋頂有好幾處蓋上防水布，停車位被機車和古董肌肉車佔滿。

「靠後面停。」尤里吩咐。

戴斯蒙停車熄火，就要開門。

「留著。」

他回頭望向尤里，尤里低聲解釋：「你最好先從車裡看看他。」

戴斯蒙關好車門，不由得揪著一顆心，眼睛緊盯著從公寓門口出來、準備上班的每個人。

「差不多了。」尤里說。

戴斯蒙擔心自己根本認不出康納。都二十年了，記憶中的弟弟還是個小娃娃。不過他讀過病歷：超過三成皮膚受到三度灼傷。恐怕他會非常好認——事實也的確如此

五月下旬的陰暗天色是南澳冬季的序幕，戴斯蒙初次看見了長大成人的弟弟。

走出老舊花園公寓的康納，留著垂在臉上的雜亂長髮，右頰、下巴及前額都有醜陋不堪的疤痕，右眼周邊的皮膚布滿斑點，乍看像是淋過雨、顏色暈開的照片，影像模糊、無法挽救。

康納點了菸在兩手之間遞來遞去，邊走邊套上連帽運動衫，讓衣袖遮掩了肘彎的紅斑和瘀青。目送弟弟離開時，戴斯蒙驚覺一件事。「你是因爲他才找上我的吧？你踏進我辦公室之前，就已經知道了。」

「算是一半的理由。」

戴斯蒙不作聲，等尤里解釋。

「另一半是因爲『魔鏡』有一部分需要你這樣的腦袋，才能做出來。」

「哪一部分？」

「『具現』。」

戴斯蒙終於將來龍去脈都整理清楚。起因是自己與珮彤。琳恩・蕭察覺女兒感情受創，向尤里提議拉攏自己，告知可借用「魔鏡」的力量治癒兩人的心靈。尤里因此調查戴斯蒙，認爲確實是個可用人才——更重要的是，他是個能控制的人。但尤里也很謹愼，認爲單憑珮彤做爲籌碼還不夠，畢竟男女之情有時說變就變，康納才是更有效的一步棋。

當下他覺得自己對尤里的認知更立體了些。尤里確實說過自己主導人事，因爲他瞭解人性，然而眞相恐怕黑暗得多——尤里只是滿足他的控制欲，操弄每個人的一舉一動。意識到這個泥沼以後，他有了顧忌，卻也知道自己已經陷下去了，總不可能假裝沒找到弟弟。更何況，尤里是治癒自己的關鍵。

康納離開了他的視線。尤里又開口說：「戴斯蒙，康納和我們一樣是身不由己的受害者，但是他還有救，『魔鏡』是他唯一的希望。」他停頓幾秒，讓戴斯蒙思考，再補上一句：「我們有那個力量。」

「接下來要做什麼？」戴斯蒙問。

「需要你做另一件事。」

戴斯蒙等著。

「我必須確保你會堅持到底，所以必須逼你離開舒適圈。」

戴斯蒙凝視老人。他知道尤里的意思就是要自己挽救弟弟的人生。「我曾經衝進火海去救他，只是那次沒成功。這次就算會活生生被燒死，我也會再試一遍。」

31

戴斯蒙自己也很意外，他們並沒有立刻與康納聯繫。包含鄂洛在內的私家偵探收到酬勞後，同時也被告知案件結束。戴斯蒙與尤里兩人都留在阿得雷德，租了市中心的公寓，開始計畫如何行動。

兩人坐在客廳裡，尤里品茶時他躁動不已，急著要知道下一步。

「從哪裡開始？」戴斯蒙問。

「德爾菲。」

「什麼？」

「德爾菲神殿，」尤里說：「入口刻著一句話，『認識自我』，這也是康納前程的關鍵。他活到現在都只是被動地對環境做出反應，逃避和縮小自己的痛苦，沒有餘裕探索自己究竟是怎樣的人。」

「嗯哼，」戴斯蒙緩緩說：「怎麼幫助他瞭解自己？」

「先把他拔出原本的環境。」尤里在咖啡桌上放了一疊文件。

戴斯蒙快速翻閱，訝異地發現是財報資料，屬於名叫「黃橋路」、位於澳洲的網頁寄存公司。「我不懂。」

「首先要製造一個熔爐，燒掉世界加諸於康納身上的毒素，同時顯露出他的優缺點。」

「好，但爲什麼是網頁寄存公司？」

「接下來幾年，網路設施的地位會越來越重要，就像鐵路之於工業革命。此外，網路也是『魔鏡』不可或缺的一環。」尤里拿出另一份文件放在咖啡桌上，又是網頁寄存公司的檔案。戴斯蒙對那名字還有印象，叫作「基石」。

「你就透過伊卡洛斯投資『基石』。」

聽見尤里這句話，戴斯蒙猛然抬頭。

「伊卡洛斯以後做爲季蒂昂的子公司，會去掉無關的部分，專注在與『魔鏡』有關的企業上。」

尤里講得輕描淡寫，好像只是討杯咖啡，實際上卻是要走了戴斯蒙全部的身家財產。但他願意，爲了康納，他什麼都願意。

「你要加入『基石』的董事會。」尤里繼續吩咐：「『基石』買下黃橋路這間澳洲公司，然後你就以董事身分關切雙方的整合。資訊業的設備，你應該都懂。」

「很熟。」

「你出面提出建議，其中一項是要求網路工程師專心做他們擅長的事，路由器軟體、伺服器重建、軟體更新等等。」

戴斯蒙聽出了玄機。「所以就得聘請一群工人搬運伺服器、拆封設備、進行維護甚至負責拉線，現在的康納也做得到。」

「沒錯。」

「再來呢？」

「設法治癒他。將自願戒毒導入，做為員工福利，他不參加的話，就規定所有員工都得接受檢驗，陽性者強制戒癮治療。」

「要是他堅持不肯？」

「他會去的。因為他不會願意丟掉工作，以及隨之而來的一切。」

尤里拿出小冊遞給戴斯蒙，那是個叫作紅沙丘的治療中心。「這邊開始才是重頭戲，逼他參加戒癮課程、恢復健康之外，也要讓他學習技能，過程中要評估他的能力，並加以培養。」

戴斯蒙翻閱手冊。紅沙丘中心是老式英國建築，外牆、窗上楣板、屋頂灰瓦片都是石材，有許多綠色藤蔓攀附其上，外觀顯得老舊但內部設施新穎，雖非豪華卻乾淨舒適。土地有兩百英畝之多，所以自己種植蔬果，從附近農家購買肉品。裡面提供了很多課程，烹飪就是其一，還有園藝、裁縫，甚至程式語言。

「也在季蒂昂名下？」

「紅沙丘？那是非營利組織。不過上週我和他們的執行長見過面，捐了很大一筆錢。以後紅沙丘和『基石』是合作夥伴，我們送去的人一定會受到很好的照顧。」尤里頓了頓，再說：「等他回到工作崗位，就會改頭換面，成為應該有的樣子，之後再由你好好引導。」

戴斯蒙的情緒十分激動，充滿希望與感激。他吞了吞口水，擠出此刻唯一想得到的回應：「謝謝。」

☣

尤里的計畫在戴斯蒙眼前一步步實現。他明白尤里這麼做，並不僅僅爲了幫助康納和自己，也是要贏取兩人的信任，並證實所有計畫都會化爲成眞的現實。

康納果然進入了「基石」工作。戴斯蒙猜想他主要是看中工資。原本弟弟賺到的錢大半會注射進手臂，其餘塞到脫衣舞孃的胸罩或熱褲裡。後來康納開始存錢、有了改變，首先從阿得雷德北郊搬到市中心公司附近的地方，也買了新衣服，漸漸投入這份營造新生活的職務。他眞的放在心上，所以聽到戒癮治療就去參加了。

同一時間，戴斯蒙也在接受教育訓練。他要掌握季蒂昂組織內無數企業、子公司、非盈利團體、研究專案。這好像無邊無盡的一張網、一座龐大的迷宮，相比他在SciNet裡看見的，只不過是冰山一角。

他兩度詢問尤里，自己是不是應該開始參與「魔鏡」計畫，兩次都得到同樣答案。「先把心力放在你弟弟身上。」

尤里提供了康納的檔案，遠比戴斯蒙自己能蒐集到的情報詳盡許多，資料追溯到弟弟在南澳領養體系內的遭遇。多數不是官方紀錄，只是曾經在裡面工作、照顧過小康納的員工口頭陳述。他們印象中，那孩子嬰兒時期非常好奇也過得開心，幾年之後卻開始很辛苦，是同儕嘲笑、霸凌的對象，而常常打架自然會被當成麻煩，多半在其他機構有空位時，就第一個被送走。

康納那幾年裡像皮球一樣被人踢來踢去，是個沒人要的小孩。造訪孤兒院想領養孩子的人也是同樣態度，那情境在戴斯蒙腦海中栩栩如生：一開始，小男孩也會在遊戲室裡或站或坐，對陌生人扯著滿目瘡痍的面孔微笑，後來漸漸變得冷漠淡然，習慣了遭到拒絕。讀到這些文字時，他心碎了一遍又一遍，明明是個純眞的孩子，卻因爲命運捉弄而失去光明未來，實在太不公平。康納沒做錯什麼，爲何得承受這種人生？

燎原大火在戴斯蒙心裡不斷延燒。如果那天，他再堅強一點，穿過火海回到家裡，或許就能救回康納。爲什麼自己那麼窩囊、那麼懦弱？又或者，要是那天他沒跑出去玩，要是那天他早點回家？爲什麼只顧著蓋那座白癡城堡？

康納在寄養時期以電動做爲情緒出口，就像戴斯蒙小時候埋首書堆一樣。大部分寄養家庭都有電動主機，多數是別人買了新機種拿出來捐贈的二手貨。他從雅達利玩到任天堂和超級任天堂，只有坐在電視機前面，逃進角色扮演或策略模擬之中，才能獲得片刻寧靜。儘管現實世界裡滿滿的打架鬧事紀錄，康納卻不玩那種暴力血腥的遊戲，《眞人快打》、《魂斗羅》、《忍者外傳》都不對他的口味，甚至競速類如《冠軍賽 Pro-Am》也沒興趣。他喜歡的是史詩角色扮演，年輕勇者在飽受蹂躪的國度冒險、解救同胞。玩《勇者鬥惡龍》系列的時候，康納花很多時間練功升級和賺錢換裝，隨故事尋找同伴、反覆擊敗魔王。只有電動能夠陪伴他，寄養家庭也樂得輕鬆。

尤里提供的資料提及另一件戴斯蒙很久沒想起來的事，他以爲老家養的狗兒魯道夫已死在大火中，結果並沒有。其實康納會得救也要感謝魯道夫，因爲救援隊抵達的時候，發現那隻卡爾比犬一直對著廢墟瘋狂吠叫。找到康納的隊員之一後來收養了狗兒，雖然沒有後續紀錄，但已經足夠令戴斯蒙露出難得的欣慰笑容。

眞正令他驚奇的是：有人領養了十四歲的康納，不過檔案中完全沒有麥克廉夫婦安德森和碧翠絲的資料，只有一句手寫的留言：

這部分面對面談——尤里。

他看了立刻回公寓找尤里。「麥克廉夫婦的資料怎麼是空的？」

「這不會影響你對康納的瞭解。」

「那會不會影響我對他們的瞭解？」

尤里別過臉。「他們是所謂的壞人。」

其實戴斯蒙也猜得到。會領養問題兒童的有兩種人，一種是聖人，另一種就是惡人。原本他還希望會是前者。

「他們現在在哪裡？」

「入土爲安了。」尤里淡淡地說。

「怎麼死的？」

「車禍。」

根據他對尤里的認識，能察覺對方刻意略過了重點，但戴斯蒙也識趣地不再追問。

「之後康納怎麼辦？」

「就離開了。反正他那年已經十七歲，而且知道回去寄養體系沒什麼意義。」尤里走進客廳坐下。「康納開始尋找自己的人生，就像當年的你。」他嘆息。「差別是，他沒那麼幸運。」

「他的起跑點就比較慘，」戴斯蒙說：「何況在阿得雷德港當工人，絕對不像在舊金山寫程式來得輕鬆。」

「或許吧。但你離開奧克拉荷馬之前過得同樣辛苦，歐威爾．修斯談不上是個模範家長。」

「眞委婉的說法。」戴斯蒙嘟噥。

「所以，」尤里接著說：「你不應該自責。理由與藉口之間有很大的區別。康納過得艱苦，你也過得艱苦，背後都有理由，但你們不能拿這個當藉口。理由與藉口之間的區別就在『責任』，你對你的行爲和決定必須負起責任，他也是，我也是。而你不該將他的際遇當作自己犯下的罪。」

兩人一陣沉默。

「他還年輕，戴斯蒙。而且現在他有了你。」

「還有你。」

「那麼我們三個人就互相扶持。」

「先謝了。」

對於尤里拿掉康納在麥克廉家裡那段記述，戴斯蒙是感恩在心的。檔案其他部分已經記載了太多苦痛，戴斯衷心希望弟弟能夠眞的拋開過去。

事情的轉機出現在戒癮治療上。戴斯蒙能看到中心的錄影，康納在團體座談中喜歡閃爍其詞，本來就不安穩的夜晚變得越來越難入睡，然而面對戒斷症狀卻展現出堅強意志。他看得好難受，但必須看下去。

經由美沙酮治療，康納終於戒除海洛因毒癮。他彷彿脫胎換骨，從漫長惡夢中重生甦醒，氣質驟變、思考敏銳，感覺又活了過來。但傷痛仍在、孤立仍在，康納依舊無法融入社會，而且沒有家人朋友，以前毒品是唯一慰藉，如今連最後依靠也沒了。戴斯蒙眞想立刻開車去戒癮中心，抱著弟弟說出眞相，讓他知道自己並不孤單，告訴他一切都會好起來。

尤里卻告誡他不要輕舉妄動。「戴斯蒙，照計畫來。」

影片裡，康納在團體諮商開始對別的病人敞開心胸，大家都受過傷、都是來接受治療。他漸漸找到同伴，有了人際連結，門打開之後，沉睡多年的心靈動了起來。康納找到全新自我，重新認識不同的自己，就像尤里說過的德爾菲神諭一樣。他心底生出一股強勁的意志，好不容易爬出多年泥沼，絕不回頭再碰毒品。

尤里和戴斯蒙透過紅沙丘引導康納嘗試各種課程和技能，發掘他的才能。康納和哥哥不同，程式、數學以至於各種科學方面都不擅長，但對制定策略頗有心得，想必和玩了多年的電動有關。

「這可是關鍵。」晚餐吃的是壽司，尤里忽然開口。

「我不懂你的意思。」戴斯蒙說。

「『基石』以後要去爲全世界提供網路和數據設備。」

戴斯蒙咬了一口食物，味道很好，媲美他在舊金山常去的餐廳。

「你知道『基石』的成功需要什麼嗎？」尤里沒等他回答便說：「資源分配。」

戴斯蒙挑眉。

「公司需要的領導人才必須壓榨出每臺伺服器、路由器、交換機、磁帶備份的極限，根據需求趨勢，分配資源到需要的地區，對數據中心硬體做出正確判斷和精準預測。」

戴斯蒙恍然大悟。「像是策略遊戲。」

尤里點點頭。

「就像生命和魔法點數，設備升級也跟換武器防具很類似。」

「某個角度上是一樣的事。」

戴斯蒙放下筷子。「你早就想好了，是嗎？」

「我只是想像過康納能扮演的角色。」

而他扮演得非常好。康納加入「基石」在南澳的採購團隊，才幾個月就有一鳴驚人的表現。他選擇便宜但效能同等的硬體，幫公司節省了五十萬美元，對現有設備進行徹底審查之後，再賣出多餘部分並重新規劃。他醒來的每分每秒都追求四項指標：營收、消耗電力、網路利用率、硬體成本。他彷彿就是爲了追求四個數字的最大化，才推動公司進入下個階段。康納成爲澳洲業務第一把交椅的隔週，便與戴斯蒙初次面對面。

戴斯蒙走進「基石」在澳洲雪梨總部的會議室時，心裡很緊張。他設想過幾種與弟弟接觸的方式，包括在私下談話中吐實，但最後還是放棄。

會議室俯瞰市區風景。他和每個主管握手，輪到康納時，兩人視線交錯。戴斯蒙覺得自己與他握得太久，但弟弟似乎沒察覺。或許康納早就習慣別人對自己長相的異樣目光，握手同時總是目不轉睛。

戴斯蒙根本沒在聽報告內容——但康納說話時除外。「基石」要在墨爾本成立新的數據中心，還有可能會到紐西蘭基督城進行收購。會議結束，戴斯蒙起身，開口承諾會與董事會討論各種提案。他走出去的時候，卻聽見康納叫喚：「修斯先生。」

戴斯蒙呆了半晌才轉身。

康納小跑步上來，遞出一樣東西。「您忘了筆。」

他一時語塞，怔怔地伸手接過。康納轉身走了回去。

「謝謝你，康納。」戴斯蒙開了口，說得有些太大聲。

☣

尤里在公寓裡等著，在戴斯蒙進門時淡淡問了句：「如何？」

他聳聳肩。「兩個人素未謀面似的，氣氛超級、超級尷尬。」

「對你而已，戴斯蒙。他可不覺得。」

「得告訴他了吧。」

「時候還沒到。」

戴斯蒙搖頭。「怎麼說？」

「他還在尋找自我、重建人生。你應該很清楚那種過程，必須自己來才行。康納需要時間、空間來確認自己是什麼樣的人，想成爲什麼樣的人。現在說出眞相，只會讓他從自己的生命和事業上分散注意力，對前途更加茫然。戴斯蒙，我誠心勸你要沉得住氣。」

他不情願地照做了。

尤里說得沒錯，戴斯蒙隔著一段距離，目睹了康納在「基石」的起伏。他確實十分擅長分析、籌劃、策略，身爲領導者也有獨樹一幟的風格魅力，設定目標之後就全力以赴，絕不接受推託之詞，也不在乎別人的眼光。忍受拒絕與嘲弄那麼多年後，康納早已練就無視閒言閒語的定力。

進入「基石」不過兩年，在前任執行長退休之後，康納就被董事會推上大位。戴斯蒙刻意最後才投票，但結果根本無異議通過，康納得到所有人的認可。

戴斯蒙很高興自己多等了一段時間，不過他現在眞的等不下去了。他以討論「基石」未來走向爲藉口，邀請康納到訪舊金山自家。

於是，二〇〇五年六月的一個溫暖夏日，戴斯蒙坐在住處客廳，準備向唯一的親人、死而復生、失而復得的兄弟做一番自我介紹。他太緊張又太興奮，居然開始倒數計時。

電鈴比約定時間早了五分鐘響起。

32

飛機在西班牙海岸待命航線上時，尤里的電話響起。

「有新發現。」惠麥爾報告。

「說吧。」

「一九四三年，克勞斯率領探險隊，進入阿爾塔米拉洞穴。」

尤里完全不知道這件事。

惠麥爾那頭傳來翻動紙張的聲音。「能夠有此發現，是因爲另一位納粹科學家在紐倫堡大審裡提及過此事。他聲稱當時與克勞斯在一起，克勞斯否認此事，但克勞斯的行程得到邊境衛兵證實。」

「有趣。洞穴裡面有什麼？」

「壁畫，歐洲最早的一批，現在是聯合國教科文組織世界遺產。」

「那就對了。琳恩·蕭就是去那裡。在附近設定集合點，行動要小心，能動用的人手全部派上，這是絕不能輸的一場仗。」

33

琳恩踏進阿爾塔米拉洞窟密室，朝前面舉起手電筒。在她身後的珮彤看見了幾堆金屬箱，和米格魯號上發現的一樣外層有圓碟，可以打開檢查內容物。

琳恩彎腰滑開一個圓碟，又接著檢查了好幾口箱子，但都只看了一、兩秒。「骨頭。」她低聲說。

珮彤注意到母親臉上閃過一絲光彩，表情像是迎接聖誕節早上的孩子。三十年來，琳恩不斷尋找這個密室，畢生心血的最後一塊拼圖就近在眼前。

隨行人員魚貫地鑽過縫隙，游移的光束照亮了小房間。珮彤估計這裡不超過十五平方英尺，牆壁仍是山岩，入內後才能看到有一扇人工加裝的石門將其封閉。

「要搬出去嗎？」亞當斯問。

「不必，」琳恩立刻說：「找到庫存目錄比較重要，他們應該會記錄這裡找到的所有東西。」

奈傑爾四處張望。「也許在箱子裡。」

琳恩取出《愛麗絲夢遊仙境》初版書，放在箱子上。「克勞斯在裡面插了五張描圖紙，目前只用到兩張。」

「愛麗絲被淚水沖走，」艾芙莉唸著：「上岸以後和一群奇怪的動物進行『團會比賽』弄乾身體。」

亞當斯擠眉弄眼問：「『團會比賽』是什麼?」

「卡羅自己發明的詞（注），」琳恩注視書本。「就是繞圈圈跑來跑去，沒有辦法判斷誰勝出。」

「唔，我可不希望大家在這兒繞圈圈。」奈傑爾說。

「我們會記住你的忠告，格里尼博士。」

琳恩翻到第三章開頭，插畫上有一隻老鼠靠後腳站立，伸出了雙手，愛麗絲帶著十二隻動物在牠身旁圍成一圈，參與者之中有吸蜜鸚鵡、鴨子、渡渡鳥、龍蝦、河狸等等。

琳恩抽出描圖紙與洞窟地圖重疊，線條交錯。

注：原文為Caucus race，而Caucus在某些國家是「議會黨團」的意思，因此有評論家認為故事中的比賽其實是諷刺黨團會議。

「還有別的密室？」艾芙莉問。

「我不覺得。」琳恩喃喃自語。

「爲什麼？」珮彤問。

「因爲他不會那樣做。」

珮彤不免感覺母親與這位保羅．克勞斯博士之間，有著更深一層的關係。

琳恩翻書速讀，跳過另外兩張描圖紙沒取下。其餘人站在旁邊沒事幹，氣氛逐漸彆扭起來。但琳恩沒理會，她就是這樣的人。珮彤大概猜得出原因：母親研判——而且非常可能是對的——她自己是在場最聰明、也最有可能理解克勞斯留下線索的人，與大家討論只是浪費時間、分散注意力。

琳恩拿出第四張描圖紙疊在地圖上，看起來和狹窄岔路裡的深處小洞連接。

「另一個地點。」艾芙莉說。

「乍看是。」琳恩回答。珮彤聽得出母親並不認同，只是隨口回應，希望旁人別吵她。

第五張，也是最後一張描圖紙蓋上去，又和更深的洞穴重合了。

「或許在這幾個地方還有其他線索？」

「不太可能。」琳恩平靜地回答之後，繼續沉思。

最後她將五張描圖紙全疊在一起盯著看。

珮彤感覺氣氛越來越焦躁，大家可能不喜歡被蒙在鼓裡。

琳恩回頭與女兒視線交會，彷彿此刻才意識到身邊有其他人在。

「媽，妳在想什麼？」

「卡羅寫的這個故事有好幾層寓意，一九五〇年代季蒂昂開始『魔鏡』計畫時，也以《愛麗絲夢遊仙境》做爲命名的靈感來源。克勞斯當時是組織的高層，他認爲核彈與核子時代就像人類掉進兔子洞，使我們來到奇異又無法預測的發展階段，種族滅絕成爲了很眞實的可能性。」

她指著書。「故事開場就是愛麗絲覺得太無聊，跟著白兔走，所以進了兔子洞。」

「原子彈是兔子洞？」艾芙莉問。

「沒那麼單純，對季蒂昂的人而言，兔子洞和故事中其他頭腦聰明的角色，都象徵『科技』這個整體概念。例如抽水煙的藍色毛蟲對愛麗絲的身分危機提出質疑，顯示出科技的另一面——它是客觀中立的，卻又逼人類面對眞實的自己。毛蟲還告訴女孩，蘑菇的一邊能讓她變大，另一邊能讓她變小。」

「但是媽媽給的蘑菇沒有用。」艾芙莉悄悄告訴亞當斯，他聽完笑著搖搖頭。

「意思就是，」琳恩的語氣帶著強調：「科技擴大的同時，也縮小了我們的世界。卡羅出版這本書的背景是電報與鐵路快速連結全球人類的時代，蒸汽機使都市規模一發不可收拾，也撐起了工業化農業，於是人口開始暴增。這本書的成書時間是一八六五年，那時地球人口大約十三億，到現在已經增加爲六十二億之多，這應該是歷史上任何大群物種最迅速的成長率。」琳恩邊說邊對齊描圖紙。「但對季蒂昂而言，故事有更深的含義，我們始終認爲文學界並沒有眞正理解《愛麗絲夢遊仙境》，他們以爲只是新型態的奇幻小說或文字遊戲的新巔峰。事實上，愛麗絲進入的地方與原本世界的差別沒有那麼多，是她自己不斷改變，一下太大一下又太小，感覺好像她不明白自己能力的極限，又或者看不穿自己受到外界什麼影響。她迷失了，想要回家，但最後遭到審判，原因是變成巨人的她，會奪走其他動物賴以爲生的空氣。」

「類似大滅絕。」奈傑爾緩緩說：「第四紀滅絕事件，或者現代發生的物種滅絕現象。」

「正是如此。卡羅對很多領域都有足夠的涉獵，十分清楚地球經歷了怎樣的變動。」

「那結論到底是什麼？」艾芙莉問。

「想知道的話，首先得瞭解克勞斯。」

「像妳一樣。」珮彤還是認爲自己有個地方沒想通，而且越來越肯定。

「嗯。」琳恩背對大家，拿著疊好的描圖紙，朝向提燈的光線。「克勞斯相信他的研究能帶領人類脫離所謂的兔子洞。他認爲關鍵在於科學，尤其是基因學，最値得關注的是人類基因在每個時代的演變，人類基因組裡有指向終極眞理的麵包屑。原始人的基因組之於克勞斯，就像這一層層描圖紙，只要找到關鍵的幾層，就能組合成圖畫，上面有著能帶我們逃離兔子洞的唯一答案。」

她轉身展示五張描圖紙疊合的圖形。圖形在提燈光線照耀下，有些部分深有些部分淺，就像山洞裡的壁畫。那是一頭母鹿。

「這才是我們要找的目標，清冊就藏在那裡。」

34

朴尚民（注）活了大半輩子，還沒這麼害怕過。他滿臉大汗，整輛車裡只有心電圖機器的嗶嗶聲，彷彿為眾人的死期倒數計時。

他從沒想過自己會跑到這種地方來。一輩子辛勤工作，當住院醫師期間差點過勞死，成為研究員後養好身子，決定投身醫學研究，以為昇華生技是做尖端神經治療的公司，於是很慶幸自己得到夢寐以求的職位，能為世人貢獻心力。眞是太傻了。

X1曼德拉病毒肆虐全球，使人口驟減，昇華生技召集員工到總部會議室，表示公司對生化災害有因應方案，他們可以選擇回家，或是接受安排撤離到安全地點。那不是很難的抉擇，回家只是變成政府名單上籍籍無名的小輩，但公司可是將大家送到私人島嶼，等待風平浪靜。他那時還以為自己幸運得救。

但他很快就發現，原來那座島才是不歸路。尤其是戴斯蒙・修斯帶著被昇華改造的腦部植入物出現以後，事態更是急轉直下，朴尚民被迫跟在康納・麥克廉身邊，一起尋找「具現」的下落。

「醫生！」康納在駕駛座上大叫。

朴尚民看看儀器顯示的腦波圖，才張開嘴就又闔上，因爲波形忽然塌陷。「他要醒了！」

康納立刻發動引擎。

一名傭兵從後門竄出，一拳頭打在車庫大門按鈕上，但雙開門紋風不動。

「停電了！」康納厲聲說：「自己拉開！」

傭兵又跑到車子前方，朝緊急開門索用力拉扯。門一打開，猛烈熱風就吹進來。

朴尚民被嗆得一口氣怎麼也吸不到，覺得自己被丟進火爐，連思緒都當場融化。

傭兵爬回車廂內，重重甩上門。輪胎在地面磨擦出尖銳叫聲，貨車飆進外頭道路。

隔著擋風玻璃，朴尚民只能看見一片漆黑。入夜了？不對，是大火濃煙遮蔽了天日。火勢已經燒到距離路面不過三十呎處，正快速飛躍到屋頂、樹梢上，停在附近的車輛和住家車道都已蒙上灰燼。

「地點？」康納吼著問。過了幾秒鐘，他提高音量，再問了一次。

什麼地點？朴尚民摸不著頭腦。

「醫生，」康納咆哮：「快告訴我地點。」

應用程式。迷宮實境。康納先前將衛星手機給了他。他趕快打開操作。

注：「賽門・帕克」醫師的本名。「朴尚民」羅馬拼音為Sang-min Park，近似普通英文名Simon Park。

搜尋入口……

康納還在大呼小叫。

入口位置出現在螢幕上，是門洛帕克的地址，不到三哩。

「很近。」朴尚民聲音很小，好像在說悄悄話。

康納爆出一連串咒罵。

他唸出地址，就在奧斯汀大道上。「我設導航。」

「不必了，」康納回答：「我知道在哪裡。」接著他朝無線電下令：「二號隊打掉哨站，等我們經過就跟上。」

「收到。」部下開始在頻道傳令和就定位。

朴尚民聽到別隊從哨點俘擄了X_1部隊的人，暗自慶幸那些傭兵沒有下殺手——大家都是出來工作的，只是恰巧時間地點不對而已。季蒂昂始終聲稱不想製造多餘犧牲，他衷心希望是真的。

行經哨點時，他看見三輛貨車正在等候，另外還多了兩輛軍方的悍馬車。五輛車子跟了上來。

車隊高速穿越廢棄無人的社區，脫離煙霧之後，總算看見陽光，一行人彷彿剛從巨大隧道竄出來。

康納把車子停在一棟兩層樓建築前面，屋子已被黃色封條圍住，石材外壁加裝了鐵窗，屋頂有陡峭山牆，灰色石板瓦不平整地布滿裂痕，感覺像是幾百年前的歐洲老房子。

前座上，葛因斯對康納說：「和在蕭家一樣的作法？」

「不必。」康納回答的同時，將車子退到車道上，撞破封條。「兩個月之前才搜過這裡。」

葛因斯皺眉望著他。他倒車停到空地，打開車門。「這是戴斯蒙的家。」

季蒂昂部隊竄進院子、翻過黃楊木籬笆，掀開窗戶。黑色鑄鐵前門幾秒鐘之後打開，開闊中庭地面鋪有粒料，乍看像是許多小石頭鑲嵌在混凝土內。貨車與悍馬車紛紛倒車進入。

朴尚民趕快操作手機，進入迷宮。

下載中……

五分鐘後螢幕又閃爍。

下載完成。

電腦螢幕上，戴斯蒙腦波的波形再度變化。他進入夢境，開始記憶回溯。

☣

戴斯蒙走去應門時，在長褲上抹去掌心冒出的手汗。陽光穿透鉛玻璃，讓門階上的人影五官朦朧。

他拉開家門。「你好，康納。」

康納與他握手，說話還是帶著很濃的澳洲腔：「您早，修斯先生。」

戴斯蒙好幾次要他直呼自己名字，康納始終沒聽進去。

康納入內後抬頭一望，看見眼前的玄關挑高到二樓，頂端掛著華麗吊燈。「您的家真漂亮，是英式莊園設計嗎？」

「是。」

「維護得很好，您翻修過？」

「其實是前屋主自己新建。」

「那就厲害了，好多細節做得非常逼真，讓人看了以為房子兩百年前已經坐落在這裡。」

「它的作工很精細。五年前網際網路泡沫化以後才被我買下，主要是為了土地，我打算以後隔成公寓或者拆了重新規劃。」

康納的眉毛一挑。「您居然願意拆掉這樣一座豪宅？」

戴斯蒙微笑，很開心能和弟弟閒話家常。「我認為未來的潮流是都市密度會繼續成長。」

康納點點頭。「有道理。這讓我想到澳洲那邊有很多老宅，在殖民時代結束以後都無法好好利用。」

戴斯蒙倒是知道其中一些的新用途，例如兒童醫院，森林火災之後，康納命在旦夕時就在那裡療養。或者孤兒院，他在裡頭依舊因為疤痕遭到排擠，總是不受領養者的青睞。

「要不要帶你參觀參觀？」戴斯蒙問。

「好啊。」

他們從玄關往左進了藝廊，前屋主收藏的藝術品大半都還留著，但戴斯蒙故意挑了兩張自己的照片掛上去，求的就是此時此刻。他在第一張前面停下腳步，那是六歲的自己站在油井前，旁邊的歐威爾．修斯顯得非常高大，臉色猙獰。

「這是你？」

「對。」

「隔壁是令尊？」

「不是，是伯父。我五歲時被他收養。」

康納只是點點頭。戴斯蒙還期待能誘導他說出自己是孤兒，結果只換來他的沉默以對。

他只好走向第二張裱框照片，這是從歐威爾家中取出的，畫面依然是黑白，中間有皺褶。影中人是歐威爾與弟弟亞利斯泰．修斯一起站在壁爐前，兄弟倆才十幾歲，都留著很短的平頭，表情非常堅毅。

「也是你伯父？」康納問。

「對，比較年輕那個是我父親。」戴斯蒙很想說我們的父親，他緊盯著康納，但弟弟沒有任何反應。

「他們兩個人出生在英格蘭，」戴斯蒙繼續說：「是戰時孤兒，被基督徒兄弟學校帶到澳洲。接受領養的孩子多數過得不好，都被強制勞動，甚至遭到虐待。」

他又等了一會兒，從餘光瞥向弟弟。你聽說過嗎？

康納的神情毫無變化，再開口也不帶情感：「真可憐，孤兒本來就特別脆弱，除了監護人也找不到其他人能保護，要是還被虐待，真的會走投無路，除非有其他孩子可以幫忙。」

問題是，其他孩子也排擠康納，他才是真正的孑然無依。

「不過——」康納語調稍微溫和了一些。「看起來，」他指著四周。「至少您現在過得非常好。『基石』那邊也一樣。」他將手放在公事包上。「我帶了最新的財報和數據中心資料，您可以看看。」

「可能再等會兒吧。」戴斯蒙輕聲回應。

他領康納穿越已打開的隱藏式滑門，走進嵌板隔間的書房。「要來點喝的嗎？」

「不了，謝謝。」

戴斯蒙示意康納坐在一張單人扶手椅上，自己坐到了對面。「我想趁這機會，多向你自我介紹一下。」

康納瞇起眼睛，臉上閃過一絲疑惑，但立刻回復淡漠神情。

「剛剛說到我五歲的時候被伯父收養。其實，我是在澳洲出生的。」他停頓一下，希望康納有些反應，但依舊沒等到。「我的父母死在『聖灰星期三』那次森林大火。」

此時康納的眼角微微抽動，還是不講話，氣氛就像水壩即將潰堤。

戴斯蒙的身子向前傾。「小時候，我家是牧場，大火那天我去樹林裡面玩，跑得比較遠，聞到焦味才察覺不對勁。那場火……好像從遠方山頭上行軍過來。我用最快速度飛奔回家，可是全家已經燒了起來，屋頂上全是火舌，籬笆跟個火圈一樣。我很努力試圖跨過去。」

他脫下鞋子，露出腳掌疤痕，又撩起褲管展示斑駁、粗糙如樹根爬過的腿部。

康納瞪大了眼睛。

「不知道因爲痛還是因爲缺氧，」戴斯蒙繼續說：「總之我昏倒了，被救援隊發現、帶走。」

他再等了等，康納還是沒講話。

「義工替我聯絡了親戚，找到歐威爾收養我，其實他並不想。當時我以爲家人都已死去，直到幾年前回澳洲去爲父母上墳，才注意到居然沒有弟弟的墓。我透過協助找到了他，合夥人尤里．帕挈柯幫我買下叫作『黃磚路』的網頁寄存公司，並且僱用我弟弟。現在看著他一路成長、蛻變，令我十分欣慰——康納，你眞的很棒。」

康納跳了起來，滿臉警戒。「你什麼意思？」

「我早就想告訴你——」

「你說謊。」

「我沒有。你被領養之前就叫作康納．修斯。」

「這姓氏很常見。」

「而且是我們的姓氏。康納，你就是我弟弟。」

「不可能。」

戴斯蒙向前傾身。「是眞的。」

康納板起臉。「你有什麼目的？」

「沒有目的。你是我僅剩的家人，我想——」

「告辭了。」康納拿了公事包，轉身就走。

戴斯蒙追過去。「等等，康納——」

他沒轉身、沒放慢腳步、沒回頭，直接甩上了大門。

戴斯蒙之後坐在書房中，不斷回想整個過程，想著如果換個方式、換種說法，是否就不會弄巧成拙。

戴斯蒙打電話給尤里，尤里的忠告很簡單：「有點耐性，戴斯蒙。」

他也想要有耐性，但腦袋就是轉個不停，無法做事，連書也讀不下去，只能做做運動、去院子把看得見的草都拔掉，修剪完灌木又去剪大樹。

因此門鈴響起的時候，他也沒聽見。太陽下山時，後院的木門嘎吱一聲打開，康納跨進兩步又停下來。戴斯蒙顧不得身上沾了一堆草渣、兩手都是泥還滿臉是汗，趕快走了過去。

康納語調平板：「爲什麼不告訴我？」

「我很想，但覺得必須給你自己的空間。」

「是你讓我升職——」

「不，這點我可以保證，康納。你走到今天這一步，完全是你自己的功勞。我們買公司僱用你，只是給你機會戒毒癮、恢復身體健康、改善生活品質，不讓大火毀掉你的人生。」

康納別過頭，神情變得比較溫和。戴斯蒙依稀看見他眼角有滴淚，被面部疤痕拉扯住。「接下來呢？」他很小聲地問。

戴斯蒙聳聳肩。「我不知道，只是想多瞭解你。」

康納點了頭。

「餓不餓?」他繼續問:「我正想叫外送。」

一整天下來,康納初次露出笑容。「嗯,好主意。」兩人一直聊到了凌晨,講了歐威爾・修斯是怎樣的人、戴斯蒙如何來到舊金山,還有康納小時候在寄養家庭的生活。兄弟倆都有不堪回首的記憶,也有些妙事跟彼此分享。當康納再度起身準備離去時,兩人都哭得眼眶泛紅。他們不再握手,康納也不再開口閉口都是「修斯先生」,而是在玄關緊緊擁抱了戴斯蒙。

「別再隱瞞我了。」康納說。

「我保證。」

康納伸手要開門。

「你明天能再過來嗎?」戴斯蒙問。

「當然。」

「那好,本來就還有件事想告訴你,對你可能是很重要的計畫。」

「對你呢?」

「至關重要。」

「是什麼?」

「它叫作『魔鏡』。」

康納下了車，踏進空地。戴斯蒙還躺在後面的病床上，身體連接著機器，螢幕隨時更新他的狀態。兄弟倆很快就要重逢，兩人一起面對如今的局面。

他從後門進入走廊，經過泥巴間（注）、洗衣間來到藝廊。戴斯蒙與歐威爾的合照已從框內被取走，由季蒂昂掃描成圖檔，一個月前在健太郎丸號上還給戴斯蒙看過，以爲能夠刺激他恢復記憶。爲了調查「具現」的下落，這間屋子被特務翻箱倒櫃搜過一回，卻沒有任何發現。

康納環視書房。十一年前，他的人生在此徹底轉變，想起哥哥爲自己做的種種，他不免爲之心痛。小時候戴斯蒙就想要救他，不惜冒生命危險還燒傷自己。長大之後，戴斯蒙終究將他救出生命中的深沉黑暗，他眞的希望那個哥哥能回到自己身邊。

耳機傳來聲音：「呼叫零號隊，無線電竊聽到X1發現哨點的人不見了，已經開始搜查。」

「馬上過去。」

注：西方國家某些地區的房屋會設計供人褪去髒汙鞋帽外衣的空間。

35

艾芙莉在阿爾塔米拉洞穴入口一帶搜索時，她的衛星電話響起，而她完全沒料到居然還能使用。她看都沒看就接聽起來。

「普萊斯。」

「長官，奧斯汀大道這裡有狀況。」

雖然她事前已安排人手監視戴斯蒙的家，但艾芙莉還是第一次聽到報告，壓根兒沒想過真的能等到什麼。她下意識想找到收訊好的位置，便往洞口移動，直到靠在木門框上能看見夜空濃密雲層，月亮從雲後探頭的地方才停下。

「說。」

「五分鐘前，有人侵入了屋內。」

「誰？」

「無法確認，所有人都穿著沒有標記的防彈衣。」

「規模？」

「四輛廂型貨車、兩輛XI悍馬車，目前看見五人，估計總數在十五到三十之間。」

「裝備呢？」

「符合戰術檔案記載的季蒂昂標準裝備。」

「目前情況？」

「車子停在空地上，兩輛沒有動靜。」

艾芙莉開始思索。根據情報顯示，季蒂昂早就搜查過戴斯蒙住處，為什麼又回去了？但一秒之後她就想通了。

「長官？」

「我還在。」只可惜負責盯梢的僅有三名特務，還四十八小時輪一次班，這種人數要擊破、封鎖對方毫無可能。「你們先在原地待命，如果對方離開，就盡可能低調跟蹤。」

「收到。」

艾芙莉掛斷後，撥了一直不想面對的另一通電話。才響了一次就被大衛．沃德接起來。

「大衛——」

「我的老天，艾芙莉，妳在哪裡？離開牛津大學以後到底他媽的怎麼啦？」

「琳恩．蕭不肯對外洩露所在位置。你聽好，麥克廉去了美國，在舊金山市郊。」

「妳怎麼知道？」

「我派人監視戴斯蒙的家。麥克廉現在大概就在那邊——很可能還帶著戴斯蒙。」

「不能確定吧。」

「但可以確定有人在那邊，」艾芙莉說：「我能想到的理由只有一個。」

「『迷宮實境』的地點。」

「完全正確。戴斯蒙是所有問題的關鍵，得不到『具現』，對方就無計可施。」

「但臆測成分太高了。」

「我有把握。」

沃德嘆氣。「妳想要我怎麼做？」

「武力突擊他家。」

「妳瘋了？萬一只是闖空門的——」

「絕對不是。我的直覺很準。」

大衛的語氣軟化：「我知道他對妳很重要……」

「跟那無關。」

「是，當然無關。」他先語帶嘲弄，但隨即正經起來。「我會想辦法救他回來。妳那邊呢？需不需要支援？」

「沒事，我想季蒂昂還沒發現。這次我同意琳恩．蕭的作法，知道位置的人越少越好。有需要的話，我會再打電話給你。」

「要是找到了他，我也會聯絡妳。」

透過夜視鏡，尤里注視著金髮女特務將電話塞進防彈衣裡，掉頭回到山洞中。

他朝身旁的傭兵瞥了一眼。「上尉，準備進攻。」

36

隔天康納提早到了，戴斯蒙很高興，兩個人進入鑲嵌木牆的書房，繼續分享成長過程的點滴。儘管距離三千哩、分隔兩個大陸，接受不同人撫養，兄弟倆發現彼此的人生還是很相像，性格堅韌、認眞，有時候太過執拗。他們的心靈都受創甚深，傷口始終沒能癒合。

兩人再無保留，毫無掩飾地說出自己的過去。一般面對陌生人的話，或許會加以粉飾，試圖為自身行為附加解釋或者藉口。但面對親兄弟，兩人奮不顧身地誠實以對，相信不會受到批判，無論有什麼過去，都能繼續被愛。

戴斯蒙找到了出口——一個可以信任的人，茫茫人海中的錨點。從珮彤之後就沒有過這種關係，他甚至已經遺忘自己多懷念這種感覺。於是他向康納說出自己殺了德爾·伊普利，如何察覺無法給珮彤對等的愛，也說出所有的心痛和憂鬱。

最後，康納終於問了戴斯蒙等待已久的問題。

「那個『魔鏡』——到底是什麼？」

「特效藥。」

「治什麼？」

「治好我們。」

「就這樣？」

「還多著呢。」

康納微笑時牽動了半邊臉頰，瘢痕扭曲的情狀好似怪物的猙獰，然而神情中的笑意與猙獰面目形成了強烈對比。「你說話能不能不要這麼神祕兮兮啊？」

「最近我領悟到眞正的知識要靠努力得來，而不是囫圇讓別人灌輸。走，有東西給你看。」

兄弟倆開車離開門洛帕克，穿過聖馬刁和戴利城進入舊金山。戴斯蒙照著尤里之前的路線：從金門公園到舊金山要塞再到鬧區，停在立體停車場後，搭電梯至二十五樓的公寓房間。他對櫃檯後頭的接待員點頭示意，便拉開通往圖書館的隱藏式滑門。

康納望著三層樓高巨大圖書館，十分震驚地說：「愛書成癡的你居然還能從這種地方走出去，眞難以想像。」

「我在裡面蹲了好一陣子。」戴斯蒙逕自往裡面走。「不過已經找到了需要的東西。」

「是什麼？」

「答案。」

「什麼的答案？」

「我們存在的眞正本質。揭開覆蓋在現代世界上的重重面紗以後，才能看見眞相。」

「唔。」

「我要出給你的考題不是一般的教學課程，它們會引導你瞭解『魔鏡』。答案不能靠我給你，你得自己找出來。只要你願意努力，一定辦得到。」

「我會堅持到底。」

「很好。」

戴斯蒙關上門，兩人坐到落地窗邊的長桌上。

「外面那些都是公寓房間，等你從澳洲搬過來，這裡也有基石的分部能讓你做事。」

康納點頭。「反正也沒有什麼非得留在雪梨的理由。更何況……我唯一的家人在這裡。」他微笑。「有家人居然也是要習慣的事情。」

「至少是好的改變。」

「對我來說，你比基石更重要。我辭職無妨，專心陪你做這邊的事情就好。」

「不需要。基石就是計畫的一部分，況且你也投入了很多心思在裡頭。」

康納點頭。「好，要怎麼起步？」

「從回答問題開始。對我們兩個來說，『條條大路通澳洲』。」戴斯蒙站起來。「四萬五千年前有個大事件——某個部族製造船隻、橫渡幾百哩汪洋，成為歷史上最初踏上澳洲的人類。當時他們擁有地球上最先進的技術，但一六〇六年荷蘭人登陸時，卻發現原住民在科技方面極為落後。第一個問題就是：為什麼會這樣？人類最早的航海家怎麼了？」

戴斯蒙看著康納像幾年前的自己一樣穿梭在書架、書本之間。弟弟和他住在同一間公寓，除了工作之外，時間全花在圖書館上，兩人見面時也會提出許多理論和疑問。如同尤里那般，戴斯蒙也保持耐性、循循善誘。每當康納答對一個問題，他就問出下一個。

康納花的時間比較久，但搬到舊金山過了一年半以後，他也終於領悟到眞相。翌日戴斯蒙再造訪他時，尤里也跟在身邊。

「康納，今天要介紹一個人給你認識。他是我的恩人，帶我進入季蒂昂、幫我找到你，還設計了『魔鏡』，所以也是我們的夥伴。」

尤里與康納握手。靜謐的圖書館裡，彷彿有條無形的絲線將三人綁在一塊，由痛苦記憶和對美好生活的渴求編織而成。

坐下以後，康納先開口：「從哪裡開始？」

「掌握先機。」尤里說：「往後的網路攻擊會成爲常態，政府與大企業都會想要做好內部防禦。我希望他們碰上阻礙的時候就投靠我們——投靠基石。」

「當然。」康納回答：「網路安全是核心業務，現在基石已經爲很多金融機構、國際藥廠和保險公司負責這一塊。我們的運行時間是業內頂尖，無論產生器、故障轉移還是災難恢復服務，應有盡有。」

「得更進一步，」尤里說：「開始提供獨家軟硬體給精選的重要客戶。」

康納搖頭。「目前基石還沒涉足軟體市場。」

尤里朝戴斯蒙挑挑眉。

「我研究看看。」他說：「找一間做網路安全的新創公司買下來。網路泡沫之後取得資金不容易，應該會有不錯的目標。」

「很好。」尤里說：「除了網路安全，還需要一套專門因應天災的軟體，主要提供給負責緊急應變的單位客戶端，便利他們組織協調以及和災民溝通。」

「沒問題。」康納說：「但感覺得稍微改名才對，目前名義上還是網頁寄存公司，照你說的，業務就會拓展到軟硬體和其他服務了；也得招募專家學者為『魔鏡』的量子電腦尖端技術進行研究。」

「嗯，那些部分交給你。」尤里轉頭問戴斯蒙：「『具現』的進度如何？」

「算是穩定，但比我希望的慢。」

「總是這樣的。」

☣

之後三人每週都會見面，坐在圖書館裡報告自己負責的魔鏡元件開發進度。

康納將公司改名為「基石量子科技」，在戴斯蒙協助下併購了一間網路安全新創公司。巨大拼圖彷彿被他們一片一片組合起來，慢慢地變得完整。時間飛逝到二〇一〇年夏季，尤里對戴斯蒙提出了新的安排。

「希望你能到季蒂昂名下另一間公司當董事。」

「可以啊，哪一間？」

「輝騰基因。」

聽起來很耳熟，尤里直接說出答案：「是琳恩‧蕭的公司。」

「工作重點是？」

「表面上……從基因層次研究疾病成因，爲病毒做基因定序。」

「表面下呢？」

「恐怕只有琳恩‧蕭知道。」

「那我的工作重點是？」

「調查她有什麼盤算。」

戴斯蒙一笑。「你那邊應該有比我高明的間諜？」

「但她最信任的人是你，我最信任的人也是你。」

戴斯蒙沒提起過那一夜自己跑去琳恩家裡的事，不過從尤里的語氣判斷，他確實知道。知道也好，戴斯蒙對康納、對自己的導師都不想有所隱瞞。

隔週他就參加了輝騰的董事會，對那裡的研究起了很大興趣，認爲潛力無窮。輝騰主要研究引發疾病的基因與表觀遺傳因子，提出的願景是：未來只要結合症狀報告與基因定序，就能做出精確診斷，藥物則像咖啡一樣能自行合成。家家戶戶都該配備醫療用3D列印機，有什麼疾病徵兆，便可以最快速度投藥治療。

同時他也對琳恩‧蕭展現的工作熱情大感折服。此時在門洛帕克的會議室內，她站在投影幕前，背後畫面是個雙螺旋體。

「我們活在人類歷史的轉捩點，從這一代起治癒疾病——不是一種、兩種，而是所有疾病。人類經歷過很多次這樣的轉捩點，例如農業、啓蒙運動、二戰等等，但沒有一次能和現在相提並論。根除疾病，將開創人類的黃金時代。」

她直接凝視戴斯蒙。「今天我們又向前邁進一步。讓我們一起歡迎戴斯蒙．修斯，他主要投資電子業新創，其中有些公司大家應該耳熟能詳。」琳恩唸了幾個名字。「有鑒於我們在數據中心方面遭遇越來越多困難，戴斯蒙的加入想必會是非常大的助力。他對大數據分析的經驗豐富，尤其科技領域更是不在話下，相信有些人還記得SciNet？戴斯蒙是當年的高層之一。他目前也是世界最大、超高安全規格網路伺服器廠商『基石量子』的董事。

「總之，歡迎戴斯蒙，無論資訊技術、財務會計或其他領域，都請你多多指教。」

散會以後，琳恩朝戴斯蒙伸出手。「我帶你四處參觀一下？」

☣

「這是我們最頭疼的地方。」琳恩和戴斯蒙站在數據中心裡。

「可以外包給基石。」

「是，但狀況會更複雜。我們承諾提供資料的客戶絕不委任他人，即便沒有這個承諾，我們也希望保有主導權，按照內部的需求和規畫來發展。」

「好吧，我和我弟弟談談看，或許能採取顧問模式協助升級，幫忙聘任適合的人才。」

「那就太好了。」

兩人到了電梯裡，琳恩又說：「我們還希望能與另一個基石的專案做整合，也就是他們的緊急因應系統。」

戴斯蒙一聽，蹙緊了眉心。

「輝騰做基因定序的速度是世界第一，遇上疫情爆發可以分析樣本、病毒和鑑定突變，說不定還能從基因技術方面協助追蹤接觸者。」

「妳是指什麼方面的整合？」

「行銷。希望基石的業務員能順便推廣輝騰的疫情對應專案，直接包裹在他們的資料急救服務裡。」

「我會和康納說一聲。」

「謝謝。」

出了電梯後是一大片迷宮似的辦公隔間，中間有幾條狹窄走道，猛然一看會以爲是塑膠做成的圍籬花園。上班族個個微低著頭、戴上耳機，專心凝視螢幕。

兩人進入琳恩辦公室後，她關門就座。一整天下來，戴斯蒙第一次聽到她的語氣變得柔軟。

「難得又見面了呢，戴斯蒙。」

「對啊，好久不見。」

「叫尤里別瞎操心了。」

戴斯蒙聞言，一口氣從鼻子噴出來。琳恩．蕭眞的很直接，什麼都不怕。

而那份坦率也刺激了戴斯蒙。有件事情，從尤里邀他入夥以後就深埋在他心中，很想知道卻又怕受傷。

「她還好嗎?」

琳恩臉上平靜無波。「也就只能這麼好了。」

她的答案像是一針嗎啡，最初有點刺痛，接著奇怪的麻木感流竄戴斯蒙全身，心靈好像被什麼東西覆蓋了，才不必承受始終存在的苦楚。他無法正常思考，靈魂彷彿出竅。

琳恩打破沉默：「戴斯蒙，它能治癒所有傷痛。」

「它?」

「『魔鏡』。」

☣

同一天夜裡，戴斯蒙做了曾經發誓絕對不做的事情。他開了瀏覽器上Google搜尋「珮彤·蕭」。

第一條搜尋結果是疾管中心歡迎她加入當屆疫情調查訓練班。照片上大約有一百人站在玻璃建築前面，珮彤在後排，臉上沒有笑容。看見珮彤的臉蛋，讓戴斯蒙的心一沉，直接掉進深淵。他接著看第二條、第三條搜尋結果，一路挖掘自己錯過什麼，在發現約翰·霍普金斯醫院貼出她的照片並列爲住院醫師時，稍微停下來，這才注意到她與母親其實很神似，都有精緻的華人五官、膚質很好，頭髮顏色也深。但他也看到兩人交往時從未見過的東西：珮彤的眼角浮現了淡淡魚尾紋，顯示生活中有不少操心之處。那抹微笑太嚴肅，日光太專注，十二年前在萬聖節派對上無憂無慮的女孩，再也找不回來。戴斯蒙的心情又蒙上一層陰霾。

找了很久始終沒找到他擔心的消息，也就是珮彤已經步入婚姻。沒有結婚網站的文章敘述她如何遇上靈魂伴侶、夫婦倆養什麼寵物、新娘婚前派對或婚禮過程等等。戴斯蒙爲此又喜又悲，不禁懷疑珮彤是否還在等他——或者被自己害慘了，變得和他一樣無法眞正去愛。

他太沉浸在搜索之中，沒聽見有人開門走到背後，直到康納出聲才驚醒。

「這樣不太健康。」

戴斯蒙轉身，別過頭不再盯著螢幕。「我知道。」

康納從長桌那邊拉了椅子過來。「怎麼啦？」

「今天見了她母親。」

「然後？」

「忍不住聊了她的近況。」

「那你要和她聯絡嗎？」

「不要。」戴斯蒙一口回絕：「不行。想是想，但……」

康納點頭。「你說找我要談談基石的事？」

「嗯，其實和琳恩也有關係，他們那邊需要一些協助。」

☣

戴斯蒙一方面監督基石與輝騰的合作，確認數據中心順利升級，另一方面將其餘時間都用於打造「具現」上。他們對外以「具現遊戲」為名做掩護，然而進度落後得頗嚴重。尤里反覆告誡要保持耐性，但戴斯蒙與康納按捺不住，總是心急著想完成「魔鏡」。

二〇一五年一個溫暖夏日，戴斯蒙的人生又出乎意料地拐了個大彎。輝騰裡面的生物統計團隊與商業、科研兩邊衝突不斷，員工請他出面調停，結果失敗得一塌糊塗。

生物統計團隊主任名叫赫曼，年約六十幾歲，是相關領域的博士。他戴著細框眼鏡，講起話總讓人覺得酸溜溜的。

赫曼雙手十指交纏，放在桌上，呼了口氣。「問題很單純，他們每次起心動念就來要一份報告，也沒給多少時間，我哪來的人力能做完？」

「分出優先順序啊。」財務長說：「明天早上八點，我就要搭飛機去開投資人會議，沒拿到報告的話，所有單位都別想有預算。」

「你什麼時候知道要開會的？」

「不記得。」

「我昨天才收到你的要求，合理假設會議日期很久以前就已安排好。」

財務長翻了個白眼。

「你沒好好規劃時間，不該變成我們部門的急件。」

戴斯蒙瞪著他。「是這樣嗎？」

赫曼沒回話。

「這是科技公司，」戴斯蒙說：「每件事都是急件。這麼討厭急件的話，根本不適合在科技公司上班，外頭很多地方可以不必急著做事，工作會更愉快一點？」他的視線鎖著對方，挑戰底線。

房間一片死寂。

最後赫曼還是講話了：「休斯先生，恕我直言，如果每件事都是急件，那結論會變成沒有任何一件事特別著急，全都一樣重要。」

臨床專案主任也開口：「你說得也有道理，可是……我們的客戶得對食藥署提交報告，期限快到了。」

赫曼帶著三名下屬與會，左右兩個男人身材臃腫，和他同樣板著臉。另一個年輕金髮女子則有雙閃耀、湛藍的眼眸，開會到現在一直被晾在牆角下的硬椅上，好像與會議桌邊的人不在同一個世界。但她忽然站起來走向前，到赫曼耳邊悄悄說了一、兩句。赫曼頭也不回就示意她別煩，但她並不退讓，更激動地說了下去，可惜聲音還是微小得沒能讓戴斯蒙聽見。赫曼總算回頭看她，卻是一臉吹鬍子瞪眼模樣。她依舊不為所動，有如女戰士與敵人對峙。

赫曼掉頭朝桌邊眾人說：「各位的要求我們全部聽到了。還有事嗎？沒有的話，我們這邊還要加班趕工很多『緊急的』報告。」

☣

翌日早晨，戴斯蒙醒來就收到兩封電子郵件副本，他不認識寄件人，那人叫作「普萊斯」。一封信是發給財務長，裡頭的加密連結是他需要的報告。另一封則是給專案主任，同樣附上了送給食藥署的報告。第一封發送時間是凌晨兩點三十八分，第二封則在四小時後。

另外兩位收件人都回信致謝，所以戴斯蒙也回覆了並且要求見面，沒想到卻收到系統自動回應，表示所有給「普萊斯」的信件都無法送達。

他去了輝騰的生物統計辦公區，隨便找了個職員。「你好。」

二十出頭的短髮年輕人摘下耳機。「什麼事？」

「我找一位『普萊斯』。」對方聽了眉毛一挑。「普萊斯先生應該是這裡的工程師——」

「不是。」

「我很肯定——」

「老兄，她是女的，而且今天早上剛被炒魷魚。」

「爲什麼？」

小夥子站起來往隔間外面偷看之後，對戴斯蒙說悄悄話：「不聽話嘛。」

「什麼意思？」

年輕人坐下後忽然改口：「呃，忘記請問您哪位？」

戴斯蒙退後一步。「算了，沒事。」

因爲待在輝騰時間不算短，他在這裡有了個人辦公室，登入內部網路人資系統以後，搜尋普萊斯。螢幕上跳出的相片裡，女子的目光銳利而冰冷，正是之前會議上對赫曼耳語的人。他大略看過履歷，知道艾芙莉．普萊斯是北卡羅來納大學教堂山分校的畢業生，曾經參加網球校隊，前一份工作在盧比孔創投做盡職調查。

聘用狀態部分注明「因故終止」，備注欄寫著「竊佔公司時間，直接違反命令」。

戴斯蒙在手機的Google Map輸入地址，系統規劃導航路線時，一個身影出現在他的門口，是琳恩．蕭。

「生物統計部門那邊如何？」

「不太順利。」

「有辦法解決嗎？」

「不確定，」他朝地圖瞥一眼。「有個主意就是了。」

☣

康納站在戴斯蒙的臥室內，聽見一聲「砰」。然後又一聲。

無線電傳來消息：「呼叫零號隊，我們遭受攻擊，被對方打爆了輪胎。」

康納按下鎖骨前的麥克風：「退到車庫裡，所有小隊進行掩護！」

37

這裡到處都是競選看板。希拉蕊、裴洛西，二〇一六年總統大選的選情一天比一天白熱化。

戴斯蒙開著車子經過一堆看板，來到舊金山比較老舊的地帶——應該說之前比較老舊，近年已逐漸往上流動，街上車輛大多是Prius或特斯拉。爬上公寓二樓時，陽光烘著他的肩膀，戴斯蒙伸手敲門。

沒反應。

他再敲一次，還是沒人應門。

他取出電話，直接撥了員工檔案上記載的號碼。

接聽的聲音聽來好像宿醉一般：「喂？」

「妳好，我是戴斯蒙．修斯，還沒正式見面——」

「你要幹嘛？」

「呃，我是輝騰的董事。」

一陣沉默。

「我知道妳今天剛被解職……」

背景傳來窸窸窣窣聲，似乎是床單。

「我希望能和妳面對面談一談，主要是有關於早上妳送出的報告。」

唰唰聲響起，像是布料從話筒前面飄過。「約在哪裡？」

「唔，其實……我在妳家門口。」

門才一秒鐘就忽然開了。金髮蓬亂豎立的艾芙莉，模樣讓人聯想到愛因斯坦。

「嗨。」她先開口。

「嗨。」戴斯蒙不由得上下打量她。艾芙莉只套著長版貼身上衣和小短褲，其他什麼也沒有。

「給我全名，我要申請禁制令。」

他訝異得兩條眉毛飛起。

艾芙莉放開手把，將門推往旁邊。「鬧你的，請進吧。」

她有南方口音，不太重，但還是聽得出來。室內的裝潢風格幾乎是所有新創人士的標準配備：IKEA沙發、平板電視放在紙箱上，仿舊木的咖啡桌。不過她擺的書報雜誌比較特別，有《網球》、《經濟學人》、《時代》、《我們週刊》（注），還有美國阿茲海默症協會發行的《關懷》季刊。垃圾桶內能量飲料的空罐底下，看得到兩個酒瓶探出頭，堆得亂七八糟。「打理得不錯啊。」

「女僕翹班了，而且我通常晚上才接待董事大人。」

戴斯蒙忍不住笑出聲。這女人的膽量很大，不知是因爲剛被革職還是天性如此，總之挺新鮮的。多數員工見了董事只會唯唯諾諾、字斟句酌，講話像是讀稿那樣。

「要喝的嗎？」她走進小廚房打開冰箱，拿出杯子蛋糕酒廠的夏多內白酒，瞟了一眼發現幾乎喝光了，於是多取一瓶黃尾袋鼠酒廠的出來，再洗了水槽裡的馬克杯，先把第一瓶倒完以後，開了第二瓶繼續倒。

戴斯蒙伸手攔阻。「我有更好的建議。」

艾芙莉聽了沒抬頭繼續倒酒，動作有如在實驗室拿著兩個燒杯調合。「我被炒魷魚的當天早上九點鐘，你說有比喝酒更好的主意？」她這才望過去。「那恐怕得非常、非常好才行。」

他走上前，從艾芙莉手中接過酒瓶。「肯定很棒。」他將木塞塞回去。「我們出去吃早餐、聊個天，妳回到原本職位上，讓前主管顏面無光。」

「好像不錯，但先聲明在聽到最後一句之前，我原本要拒絕的。」

「瞭解。」他又瞥了瞥艾芙莉的頭髮。「如果妳要沖個澡之類的也無妨——」

艾芙莉逕自回到臥室。「我不是那種女人。」

在戴斯蒙來得及反應之前，她就脫了上衣，雖然只以背面示人，但曼妙身材一覽無遺。他盯了一會兒才趕緊挪開眼睛，轉身回到客廳。這個艾芙莉可能還沒醒酒，或者是暴露狂，或者是兩者兼具。

艾芙莉出來的時候已換好運動短褲，T恤上印有加州網球隊字樣，一頂白色棒球帽遮掩了沒

注：週刊名Us Weekly語帶雙關，故也有人譯為《美國週刊》。

整理的金髮，右手腕纏了條塑膠繩，不過歪七扭八的有如舊式電話線，末端繫著鑰匙。

「穿這樣不必擔心被你帶去太豪華的地方。」

戴斯蒙笑著說：「我也不是那種男人。」

☣

早餐店裡擠滿熬夜後的史丹福學生、幾個教授和正往上班途中的當地居民。戴斯蒙和艾芙莉毫無困難地融入其中。

她點了菜單上一半餐點——各種蛋、薯餅、煎餅、吐司等等，令戴斯蒙懷疑這女人難道是個大胃王。

「怎麼回事？」他開口問。

艾芙莉用吐司夾好草莓果醬之後，開始大快朵頤。「熬夜趕工把事情做好，結果早上八點接到電話，叫我不必去公司了，而且是以後都別再去。我就這樣被人家炒了魷魚。」

「到底爲什麼？」

「妄想症啊。」

艾芙莉的呑食動作漸漸慢下，看樣子她很難爬過那座煎餅山，卻還是淋上奶油和糖漿先鋪路。

「不懂。」

「輝騰現在的情況幾乎每家公司都會遇上。我以前在盧比孔看到每個投資標的都一樣，創始人和元老員工是拚命三郎，每個人都想著要『大幹一場』。」

戴斯蒙笑了。

「那句話在北卡羅萊納很流行。」

「我聽過。」

艾芙莉露出狐疑表情。

「我在奧克拉荷馬長大。」

「是噢。」她咬了一口煎餅之後，沒遮嘴巴就大剌剌打了個呵欠，應是整晚沒睡，體力不濟。

「所以輝騰現在的癥結是什麼？」戴斯蒙問。

「各方追求不同。就赫曼而言，他是中高階主管，以保住工作、找機會稍微晉升爲第一優先，目標是讓自己成爲公司不能輕易割捨的人，所以要擴大勢力和擁有子弟兵，以此爲底氣爭取高薪。他想要、也需要其他單位來依附。」

「換掉他的話？」

艾芙莉聳聳肩，放下叉子。「氣氛會好一陣子，但遲早又會陷入同樣情況，人們會自己適應環境。」

「妳的意思是得改變環境。」

「沒錯。」

「怎麼改？」

艾芙莉嘆口氣。「首先呢，那些所謂的報告，有八成都可以套用模板稍微改一改就好。所以先寫兩套客製化的軟體，一個給商務部門，一個給研發部門；接著安排專門做分析和報告的小組過去，順便訓練他們自己的人熟練系統，這樣兩邊要什麼報告，以後自己來就好。」

「他們無法處理的部分？」

「生物統計部門不可能完全置身事外。」艾芙莉拿起叉子，又開始吃煎餅。「這不是問題，那邊一般人很自動自發，命令丟過去就會辦好，效率也不錯，唯一的問題是需要有人翻譯『客戶』需求給他們理解——所謂的客戶就是商務部門和研發部門，他們得認清這層關係。」她放下叉子，開始找服務生。

「我付過了。」

她點頭。「太好了，我現在無業。」

「這個嘛——」

艾芙莉瞇著眼。

「妳想不想再有業呢？剛剛說到生物統計那邊其實不需要主管，而是要有人爲他們和客戶做協調。」

艾芙莉向後一靠。「你想叫個才被咬了一口的人回去龍潭虎穴，不太厚道。」

「什麼龍虎之類的，我來處理。」

☣

不到十分鐘後，車子又開回艾芙莉的住處。其實她上車還沒三分鐘就睡著了。

在公寓樓下，戴斯蒙伸手輕輕搖了搖她，然後等待。他再試了一遍，發現艾芙莉已經睡死。戴斯蒙只好取下她手腕上的鑰匙，下車繞到對面，開門抱起女人。他小心翼翼不希望驚動對方，抱上二樓進屋內之後，他本想將艾芙莉放在沙發上，但自己躺過很多次沙發，所以知道不好睡。儘管有侵犯隱私的嫌疑，戴斯蒙還是進了她的臥室。裡頭擺了金屬床架和加大床墊，沒有床頭櫃，小桌上擱著兩臺Kindle閱讀器，其中一臺正在充電。

艾芙莉到了床上，忽然扭動不已。戴斯蒙見狀緊張起來，等了等卻看她又沒反應。

他替艾芙莉拉上遮陽窗簾，留下字條在一旁：鑰匙放在墊子底下。

☣

輝騰基因的會議室裡，戴斯蒙與財務長兼任科技長的琳恩·蕭坐在一起，對面只有赫曼一人。他解釋想如何將舊部門拆爲三組，老人聽完後，大感不可置信。

「意思是，要把我原本領導的部門拆成三個分給其他人、在不同的兩層樓做事？這太荒謬了吧。」

「不對，」戴斯蒙說：「不是那個意思。而是希望你結合生物統計學博士和程式設計兩種專長，專門爲公司處理比較複雜的報告，以求精簡工作流程。」

赫曼的嘴巴闔不攏。「這不就是降職嗎？要我回去坐在部下隔壁，和他們一起寫程式？」

「要是你不願意親力親爲、以身作則，和同伴一起奮鬥，恐怕這間公司不適合你。只會管事還不夠，要會做事才行。」

赫曼顯得氣急敗壞，視線上下亂飄。「那誰負責和其他單位協調？更重要的是，誰來安排工作順序？一切會搞得一團糟。」

「客戶自己會決定優先順序，交給他們安排就好，每份報告都會標注預估完成時間。」戴斯蒙朝琳恩點點頭。「科學部門佔七成時間，商務部門佔三成，各單位內部自行評估需求和時程。」

「規格由誰來統整？」

戴斯蒙家就等著這一問。「已經有人選了。」

赫曼的身子向前傾。

「你也認識的——就是艾芙莉．普萊斯小姐。」

☣

艾芙莉在新職位上的表現極爲出色，認眞、勤奮、從不出錯，幾乎全心全意投入。而且與初次見面的風格大相逕庭，她在職場時展露出絕佳的專業風範。

好幾次有機會升遷，她都拒絕了。「我沒打算當帶頭的，」艾芙莉這麼說：「只想做事。」即便想給她加薪，艾芙莉也寧願拿更多股票選擇權，使戴斯蒙不僅想起 SciNet 時代的自己。

兩人的接觸越來越頻繁，董事會需要特別的報告時，他第一個就聯絡她。艾芙莉自己寫了很多程式，而且從不遲交。

某個週五，戴斯蒙很晚才要離開輝騰，卻發現艾芙莉的座位還亮著燈。他走過去看見她戴著耳機，趴在電腦前面，螢幕上開著ＳＱＬ伺服器資料庫圖表，一列列表格之間畫上了很多線，就像族譜那樣標明關係。她又加上一條線，建立了主鍵和外鍵關聯性。

戴斯蒙在隔間上輕輕敲兩下，艾芙莉轉頭摘下耳機，臉上的黑眼圈很明顯。

「嘿。」他打招呼。

「嘿。」

「準備下班沒？」

「看來走不了。」

「在忙什麼？」

「給琳恩．蕭的報告。」她指著紙上的手寫筆記，戴斯蒙認得一些基因和ＳＮＰ（單核苷酸多型性）的名字，資料必須根據年齡、性別、人種、病歷做分類。

「看來很棘手。」

「來吧，」戴斯蒙朝會議室撇了撇頭。「我幫妳。」

她擠了一下嘴角，以爲戴斯蒙是開玩笑。

「我以前也會寫程式，ＳＱＬ查詢應該還難不倒我。」

隨後兩人叫了中菜外賣，並肩坐在會議桌前，開著筆電分攤作業。起初資料組合併的速度很慢，但找到節奏、培養默契之後就順暢了許多。

等待特別複雜的部分運行時，戴斯蒙問她：「妳幹嘛把自己逼得那麼緊？」

艾芙莉沒看他。「不知道。」

「是嗎？那瞎掰個理由給我。」

她笑了笑，夾了塊已經冷掉的糖醋雞。「大概因爲從小就這麼過的吧，覺得勤奮是美德之類的。」

「嗯，可以理解。」

程式跑完了，戴斯蒙檢查結果、做複製，看了搜尋文字以後握起滑鼠。「左邊這個外連結應該改成內連結——」

「看到了。」她直接拿開戴斯蒙的手，抓住滑鼠。被艾芙莉這麼一碰，他的呼吸驟然加速。艾芙莉點了格子開始輸入，完全沒回頭，顯然觸電只是單向。她一心只想趕快完成工作，立刻又點了執行。

「妳爲什麼到輝騰上班？」

「錢。」

戴斯蒙搖搖頭。「問起私人話題時，妳習慣鬼扯？」

艾芙莉歪著頭故作不屑。「我在你的查詢中發現循環引用。」

他大笑，科技宅的幽默總是能戳中他的笑點。「我是認眞的，妳有這種習慣？」

「很難說。」

「爲什麼很難說。」

「資料組過小，」她聳肩。「不常有人問。」

「既然如此，那換個方式查詢。妳工作太努力了，這種努力到哪兒都很好，爲什麼選擇這裡、這家公司？回答看看應該不會出人命？」

艾芙莉注視他的眼睛。「好吧。我認同輝騰的研究方向，從基因層面找出病因，對社會有很大的幫助。」

「眞的？就這樣？沒有……個人因素嗎？」

程式跑完了，這次都正確。艾芙莉將結果複製、貼上到Excel裡，戴斯蒙以爲她想蒙混過去，沒想到她卻盯著螢幕回答了。

「因爲我爸爸。」

戴斯蒙不多言，讓她整理情緒。

「他得了阿茲海默症。」

此刻他彷彿初次觸及眞實的艾芙莉，比起第一回見面進她住處、看她脫衣服更加靠近。戴斯蒙很能體會爲救助親人奮不顧身是什麼感受，覺得自己與她產生了新的共鳴。他當下有股衝動，很想告訴艾芙莉有關「魔鏡」計畫的祕密，因爲她付出的心血，眞的能幫到她父親和世上所有人。

☣

兩週後，艾芙莉走進他的辦公室，態度很不尋常，內斂的自信消失，幾乎變得……靦腆，而且緊張。

「怎麼了？」

「我——」她搔搔耳後。「想請你幫個忙。」

「儘管說。」

她吸了口氣。「我回母校做了新創比賽的評審。」

「北卡羅萊納大學？」

「對。」她又吞了吞口水。「有個新創叫作『城市鍛造』，宗旨是幫助第三世界的鄉村發展爲城市。總之我在想，要是你有興趣也有時間，當然你可能很忙啦——」

「有。」

「不必勉強。」

「需要我幫什麼忙？」

「就，希望你，呃，和創辦人聊個天，給他們一些方向。我可以安排視訊會議——」

戴斯蒙伸出手阻止。「艾芙莉，妳知道有多少自以爲是的新創想和我通電話嗎？」

她急著解釋，但又被戴斯蒙打斷。「逗妳的。」

艾芙莉笑了出來，似乎沒那麼焦慮了。

「不知道幾個月之前，是誰想申請禁制令。」

「你記憶力眞好啊，修斯先生。」

「總之呢，我很樂意。其實都市化是伊卡洛斯創投的理念之一，對我們的營運方向很重要。」

「他們想做非營利喔。」

「無所謂，現在公司沒那麼重營利了。」

☣

戴斯蒙讀了企劃案以後，頗爲讚賞。城市鍛造的點子很棒，雖然和「魔鏡」沒有直接關係，不過都市化算是重要前置。他甚至出錢讓創辦人飛來舊金山，與他們共進晚餐，也堅持艾芙莉要到場。

自從幾個月前初次見面以後，戴斯蒙終於又來到她住處。他敲門之後等了一會兒，盯著一隻飛蛾繞著黃燈泡亂轉，反覆地撞上金屬燈罩。

門打開，艾芙莉穿著剪裁合身的黑色洋裝，放下來的長髮在布料襯托下彷彿發著光，眼睛也藍得發亮。今天她戴上了有墜子的銀項鍊，戴斯蒙從來沒看過這樣子的艾芙莉，當下看得出神。

艾芙莉也低頭看看自己的打扮。「這身衣服還是借來的呢。」

「嗯……借得好。」

她從小桌子取了手拿包。「別看習慣啊。」

戴斯蒙哈哈一笑，艾芙莉鎖上門。

晚餐十分愉快。他大半時間只是聆聽，然後稱讚年輕人的理想崇高。艾芙莉喝了兩杯酒，從旁引導雙方對話。戴斯蒙發現，很難得他們第一次有了與輝騰無關的交集，好像彼此合作，一起給年輕創業者做精神導師。最後他承諾成爲城市鍛造的股東，並贊助了十五萬美元。

開車送艾芙莉回到公寓，他沒多想就下車送她上樓。

「開門到閉門，一條龍服務？」

他湊過去。「噢，要是妳迷路了怎麼辦。」

「說得也是。」

她開鎖後轉身，嘴唇彎出一抹羞赧的笑。「這不是約會吧？」

戴斯蒙雙手一攤。「啊？有人說今天是約會？等等，所以剛剛那是約會？」

艾芙莉推開門。「晚安，戴。」進去以後她又回頭說：「謝了。」

「謝什麼？」

「謝謝你幫忙他們啊。」

「他們是好人。」

「嗯，我和三個好人一起吃了晚餐呢。」

38

琳恩高高提著燈，朝阿爾塔米拉洞穴深處移動，蜿蜒隧道的石壁上，光影隨著她的步伐而處處躍動。珮彤跟在後面，每次看見壁畫都會停下腳步觀察，反而琳恩低頭注視崎嶇地面，一直不停向前走。

從密室離開以後，眾人就分成了三組：珮彤與琳恩、艾芙莉和奈傑爾出去搜索，兩名海豹隊員留下，保護找到的箱子。

光線黯淡之下，珮彤還是看見左前方有一幅壁畫：四條腿、大身軀，沒有犄角，是母鹿吧。

「媽，妳看。」

「不是那邊。」琳恩連頭也沒回，過了兩秒又說：「就在前面。」

珮彤忍著沒說話，只是心裡越來越肯定：母親根本就知道目的地。她心裡有個假設，之後得找機會證實。

洞穴在她們接近時微微擴大，變成了一個小房間，牆壁和天花板上都有圖畫。琳恩直接走到左後側，停下腳步觀察，顯然感到訝異。她舉起提燈照亮，確實是一頭由黑、紅兩色線條構成的母鹿，直挺挺的模樣頗爲威風。隔壁的公鹿則全是黑色，犄角分了七個叉。下面還有小鹿，體型不到父母的一半。

珮彤有把握了。

琳恩蹲下來朝小鹿伸出手，指尖拂過圖畫。黑色部分像壁爐煤灰般落下，珮彤沒想到她竟然會毫無顧忌地直接破壞古蹟。

「媽——」

「這不是原作。」琳恩雖然立刻回應，但聲音很微弱，彷彿說給自己聽：「本來沒有這一幅。」

珮彤走到母親身邊，也蹲在壁畫前面。「上次妳來的時候還沒有，是嗎？」

琳恩繼續刮擦小鹿，線條從底部一點一點消失，如同簾子被揭開。

珮彤追問：「之前妳是和保羅·克勞斯博士一起來的吧？」

琳恩的手沒停下來，小鹿的最後一部分已被抹消。

「博士就是妳的父親。」

琳恩猛然轉頭。「妳發現得有點慢。」

39

「他是我外公……」珮彤這才有了實感。

「對。」琳恩的兩手沾滿黑灰。

「他是納粹。」

「不，他是德國人，但不是納粹。妳外公是好人，可惜被席捲世界的戰爭逼到錯誤的那一方。」

「是他帶妳來的。」

「一九四一年的事。」

「所以他才把東西藏在這裡嗎？阿爾塔米拉對妳而言有著特殊意義。」

「對他也是。這地方非常、非常難得啊，珮彤。可能是人類認知革命最古老的證據，一個歷史上的特異點，而且影響持續到今時今日。」

珮彤端詳壁畫，公鹿與母鹿站在消失的小鹿上方。「一九四一年，這裡發生了什麼事？」

琳恩深深呼吸一口。「那年夏天一個晚上，我父親叫醒我，說要收拾行李，但只能帶走捨不得的東西。我那時年紀還小，妳應該猜得到我會帶什麼，就娃娃、娃娃屋、玩具火車之類。家裡只有我一個孩子，很受寵愛，所以玩具特別多。其他的則是一些書，那時候我剛識字，總嫌書不夠多，最喜歡《格林童話》和《愛麗絲夢遊仙境》。」

珮彤微笑。「妳就是愛麗絲。」

「或許吧。他被嚇著了，因為我帶走了所有的書，讓箱子快要闔不上，重到我自己都提不動。但他看我裝了滿箱子書卻把玩具堆在旁邊的時候，很是得意，把自己的箱子清空，塞了我的玩具進去。他明知道接下來是什麼情況，還是為我帶上那些東西。

「我們連夜搭火車離開柏林，向西邊朝法國出發。那時候法國已經淪陷，被德國控制了一年，前一年則是英國的敦克爾克大撤退。法德邊境很動蕩，不過我們是在西班牙邊境遭到審問，駐軍覺得我們是從德國逃難的家庭，還好我父親用話術瞞過了他們。」琳恩停頓了下來，彷彿沉溺在回憶中。

「之後到了這裡？進了山洞？」

「嗯。他率領調查團到這裡來，但那只是幌子。有天早上他搖醒我，帶我到洞穴裡來看壁畫。對我來說那是很值得紀念的日子——他第一次讓我走進他自己的研究、瞭解他的內心世界。」

琳恩凝視壁畫。「我們就走到這裡，原本牆壁上只畫了母鹿。」

「公鹿和小鹿是他加上去的。」

琳恩點頭。「代表我們的家庭。他一直努力保護我們，當天我就上了航向香港的船。」

「爲什麼會去香港？」

「我爸媽覺得那裡安全，只可惜人算不如天算。我母親，也就是妳外婆，她同樣是個科學家，而且有中國英國雙重國籍，家族在香港生活了五十年，所以我舅舅當時也還住在那邊。一八四一年起，香港歸屬英國，有東方之珠的美譽，成爲了商業金融的重鎮，加上港口夠深，所以很有戰略機制。

「一九四一年，中日兩國已經交戰長達四年。戰況慘烈，上海戰場超過百萬官兵投入，蔣介石折損了最優秀的部隊與軍官以後，很難重整旗鼓，所以才隔一個月就又被打下南京——中國當時的首都。日軍在南京的暴行……慘絕人寰。無力抗衡的中國軍隊只能採取守勢，當時中德還有邦交，軍方高層很多也是德國訓練出身，德國顧問給中國的建議是運用唯一本錢和日本周旋，那項本錢就是土地。中國國土廣闊，日本想要完全征服，勢必得拉長補給線、分散軍力。」

「二戰的時候，日本不是和德國同一陣線嗎？」

「那是後來。日本與德國在戰前算是對抗關係，一次大戰時，日本與英國聯手在亞洲與德國作戰，還搶走了所有德國領地，之後也簽署凡爾賽條約制裁德國。但是上海和南京淪陷過了六個月，德國便召回顧問、停止支援中國，轉換了陣營。」

琳恩繼續研究洞壁上的公鹿與母鹿。「總之，我們到達香港的時候，中日戰爭已經持續太久，中國大陸上戰火綿延，看不到盡頭。我爸媽以爲日本爲了避免資源分散，不會大膽進攻英國領地，中國本土就夠打了。有妳外婆唯一的親戚，加上英國駐軍保護香港，那裡應該很安全才對。況且英國不可能放棄香港，要是眞出了什麼意外，也會有中國軍隊協防。他們的思路很合理，只可惜，兩個假設都落了空。」

她抹去指尖上的黑灰，如同抹去乾掉的血痂。「我們在香港住了五個月，一九四一年十二月七日，日本偷襲珍珠港，隔天就對香港出兵。英國和加拿大聯軍守了一年半，可是敵眾我寡還遭到包圍，日夜不分的空中轟炸、地面突襲與來自海上的炮彈，最後一批部隊撐到聖誕節也只能投降，那天被稱作『黑色聖誕節』。被佔領的情況……可謂人間煉獄，我們挨餓、受刑，有很多人被拖上車、船，送去外地當奴隸勞動。日本進攻初期，香港有一百六十萬人口，戰爭結束、英國政府回歸的一九四五年已經不到六十萬，所以有百萬人死亡或被迫離開，比例接近三分之二。其中包括了妳的外婆。」

琳恩好好端詳了那隻母鹿，又伸手抹掉旁邊的公鹿。「一九四六年，我舅舅將我送回德國，爸爸已經變成行屍走肉，將妳外婆的死怪在自己身上，認爲是他判斷錯誤，導致我們受苦。戰爭改變了他，也改變了我。我沒辦法再當個孩子，也不可能再回頭當個孩子……」她左顧右盼。「這座山洞，就在這個位置，他說要將我送去香港。所以，這裡就是我童年的終點。」

珮彤有股衝動想抱一抱母親，但知道並不恰當。她說出背負那麼久的祕密，此刻需要個人空間。

「戰後，」琳恩繼續說：「他心裡只剩下『魔鏡』。他覺得有義務修正錯誤，而『魔鏡』是唯一機會。於是我們的關係不再像父女，變成一個偉大研究計畫上的夥伴。兩個人都見識過世界能黑暗到什麼地步，都希望能終結所有苦痛。」

公鹿也被擦掉，她手掌又黑了，便從背包拿了塊布清潔。「我們父女如此，當年季蒂昂每個人都一樣。尤里在史達林格勒的經驗與我在香港的類似，只是規模更大。我們曾經分享彼此的故事，至少當下大家看到的是同樣的世界，也追求同樣的理念。妳父親也因爲戰爭失去了雙親，這種經驗……會徹底改變一個人，完全沒辦法抵抗，爲了存活逼不得已。只是有些人，例如尤里，內心創傷深得旁人難以理解，所以手段也遠遠超乎預期。」

琳恩將手指放在本來小鹿位置上勾勒。「珮彤，答應我，無論之後情況如何發展，妳都要不惜代價，阻止尤里。」

珮彤仔細打量母親。「這話什麼意思——之後會怎樣？」

「剛才說過，我的童年在這裡結束，往後人生就變得黑暗崎嶇。我覺得妳外公將祕密藏在這裡，還有別的含義。這表示我的人生會再度改變，前面依舊是深沉苦難，而且我得做出艱難的抉擇，就像當年的他。重點是，我未必能做出正確的選擇。」

琳恩的手指忽然就戳進了岩壁裡，岩石竟然就這樣凹陷，落下一些灰泥渣滓。珮彤張大了眼睛，這才察覺那裡實際上只是一層薄薄的灰泥，後面埋了泡棉磚。琳恩又從背包掏出折疊刀，將泡棉切開，露出一個密封塑膠盒。

她啪的一聲打開，找到了幾頁紙。

「和他一樣，我也想保護妳，珮彤。但也許事情得在妳手中結束。」

珮彤望向壁畫，公鹿已被抹去、小鹿被剖開，外公藏在裡面的祕密重見天日，遠古就存在的母鹿望著自己的眼神，和母親如出一轍。

「答應我，珮彤。」

「我答應妳。」

40

戴斯蒙不知道怎麼回事，但感覺得到變化由內而外油然而生，彷彿某個季節驟然結束，漫長冬天轉瞬融化。一切看起來重獲新生，有了新鮮與刺激。他對自己在輝騰的工作十分期待，尤其是艾芙莉會出席的場合，也會找些藉口故意接觸對方進行的專案，閒暇時更會好奇艾芙莉在做什麼。

尤里時常詢問琳恩·蕭的動態，戴斯蒙千篇一律回答「沒有可疑之處」。

有天早晨，他們在具現遊戲總部開會，討論如何測試投入十年心血開發完成的裝置。晚上尤里和康納來到他家中慶功，對三人而言，此刻有如踏上新世界的土地，成就不可能的偉業，什麼困難都能夠超越。不過戴斯蒙立刻面對接下來的挑戰。

「你打算如何測試？」尤里問。

戴斯蒙沒有仔細思考過，之前心思都放在裝置機能上面。「不確定，可能從動物實驗開始，用靈長類。效果可以的話再進行人體實驗，大概刊登廣告徵募自願受試者——」

「那要如何解釋我們的計畫？」

「用神經學研究的名義，或者——」

「然後就得符合法規，接受監督。即便不考慮這層問題，也勢必會暴露一部分計畫內容。」尤里從手提箱取出文件夾，放在咖啡桌上。

戴斯蒙打開閱讀，這是關於名爲「太平洋海運」的公司和某條貨船的航行路線圖。「我不懂。」

「我們需要能測試『具現』的地點。空間必須夠大，還要能避人耳目、足夠安全。」

「所以是貨船？」

「你想想就能理解貨船完全符合條件。」

戴斯蒙搔抓髮際。「是嗎，萬一出現不良反應怎麼辦？靠近醫院比較好吧。」

「所以貨船更理想。受試者要能夠迅速接受醫療照護，而不是跑去人滿爲患的急診室，等人慢慢處理，最好有受過相關訓練的專人從旁服務。」

「我還是不太懂。」

「將那條船改裝成海上醫院和實驗室，」尤里的指尖交觸呈塔形在前。「這麼做還有第三個好處。」

戴斯蒙直接等他說下去。

「找人方便。」尤里朝文件一撇頭。「這條船，健太郎丸號，可以在世界各國港口停泊，找來的受試者會有不同的遺傳背景。」

「但是必須明確告知風險。其實開始實驗之前，我們自己應該先瞭解才對。」

「當然，不過我們也可以鎖定特定群體，例如末期病患和國家政府想擺脫的囚犯。」

戴斯蒙張嘴想反駁，但尤里馬上說下去：「他們本人和家屬會得到大筆補貼，而且我們備有專業人員處理緊急情況。戴斯蒙，現在必須加快腳步，『魔鏡』完成以後敵暗我明，要是有人起了異心，就會在這個階段出手。」

戴斯蒙只好點頭。「嗯。」

「那，」尤里說：「來討論細節。」

戴斯蒙又翻看檔案。「這間『太平洋海運』是我們的嗎？船也是？」

「是。已經持有半年。」

他毫不意外，尤里總是超前一步。「健太郎丸號現在停在哪裡？」

「舊金山，已經配置好約聘醫療團隊，大部分從第三世界國家找來，全部簽了保密協定。測試準備就緒了，戴斯蒙，隨時可以啟動。」

「唔，我要幾天時間收拾——」

尤里舉起手。「我有更好的安排。」

戴斯蒙挑眉。

「你留下，我和康納去處理就好。」

「啊？」

「『基石』和『昇華』都完成了，不需要繼續費心，所以『具現』的測試交給我們也沒關係。」

「但是我最熟悉『具現』……」

「你確定？雖然由你規劃，但調整過程只需要實際開發的工程師，由他們監督才合理。而且，你留在這裡有很重要的理由。」

「是什麼？」

「琳恩·蕭。」

「琳恩她——」

「很可能別有居心，戴斯蒙。如果她有什麼陰謀，也差不多該動手了。你和她走得近，是目前季蒂昂裡唯一能監視她的人。」

戴斯蒙邊嘆息邊思考他說的話。

「還有另一點，」尤里瞥向康納。「這是康納接掌更大責任的機會，總得有人管理健太郎丸號。」

戴斯蒙搖了搖頭。

尤里沒理他。「康納，你有興趣嗎？」

「當然。」康納立刻回答：「該做什麼我都會去做。」

戴斯蒙和他們爭了一陣子無效以後，只能妥協。無論他有什麼質疑和顧慮，尤里似乎早就想好了應答之道，就像他腦海裡早已走完棋局。

翌日尤里和康納就動身出發，戴斯蒙一路送他們到碼頭。海風吹散了他的頭髮，以金門大橋爲背景烘托出海灣內的貨輪無比雄偉。

「出門在外，自己多保重。」

康納擁抱哥哥。「放心，我一定幫你搞定，回來之後就能正式動工了。」

第一週，具現團隊、康納和尤里都不斷傳來最新消息。他們在南太平洋島嶼找到首批受試者，實驗結果好得不得了，不僅沒鬧出人命，也只有少數不良反應，工程師依據結果進行調整。後來幾個月，健太郎丸號繼續招募新受試者，反反覆覆試驗，接受實驗的人暫時留置在船上，被告知計畫結束之後才能下船。

後來聯絡頻率逐漸降低，戴斯蒙只覺得應該一切順利。

某個週六下午，他在輝騰看見艾芙莉又一個人躲在會議室，旁邊放了幾大箱文書資料。

「這看起來簡直像是被查稅。」

她聽見戴斯蒙聲音忽然跳起來，手掌按著胸口。「嚇死人。」她把身邊的箱子蓋好。

「難得看妳這種反應。」戴斯蒙朝檔案掃一眼，發現都是員工資料。「在幹嘛？」

艾芙莉又蓋好另一箱。「研究專案……」她的模樣像是一星期沒睡。

事情有點古怪，但戴斯蒙一直沒想通。艾芙莉似乎將所有時間都耗在辦公室，不知情的話還以爲是大學生準備期末考。

那年萬聖節是週五，公司裡所有人都扮裝出席，模仿政治人物的非常多，總共看到三個希拉蕊、裴洛西，芭芭拉·鮑克瑟更多些，七個桑德斯，卻找不到川普。

有些服裝考驗大家腦力。審計長像平常那樣穿著黑西裝外套，差別在於襯衫領帶換成印有折線圖的T恤，橫軸自一九八〇到二〇一五，間隔爲五年，縱軸的數字從零到二十。他懸賞十三點五美元看誰猜得到，其實戴斯蒙一眼就懂了，只是看很多人絞盡腦汁就沒說破。直到午餐時間，還有一大群會計圍著審計長在逼供，大部分人堅持答案就是聯邦基金利率。

「不對、不對，很接近但不對。」

戴斯蒙擠進人群。「葛雷格，我沒看錯的話，這是LIBOR，倫敦同業拆放利率，對吧？」

頭髮花白的審計長咧嘴一笑，「你怎麼看出來的？」

「二〇〇八年雷曼兄弟破產以後LIBOR飆升，也是幾十年裡和聯邦基金利率唯一不同調的一次。」

審計長當場伸手從口袋掏出信封，裡面裝了十三元五角。

「戴斯蒙，你眞的很怪胎喔。」

「我有自知之明。」

大家票選最棒的裝扮也走主題路線。一個實驗室技師特地從維斯塔印刷特製T恤，圖案分成四部分：金．羅登貝瑞（注1）、沉默鮑勃（注2）、數字「八」、一個紅色圓圈內畫了斜槓，這是他獨創的現代象形字，組合起來是gene-mute-8-shun（注3），唸出來才會意識到代表「基因突變」。每個人看懂之後都讚不絕口。

看見各種巧思，戴斯蒙想起自己在帕羅奧圖與珮彤相識的場景，兩人分別扮演了穆德與史卡莉探員。那是美妙的一夜，之後再也沒人能走入他的心扉。

他和審計長一樣發起懸賞，最快猜出服裝意義的人可以得到一百美元。戴斯蒙穿著一襲十九世紀中期風格的合身西裝，前額掛著綠色遮光片，頸部與身軀捆著粗鍊。這身行頭引來不少側目，三三兩兩經過辦公室伸長脖子看他，好像隔籠子看老虎。

大部分人猜的方向差不多：魔術師胡迪尼或大衛．布萊恩，不然就是他沒聽過的職業摔角手。戴斯蒙總是搖搖頭，繼續盯著電腦螢幕做事。

艾芙莉接近傍晚才進公司，模樣很慘，當然是刻意打扮的。她的頭髮像鳥窩，和第一次在公寓看見的很接近，眼影暈了滿臉，頗有福音歌手譚美．菲．貝克後期的風格，也神似接吻樂團的成員。她穿了服貼的青色褶裙與白T恤，衣服前面用奇異筆畫了三個Δ（德爾塔），還故意轉身給戴斯蒙看到她背後寫著：糟糕的決定。

難倒他了。

戴斯蒙也站起來，讓她瞧個仔細。

「就這樣？」

他聳肩。「什麼意思？」

注1：金．羅登貝瑞是《星艦迷航記》原始創作者。

注2：沉默鮑勃是「View Askew宇宙」角色（美國的跨媒體IP，由凱文．史密斯創作，包括《瘋狂店員》、《怒犯天條》等作品）。

注3：「金」的原文為Gene，意譯即為「基因」。沉默鮑勃的「沉默」即mute。數字「八」即eight。圓圈加上斜槓的符號代表「迴避」，即shun。組合後發音同gene mutation。

「感覺是高級的精神自殘。」

「所以妳知道是什麼人物？」

「知道啊。」

戴斯蒙訝異地仰起頭，艾芙莉指著那身衣服說：「不就是雅各布．馬里嗎？史古基的生意合夥人，都是《小氣財神》(注)的經典角色。也就是說，嗯，這眞的能說嗎……」

「直說啊。」

「喔，你死了。」

「一針見血。」

「是你要我說的。」

「還有呢？」

「你是個死後還要受折磨的鬼魂，因爲自私自利被懲罰遊蕩人間。別人看不到你，你卻看得到別人，尤其看得見他們的痛苦但無法幫忙，於是察覺生前的過錯，有如背著十字架。後來你找了過去、現在、未來三個聖誕精靈，想透過導正史古基來救贖自己。」

「哇。」

艾芙莉聳肩。「運氣好。」

「這不是運氣吧，妳以前主修文學？」

「沒有，是因爲艾拉．大衛．伍德，他每年都會在羅里公演《小氣財神》，製作得很棒。」

戴斯蒙拿出早上從提款機領的五張二十元現鈔。

艾芙莉手一揚。「不必啦。」

「那我只好捐慈善。」

「也不錯。你……要聊聊你這身打扮嗎？」

他瞇起眼睛。「不是聊完了嗎？」

「不、不，是說背後的意義。」

「我熱愛文學經典？」

「這是當然，但那麼多故事和角色能選，你偏偏要挑馬里。」

「所以？」

「馬里是悲劇人物，經商一輩子都在害人，結果死亡才是重生，漂泊之中察覺眞相，改變合夥人是他的贖罪手段。」

戴斯蒙靠上椅背。「呃，其實我只是正好看到倉庫裡有老派西裝和鐵鍊，加上二手店便宜買來的遮光帽就完成而已，沒想那麼深。」

她微笑。「好吧，那說不定你該找時間自我剖析一下。」艾芙莉轉身就要走。

「欸——」

她停下腳步。

「我還沒猜妳的。」

注：狄更斯的小品，後來也改編為《聖誕夜怪譚》等作品。

艾芙莉轉身。「唔，那猜吧。」

戴斯蒙注視她胸前三個貼合身體曲線的Δ符號時，忘記了她背上寫什麼。

「轉過來，我看看。」

艾芙莉的嘴角輕輕上揚，但還是讓他看了背後。

Δ符號通常代表改變，「糟糕的決定」這句話在背後，臉妝意思是哭過或爭吵過。

「妳……是下定決心要改變，揮別不好的過去？」

「擦到邊，但不太對。」

「改變三次？」

「其實這不是改變的意思。」

「喔……」

她又聳肩。「別擔心，還沒人猜到。」

「獎品是？」

艾芙莉朝外走，回頭撂下一句：「祕密。」的確很神祕。

☣

下午五點，戴斯蒙經過她的隔間，發現她又在專心處理資料庫，都是類似的表格。

「所以，」他問：「有人猜到嗎？」

「還沒。你的呢？」

「沒有。看樣子這間公司沒人愛文學。妳在忙什麼？」

「你的體檢報告。」

「那種東西星期一再做也來得及。」

「反正也沒別的事。」

「萬聖節不過個浪漫之夜？」

「我沒約會。」

他笑了笑。「我也不約會。」

「是嗎？」

「眞的。」

「爲什麼？」

「人品不好。」

艾芙莉指著他脖子上的鐵鍊。「導致死後流離失所，得努力彌補的人格偏差？」

他笑著說：「差不多。」

「聽你胡說八道。」

戴斯蒙好好打量她。

「前幾個月，我說的那句話是認眞的。」

「哪——」

「你人很好，現在好男人不多了。」

「嗯哼，我會銘記在心。」戴斯蒙轉身欲走。

「喂。」艾芙莉站起來叫住他。

戴斯蒙回頭，她自己說了下去：「好啊。」

「好什麼？」

「給你的答案啊。」

「什麼問題的答案？」

「到我家晚餐啊。」

他又笑了。「我都說了我不約會。」

「就是你這麼說，才要約你晚餐。」

「要一起晚餐的話就去我家。因爲呢，妳家就是……妳家。明白嗎？」

「明白。」

戴斯蒙寫下地址，先開車回去，卻有種無以名狀的興奮與緊張在心中交錯。

停車才過不久門鈴就響了。披薩外送員年輕有禮，扮裝成電影《阿凡達》裡某個藍色的角色，戴斯蒙一時想不起名字。他給了很多小費，還叮嚀對方行車小心。

披薩盒放上廚房中島時，有人敲了厚重木門，艾芙莉朦朧的身影浮現在門後鉛玻璃另一側，他趕緊開門迎接。

艾芙莉朝餐廳走去，途中到處張望。「我的天，這裡是瘋人院報廢以後請了瑪莎·史都華來翻修過嗎？」

戴斯蒙狂笑，不太有禮貌但他眞的覺得太滑稽了。「她的收費很可怕。」

「那代表是她坐牢前的事囉。」

「買來投資的。」

「我想也是。」

他帶艾芙莉穿過藝廊，進了廚房，中島上除了披薩之外，還有玻璃水壺與兩瓶酒。

「除了水還有準備酒，妳似乎喜歡喝酒的樣子。我也買了啤酒。」

「啤酒好了。」

戴斯蒙拉開冰箱抽屜。「什麼牌子？有阿姆斯特爾、百威、百威淡啤、飛肥輪胎——」

「跟你喝一樣的就好。」

「我喝水而已。」

「確定？」

「我……不喝酒。很久了。」

「我也不喝了。」

「啊？」

「剛戒掉。」

「眞的嗎？」

「四秒前。」

他笑說：「好吧，那都喝水。」

他倒了水，兩個人坐在中島邊大啖披薩。「所以妳到底是？」戴斯蒙開口問，艾芙莉聽了挑眉不解。

「那個扮裝，我還是沒搞懂。」

「就是丟臉女大生啊。」

他搖頭。「還是聽不懂。」

艾芙莉先蹙眉，後來恍然大悟。「喔，我知道了，因爲你沒上過大學。」

戴斯蒙忽然覺得很不是滋味。這是很古怪的情緒，好像沒做錯事卻被責怪。

「那是取笑包括我自己在內，所謂的『姊妹會』啦。」

他鬆了口氣，姊妹會可不是能與艾芙莉聯想在一塊兒的東西。「等等，妳說什麼？難道……」

她點頭。「我是啊。」

「不可能。」

「沒那麼糟吧。」

「話是沒錯，但——」

「信不信由你，我的各種……防衛機制不是很好交朋友。」

「不至於吧。」

艾芙莉裝模作樣地嘆了口氣。「事實如此，躲在殼裡的人很難走出去。」

「妳的外貌大概也會讓別人只敢遠觀。」

她又咬了一口牛肉鳳梨披薩。「不予置評。反正只要去那種大家被逼著互動的場合，多多少少有幫助。」

「所以妳參加了這個『德爾塔德爾塔德爾塔』。」

艾芙莉一聽身子前傾，哈哈大笑。

「幹嘛？」

「通常會說『三德』啦。」

「那好，三德公主殿下，背後又是什麼意思？」戴斯蒙試著記起來，好像是說什麼糟糕的決定？

「那是說女生好好打扮後，參加迎新或舞會、姊妹會、兄弟會之間的聯誼等等，入場時很體面，喝了幾杯酒與人跳舞之後的記憶全忘光了，醒來時已經披頭散髮、穿著男人衣服，還要趕在課堂前溜出男生宿舍四人房，回到自己寢室或公寓，臉妝亂七八糟的模樣比遊民還狼狽……所以一路都很丟臉。」

「這個我一輩子也想不到，太曖昧不明了。」

「不知道誰選了一百七十年前小說裡的小角色。」

「說得對。」

兩個人靜靜吃了幾口，他又忍不住問：「妳平常有什麼消遣？」

「看書。」

「都看什麼？言情小說？」

「那種玩意兒我讀不下去。」

「我想也是。」

「通常是犯罪小說。」

戴斯蒙又驚訝了。「爲什麼？」

「我覺得一般人看書都是在追求內心缺乏的東西，我們尋思不解或希望出現在世界的事物。對我來說，世界上的公理正義太少，受害的人太多，沒有人出面保護他們。」

「我同意。」

「那你喜歡讀什麼？」

「跟創意有關的。」

「因爲你喜歡新的點子。」

「對。」沒有別的能吸引戴斯蒙，除非是她。但戴斯蒙說不出口，只是不斷凝望她，而艾芙莉卻從未回應他的目光。

「不看書的話呢？週末？還有不必寫ＳＱＬ資料庫的時候？」

「就沒什麼了。」

「可是，妳閒不下來吧。」

「也是，」她回答：「我會去教網球。」

「在哪兒？」

「聖荷西，貧民區。」

他在板凳上往後挺身。「眞的？」

艾芙莉學他的表情，假裝一臉防備。「眞的。」

「很有意義。」

她聳聳肩。「打發時間而已。」

「嗯，打發時間。」戴斯蒙盯著她，直到她也轉頭過來。「爲什麼會去那裡教網球？」

艾芙莉還是聳肩。

「對妳有意義，不然妳不會去。」他追問。

「平等。」

「平等？」

「在網球場上不論家世背景、貧富貴賤，只看誰的表現好，所以……比較公平。」她喝了口水。

「聽起來是什麼名言錦句。」

「很有名的。」

「果然。」

「大小威廉絲姊妹說的。她們就在南邊的康普頓長大，就在洛杉磯過去一點而已。兩個人三歲就開始打網球。」

「所以網球和灰姑娘的舞會一樣，人人有機會？」

「這是你說的，不是我說的。但大概是這意思，實力和態度、身心的韌性就是一切。」

戴斯蒙注視她，覺得總算看清這位女性的眞貌，以及掩藏在諷刺與防衛底下的價値觀。而且他很欣賞。

戴斯蒙摘下眼鏡，放在大理石桌面。「要不要看個很酷的東西？」

「這讓人怎麼說不呢。」

兩人一起從屋子後側的階梯進入地下室，那是個空酒窖，擺了幾臺經典遊戲場的電玩機臺。戴斯蒙走到品酒間內，裡頭的木架空空如也，牆壁由磨損的磚塊構成，天花板垂下一盞古董燈。

艾芙莉抬起一根手指。「電影演到這兒，通常會發生恐怖的橋段。」

「妳怕啦？」

「怕死了。」

他呵呵笑著，走到房間深處，朝一塊磚頭按壓，密門發出嘎吱聲後旋開，裡頭有條玻璃牆包圍的金屬架走道。

「不是《格雷的五十道陰影》那種地方吧？」艾芙莉朝裡頭瞟了瞟。

「妳是說既痛苦又歡愉的密室？」戴斯蒙伸手要她進去。「自己看看就知道。」

她瞇著眼睛穿過密門，在走道半途就漾出微笑。「美式壁球場？」

「蓋在車庫下面。」戴斯蒙打量她。「妳會玩嗎？」

「不常，只打過幾次。」

「據說和騎腳踏車差不多，會了就會了。」

「應該是。」

他笑著說：「要是妳沒自信——」

「別得寸進尺。」

「我有短褲可以借妳——」

「我車上就有。」

十分鐘後，艾芙莉換好白色運動內衣與灰色短褲回來。

戴斯蒙忍不住盯著看了好一會兒。她的曲線完美，但更動人的是臉上那抹神情與舉手投足間的氣勢。

「給你好好上一課。」她的聲音從走道傳來。

戴斯蒙笑著回答：「請老師指教。」

艾芙莉踩著金屬階梯下來時也緊盯他。「失誤的處罰會來得又快又嚴厲。」

「我有心理準備。」

截擊分先後，艾芙莉勝出。

球在牆壁上彈跳，兩人繞著彼此飛舞。戴斯蒙的力道強勁，但艾芙莉靈活敏捷、打點更精準，總將球打入無法反擊的角度。他的手臂如同閃電，球呼嘯而過後才聽見巨響。剛開局時，球場還算涼爽，一小時之後變得像個蒸氣室，戴斯蒙滿頭大汗，上衣浮現一塊塊濕痕，艾芙莉更是全身淋漓，金髮馬尾彷彿能擠出水。她腿上多的三條紅斑是來不及躲開戴斯蒙攻勢留下的紀念，沙丘般的健美腹部被光影刻畫出起伏的稜線與低谷。

十四對十二，她發球前停下來說：「看好，接下來你就要輸了。」

「我已經看穿妳的球路。」

艾芙莉出招，戴斯蒙反擊，雷霆般的攻勢迫得她步步湊近，最後兩人濕透的身子交纏，雙雙滑倒在木地板上滾向牆壁，球拍脫手飛出。

戴斯蒙壓在她上面，胸口不停起伏，艾芙莉回望著他。他一輩子從未如此肯定內心悸動，便放低身子吻了上去，艾芙莉也伸出雙手擁抱他。

世界彷彿爆炸，一切變得再也不同。

41

聽見槍響後，康納回過神朝無線電大叫：「倒回車庫裡，快！」

他衝進戴斯蒙豪宅的中央走廊，看見兩個手下呆呆地站在客廳裡，旁邊的落地玻璃門正對著後院。

「過來！快點——」

狙擊槍擊碎玻璃，也擊斃其中一人，他的夥伴竄到沙發後，匍匐爬進走廊。

「二樓的！」康納大吼：「後院有狙擊手，立刻還擊！」

然而一秒後他聽見巨大爆炸，院子和游泳池裡落下大量燒焦木板與雪松瓦——是隔壁鄰居的精緻樹屋朝四面八方碎裂噴濺。

康納連忙從後面階梯上了二樓，開了隔熱門衝進閣樓，跌跌撞撞地摸到採光窗前探頭偷看。

街道前後已被運兵車堵住，後頭還跟著重炮部隊，目測有二十四輛裝甲悍馬車。

自己這邊人力火力都不夠，更糟糕的是無路可退。

他拿出在XI部隊哨點搶過來的無線電。

「外面的XI部隊指揮官聽好，你們有五個人在我手裡。重複一次，你們的人被俘擄了。要是你們再對這屋子開火，或只要一隻腳踏上草皮，我立刻宰掉一個扔出去。」

回應的男人聲音低沉沙啞：「說話的是誰？」

外頭軍隊停下來，果然聽見了。「姑且叫我『石堡裡的那個人』吧。」

頻道安靜片刻。

「嗯哼，這名字太長太繞口，我直接稱呼你『康納．麥克廉』比較快。」

怎麼會？他們爲什麼知道？組織有內奸？醫生？不太可能。還是抓來的XI士兵有什麼背地聯絡的手段？也不對。康納望向街道對面——這地點根本受到對方監控，換言之，自己到達的時間、帶來的武力等等資訊都已被掌握。情勢雪上加霜。

上空傳來有規律的振動聲。是直升機。越來越不妙。

沙啞嗓音又傳來：「你這反應算是默認了吧。我是美國陸軍少校查爾斯．勒坦，率領的XI聯軍有意願、有能力，也會不惜一切手段救援同袍。你現在放人，我們可以就此別過，要在那兒開派對還是一把火燒個精光，悉聽尊便。」

說得臉不紅氣不喘，康納開始有點欣賞對方了。「少校，聽清楚，我們不是來開派對的，然後你不立刻撤退的話，這幾個傢伙就是豎的進來橫的出去。」他跑下樓，開了麥克風：「第二隊，放無人機。」

「意氣用事沒什麼好處，」勒坦說：「咱們省省口水別互相叫囂了。他們橫著出來，你們難道就能全身而退？還是考慮皆大歡喜的方案吧。話說回來，我要先確認我們的人眞的還活著。」

康納到了車庫，貨卡和綁來的XI士兵都在這裡。俘虜裡階級最高的是個黑短髮、橄欖色皮膚的中尉。他取下塞在囚犯嘴裡的東西。「只准報上姓名和軍階，你脫稿演出的話，小心變成太監，聽懂沒？」

囚犯點點頭。

康納開了無線電。「少校，自己聽。」

他將無線電遞向中尉，中尉說得飛快：「美軍陸戰隊雅各．丹尼爾森，車庫裡有二十五——」

康納鬆開無線電通話鈕，嘆了口氣。「中尉挺有種的嘛。」人家也是盡忠職守，他並不打算真的一腳踩上中尉胯下。

他準備回屋子裡，葛因斯卻露了面，還特別確定不會被俘虜聽見。「長官？」他開口問：「我們被圍困了。」

「是。」

「有什麼計畫？」

「很簡單，將計就計。」

無線電傳來勒坦斷斷續續的聲音：「謝謝，康納。彼此信賴會好辦很多。放了中尉，我保證不再開火。」

康納清點手邊能用的車輛。車庫裡的兩輛貨卡爆了胎，外面兩輛貨卡中了很多子彈，可能連發動都成問題。車庫內和前方空地的悍馬車則狀態良好，戴斯蒙的特斯拉轎車也還擺著充電。

他進去一輛貨卡，透過後車廂幾片螢幕的無人機影像，瞭解敵軍配置，看來完全是教科書模式的包圍陣型，很快就會攻進來。

康納又啟動無線電：「少校的提議挺誘人的，不過還不夠好。先叫史崔克裝甲車都滾蛋，然後悍馬車也退到一百呎外，我就放了你們那個長舌的中尉。別耍花招，我們能從天上看得清清楚楚。」

他湊過去和葛因斯交頭接耳，但音量卻又能讓中尉聽見。「接下來先替這兩輛車換輪胎讓它們能動，再來把俘虜分開來每車一個。我們有兩輛貨卡、兩輛悍馬車和一輛特斯拉，準備好就出發，悍馬車帶頭和殿後，其餘夾中間，朝史塔克布里奇走，那邊有破綻，可以直接衝出去。如果他們開火或阻擋，就是拿自己人的性命開玩笑。」

葛因斯點頭。「好主意。」

「那就照計畫進行。」他瞟了中尉一眼。「敵人的悍馬車後退、運兵車離開以後，就放了這傢伙。」

「長官？」

「你沒聽錯。」

十五分鐘後車隊準備就緒。第二輛貨卡裡的朴醫師依舊盯著螢幕。

「還要多久？」

「快了，」醫師回答：「大概十分鐘。」

康納轉頭吩咐葛因斯：「全都上車待命。」

一吻過後，戴斯蒙愣著不知如何是好，也不確定自己要的究竟是什麼。而艾芙莉可不同，她抬起頭繼續熱情擁吻他，手臂傳來的力道令戴斯蒙很訝異。那股熱度彷彿從艾芙莉身上流入戴斯蒙身上，使他心底沉眠多年的飢渴甦醒。

戴斯蒙回吻，艾芙莉緊緊扣著他並翻身到上方，低頭咧嘴一笑，手指撩撥他汗濕的頭髮，金色馬尾隨著動作垂落在臉頰旁邊。

他等那雙朱唇幾乎貼上才發難，一個翻身以後，艾芙莉被他夾在雙腿下，大掌將她的纖手壓在地板。兩人沾滿汗水的皮膚在地面滑動一陣才停止，摩擦聲好像掉進陷阱的野獸哀啼。

戴斯蒙繼續吻她，先慢後快。他放開手以後，艾芙莉抬起腿往地板一蹬，又翻身到了他上面。戴斯蒙曾經在德州和路易斯安那州度過一段荒唐歲月，卻從未遇上體能如此強健的女性，心裡的那股火焰被煽得更旺盛。

艾芙莉離開他的嘴唇，挺起上半身跨坐著戴斯蒙，手一揚將運動內衣掀過頭頂。她拉起戴斯蒙的T恤，胸脯抵上他胸膛，彼此磨蹭著皮膚與汗珠。艾芙莉摘掉自己的短褲，戴斯蒙也脫掉，接著腦袋開始罷工。

兩人躺在堅硬地板上，盯著球房頂端嗡嗡作響的日光燈，直到皮膚上的汗珠失去溫度。戴斯蒙心想不知艾芙莉會不會後悔，事情發生得太突然，就像一起走進山洞、跌入豎井，過程中只能抓著彼此，無法判斷會摔得多深。如今隨著激情結束，這坑也即將到達盡頭，兩個人都盯著天花板而不是彼此，彷彿都在思考怎麼爬回去，或者還有沒有機會回去。

他也不知道自己是否懊惱。本來以爲會，但心裡眞的沒有那種情緒。恰恰相反，很久沒有這麼滿足的體驗。他只能試探看看。

「妳在想什麼？」

艾芙莉微笑。「我的萬聖節扮裝居然成了預言。」

戴斯蒙翻個身注視她。

「我這和丟臉女大生不是一樣嗎？本來只是吃頓飯，而且這裡明明看起來眞的挺像兄弟會所的地方，結果狀況失控到底，現在得披頭散髮、衣衫不整地回去自己車上。」

他維持同樣姿勢聳肩。「哪來的衣衫？」

艾芙莉捶他一拳，力氣還是比預期中大。他的身子向後一倒，艾芙莉又跨到他身上，彎腰要吻他。

「等等。」

兩人互相凝視。

「妳……覺得丟臉？」

「不會啊，戴。一點也不會。」

「不必把『糟糕的決定』丟到背後？」

「最近不必。」

艾芙莉熱吻他，兩個人的手腳又開始不安分。戴斯蒙趕緊將她稍微推開。「再不從地板起來，妳就要全身瘀青了。」

她露出笑容，冷冽的藍色眼珠閃過一抹淘氣。「我不在乎啊。」

戴斯蒙翻到上面。「我在乎。」他雙臂環住艾芙莉，將人撈起來走向階梯。

艾芙莉仰頭狂笑。

「幹嘛？」

她掙脫以後，如貓咪下樹般靈巧落地。「抱歉，我對羅曼蒂克過敏。」

戴斯蒙當下很想掐死她，但又很古怪地更受到她吸引。「又不是沒抱妳上床過。」

艾芙莉瞇著眼睛，這才想起來第一次見面那天的事。熬夜整晚以後得知被開除，她喝個大醉又被戴斯蒙叫醒，吞下遠超正常人食量的大份量早餐，接著就昏迷過去了。

「啊，那天。唔，但是不算合意啊。」

戴斯蒙張開嘴巴想辯解。

「我還沒說謝謝呢，在床上睡覺舒服多了。」她彎腰拾起衣物，出乎戴斯蒙意料並沒有當場穿上，而是光著身子優雅地穿過走道，對自己的赤身露體絲毫不以爲意，宛如睥睨蒼生的羅馬女神。

她上了梯子，轉身低頭問：「來不來？」

料想不到的事情接二連三。艾芙莉留著過夜，而且是裸睡。戴斯蒙為此亢奮了好一會兒，但終究還是累得睡著。

他先醒過來，也慶幸是自己先醒來。看著艾芙莉，他心想很多人醒著和睡著的模樣大不相同，閉著眼睛的艾芙莉顯得比較纖細和稚氣。

他很久沒劇烈運動，渾身肌肉痠痛。而久沒運作的不只是身體，心靈也一樣。自珮彤之後這還是首次。戴斯蒙和多數男人不同，對性沒那麼渴求，或許因為年輕時跟在歐威爾身邊那段渾渾噩噩的日子已經玩夠。

他忍不住會思考下一步要怎麼辦。

他進了廚房準備做早餐。大份量的煎餅、煎蛋、吐司和燕麥粥，與兩人初次見面一樣。

艾芙莉醒後，拿了他的藍色鈕釦襯衫隨手套上。身上就這一件，沒穿別的。萬聖節化妝的眼影在她流汗之後就掉得差不多，只留著個輪廓。

她抽了幾張紙巾折疊四次，擺在板凳上當坐墊，開始享用大餐。「先說清楚，」戴斯蒙一聽愣住，手上的抹刀沒放下。「我沒帶錢包。」

他鬆口氣，笑意浮上臉。

「就算有錢包，裡面也沒現金。」

「艾芙莉——」

「看來小費只能用身體抵了。」

抹刀從他手中落下。「修斯大宅接受各種付款方式。」

☣

他以為接下來兩人之間會改變很多，結果並沒有。在輝騰工作時，他們彷彿什麼也沒發生過，戴斯蒙為此很苦惱，而且意識到自己居然為此苦惱，就變得更加苦惱。進入職場的艾芙莉是一道銅牆鐵壁。

還好下班以後又是另一片天地，她不必趕工的時候就會傳訊息，內容通常很簡單：你在幹嘛？或者晚餐？不然就是再比一場？

戴斯蒙總是會答應。他想要答應，而且他不懂玩什麼心機，更何況他沒別的事情做。「具現」完工了，現在就等尤里與康納完成實驗，不知道他們在拖拖拉拉什麼。

他與艾芙莉之間逐漸建立起規律。每星期兩人會一起過幾夜，週末大半待在一起。相處時打壁球、在家裡每個角落做愛，有時候在圖書室玩紙牌，通常是她最喜歡的金羅美。雖然他們聊了很多，但艾芙莉卻未曾真正讓他走入心房。戴斯蒙嘗試了很多次。某個週五夜，他們滿身大汗躺在床上，隔著鐵框窗戶，望向耀眼圓月。

「妳父母是怎樣的人？」

艾芙莉盯著拱頂。「沒什麼可說的。」

「就說說看。」

「我媽死了。」

「怎麼走的？」

「車禍。」

「什麼時候的事？」

「大一。」

「我五歲的時候就死了爸媽，那感覺天崩地裂。」

「嗯。」

戴斯蒙斟酌自己該怎麼描述：「他們……原本應該像直布羅陀巨岩一樣，是無法撼動的生命支柱。結果一轉眼就不見。」

「她只是去雜貨店呢。」

「我爸媽是在家裡。當時一個做家事，一個在牧羊。」

艾芙莉嘆口氣。「我也是那時開始體會到世界充滿危險，任何人事物都能瞬間改變。」

「妳父親呢？」

「還活著。」

「相處得還好？」

「我有努力。」

戴斯蒙翻過去看著她。

「他得了阿茲海默症。」

「所以妳才到輝騰上班。」

「理由之一。」

艾芙莉像個黑盒子，戴斯蒙急欲一窺究竟。身體接觸簡單，後面反而才困難。

他一天天注意到艾芙莉的變化，煩惱在她臉上堆積出更多細紋，簡訊來得更頻繁，才剛進門就急著做愛。她會直接將戴斯蒙推回玄關內，扒掉衣服，彷彿得了什麼急症而性愛是必須的一帖藥。

有一次在書房完事之後，戴斯蒙轉身問：「妳怎麼回事？」

「沒事啊。」

「別說謊。」

「那你會對我說謊嗎？」

戴斯蒙想了想。「會，」他搶在艾芙莉搭腔前補充：「如果是要保護妳的話。」

艾芙莉表情一變，他從未見過那種情緒。脆弱，甚至可說驚恐。

「那你也得明白，我確實沒坦白，可是謊言都是爲了保護你。」

他一絲不掛地起身，背後是一架架書本和壁燈。「什麼意思？」

艾芙莉也站起來望著他。「你相信我嗎？」

「相信。」

「即使我跟你說的……會改變你至今認定的一切，你還是會繼續相信我？」

「艾芙莉，妳到底想說什麼？」

「假如我有證據證明，世界不是你所想像的那樣？」

戴斯蒙退後一步，望進艾芙莉眼底，瞥見了另一個她。怎麼回事？是她身上的事嗎？例如我懷孕了、我以前結過婚或者我有小孩之類？不對，應該不是，感覺不像。比較像是公事。

「我還以爲我們已過了閃爍其詞的階段。」

「眞的？」

「很確定。」

「那告訴我，你做什麼工作？」

「啊？」

「你的工作？」

「投資高科技——」

「那種事情上網就能查到。但你眞正的工作是什麼？你的心力都放在什麼地方？」

一陣寒意竄過他的背脊。戴斯蒙又退後一步，彷彿察覺敵人來襲。「妳到底要問什麼？」

手機在折疊桌上震動。他不知道自己應該繼續與艾芙莉對峙，還是拿起來查看。最後戴斯蒙選擇掃視螢幕，康納傳來了訊息，令他很吃驚。

得見面，八十號碼頭，健太郎丸號上。有急事。

「我有事要出門。」他茫然地說。

「這麼緊急？」

「我弟弟回來了。」

「他在哪兒？」

他猛然轉身。「妳爲什麼想知道？」

艾芙莉神情軟化。「戴，告訴我，別問我原因。」

他清楚意識到自己又站在人生的十字路口，跨過那條線以後，什麼都會不同。艾芙莉光溜溜地站在他面前，站在他珍藏的愛書中間。戴斯蒙知道自己願意相信她，因爲她保有眞摯純淨的心。他下意識就能判斷艾芙莉不會傷害無辜，但康納與尤里不然——世界對他們過分殘酷。

於是他說出康納身在何處。還沒來得及多問一句，艾芙莉便抓了衣服，頭也不回地衝了出去。

戴斯蒙總算明白了，艾芙莉果然是站在敵對立場。他不明白的是，她何必要與自己同床共枕這麼一段日子。

「他脫離記憶回溯了。」朴醫師說。

康納探身到後車廂。「出現下一個地點了沒？」

朴醫生按手機。「有，就在……這什麼——」

「先存下來。」康納轉頭吩咐葛因斯少校：「開始。」

少校厲聲下令，車庫內一團混亂。他們將俘擄的XI士兵塞進貨車和悍馬車。

康納有很多手下還駐紮在屋子內外各處，此刻同時開槍，全自動掃射街上的XI車輛，甚至射出兩發火箭、命中目標，使對方兩輛迷彩悍馬車化作火球。眾人奔進車庫、跳進車輛。停在前面空地的悍馬車一馬當先，直衝奧斯汀大道，撞進XI部隊圍堵他們的車陣。後面的悍馬車也動了起來，不過上了空地就繞一圈駛進後院，碾過鋁網圍籬，進入鄰居的院子。一輛貨卡和特斯拉轎車尾隨其後。

於是車庫裡只剩下一輛貨卡。康納又對葛因斯說：「少校，祝好運。」

說完之後他爬進車裡，抱起戴斯蒙，在朴醫生及兩名士兵陪同下，走進戴斯蒙的屋內。在他懷裡的哥哥毫不抵抗，身上還接著上了蓋子的管線。康納走下後面階梯，降至陰暗潮濕的地下室，靠著紅磚牆的是一座座空酒架以及早期大型電玩：小精靈、大金剛、大蜜蜂。他停在密門前面，按壓當作開關的磚塊。樓上傳來汽車發動後殺出車庫的聲響。

他帶頭鑽進密道，傭兵頭盔的燈光照亮人工開鑿的洞穴，朴醫師最後進來並闔上密門。士兵放下包袱，裡面裝滿了野戰口糧、飲水與武器，足夠支撐好幾天，但康納希望不至於耗到那麼久。

他站在金屬架往下望，光束照亮洞底，壁球間的木地板反光後，像座地底湖泊。

一行人下了階梯，鑽進金屬架下面躲藏，以免密室被人發現了進來搜索。

一小時之後，上頭車庫有了動靜。康納看看部下，手指抵住嘴唇示意熄燈。

43

尤里率領的部隊招招致命，效率極高，干擾無線電和衛星訊號以後，迅速掃蕩遊客中心。從外頭原野能聽見消音步槍的模糊悶響，他們先控制了停車場，再拿下建築物內部。

他從遠方透過遠距離望遠鏡旁觀一切。遊客中心的落地窗亮起了好幾回，槍口的火光和攝影機閃光燈很相似。

部下報告威脅解除，尤里在隨扈護送下穿過丘陵。停車場到處都是屍體，中心裡頭的英國與西班牙聯合部隊倖存者遭到捆綁堵嘴。留下活口是爲了無線電通訊，當然必要時也能當作談判籌碼。

負責這次行動的季蒂昂指揮官是巴西人，名叫帕布羅．馬卡多。尤里走到他身旁。「沒找到？」

「可能離開了，或者還在洞穴裡。」馬卡多壓低嗓音：「準備拷問——」

「不必。問出來也太遲了。」

「直接進去？」

「對，挑最厲害的好手組成小隊，立刻出發。」

☣

阿爾塔米拉洞穴深處，琳恩對著無線電說：「呼叫艾芙莉。」

「在。」

「找到了，請返回集合點。」

「收到。」

琳恩封好塑膠容器，遞給珮彤，二話不說起身走出這間有母鹿壁畫的石室。失去公鹿和小鹿之後，牠只能孤單地留在原位。

珮彤跟著母親穿過黑沉沉的隧道，手裡拿著外公多年前埋藏的祕密，心中覺得母女關係又起了變化。大部分謎團解開了，只剩下所謂人類基因裡的密碼究竟是什麼。她心想母親接下來應該就得解釋了，但前提是琳恩不打算繼續將自己蒙在鼓裡。

艾芙莉和奈傑爾已經在密室裡等著。洞窟裡明明寒涼，奈傑爾眉毛上卻有汗珠，而且臉頰泛紅。

亞當斯士官長上前說：「距離定期無線電匯報已經遲了三十分鐘。」

「那去吧。」琳恩說。

亞當斯對著羅卓戈一揮手，他小跑步離去。

琳恩對著他背後喊：「叫他們派人來搬箱子出去。」

「所以找到了？」奈傑爾問。

「是。」琳恩瞥了瞥珮彤手裡的東西後掀開蓋子，開啓的聲音就像拔起香檳軟木塞。她取出第一頁觀看，是手寫德文，接著迅速將整疊內容速讀完。

「媽，上頭說什麼？」

琳恩回頭的模樣，又好像這才驚覺身旁有人。「我猜得沒錯，這是標本清單。」她朝箱子一比。「缺失的環節就在這兒。」

奈傑爾鼻子哼了哼。「問題是什麼東西的環節？我個人很想搞清楚究竟怎麼回事。」

「沒時間——」

「媽，妳是該對我們解釋一下。而且……要是出什麼意外，大家分散了，我覺得有別人知道內情會比較好。」

「好吧，等人進來的時間，我稍微說明一下。」琳恩彷彿自言自語：「從哪裡開始好呢？」她將文件放回容器內。「首先你們該知道，克勞斯如何推導出他對人類基因組的結論。在此之前，他也提出過別的假設，最初的想法是人類演化速度逐漸提高。」

「間斷平衡（Punctuated equilibrium）吧，」奈傑爾點著頭。「他認爲人類還在經歷種化（注）。」

「『間斷平衡』是什麼？」艾芙莉問。

奈傑爾掉頭看著她。「妳是認眞的？」

「抱歉，我在大學教的是網球不是演化生物學。『間斷平衡』和『鼻梁斷裂』有關係嗎？要不要我幫你做實驗？」

奈傑爾大翻白眼。

珮彤調停。「由妳解釋吧，媽？」

「間斷平衡，」琳恩說：「是一九七二年尼爾斯．艾崔奇與史蒂芬．古爾德提出的理論。當時演化生物學家還在辯論新物種如何形成，多數人認爲這是個隨時間進行的緩慢過程，這種論點稱爲『生物漸變論』（Phyletic Gradual Evolution）。但化石證據不支持生物漸變論，物種出現以後多半穩定，一大段時間內不會出現基因變化，然而一變化就很迅速，相對短時間內分支出新的物種。至少以地質年代來看是很短的時間。」

「爲什麼？」珮彤問。

「觸發快速演化的事件至今仍是研究主題，我們只知道會發生在有機體進入新環境的場合。」

「爲了生存被迫適應。」艾芙莉說。

「沒錯。如果環境改變但物種不變，就會遭到淘汰，例如第四紀滅絕事件。」

「米格魯號也在研究這個。」珮彤再說。

「對。研究團隊發現第四紀滅絕事件的兩個主要原因，首先是全球規模的氣候變遷，特別是距今時間最近、俗稱末代冰河期的『末次冰期』。精準一點說，目前地球仍處於冰河期。這次冰河期持續數百萬年，現在只是『間冰期』而已。回到第四紀滅絕事件上，氣候變暖及冰河縮減導

注：Speciation，演化的一個過程，指物種一分為二。

致很多物種面臨生存危機，經過演化適應了寒冷天候的大型動物或者滅亡、或者倖存下來，卻淪爲人類入侵後的獵物。當時覆蓋亞、歐與北美大半面積的冰層，不再前進反而倒退，氣候變動程度超乎我們想像，一百年內的融冰量就造成某些地方海平面上升三十呎之多。就算現在全格陵蘭的冰都融化，也不足以造成同樣的影響。

「最大衝擊體現在洋流上。進入北大西洋的融冰阻擋由赤道向北的熱流，熱流因此轉變方向、前往南極，南極冰層縮減以後，極地風向也起了變化。之後一千年內，本來以冰原爲主的地表快速變成溫暖、肥沃的土地，完全適合我們這個種族的發展，簡直像是爲人類量身打造。我們出現在恰恰好的時間點，並且從中得利。

「克勞斯以此爲中心進行論述，認爲最後一次冰河期啓動了人類的快速演化。在間斷平衡脈絡之下，物種的分歧稱爲『分支演化』（claldogenesis）。米格魯號上一部分科學家認爲人類也分爲兩個物種，但找不到對應的基因證據。克勞斯則認爲其中一支演化出高度基因優勢——而且出現在心智運作方面。藝術就是這個轉變的具體象徵。」

琳恩指著洞窟內部。「所以克勞斯才對這個地方如此著迷。阿爾塔米拉是洞穴藝術和虛構思維最早的範本，他相信藝術問世是人類演進的關鍵時刻，而且……」她瞟了瞟箱子。「也開啓了潘朵拉的盒子，加速人類演化。比對過去三千五百年與更之前幾百萬年原始人的生活，我們幾乎成爲了不同的生物。克勞斯覺得這種巨大轉變必然有其背後成因，一個改變人類行爲的環境因素。問題就在於，我們根本找不出那個環境因素是什麼。」

「所以你們需要米格魯號，」奈傑爾說：「方便祕密行動，在世界各地採集冰芯以及各種考古和生物標本，希望能確定那個因素。」

「對，最初的理論是HGT。」

奈傑爾又點點頭表示理解。

「唔，」艾芙莉問：「我自己招，HGT是什麼意思?」

「水平基因轉移，」琳恩回答：「也可以稱爲側向基因轉移。大部分演化透過垂直基因轉移實現，也就是親子間的遺傳。水平基因轉移代表從另一個生命體得到DNA。」

「細菌身上一直有這種現象，」奈傑爾補充：「其中一株發展出生存優勢，就能傳遞給同伴，造成很多種結果，最有名的是抗藥性。」

琳恩附和：「但以人類而言，我們認爲恐怕有其他外在的DNA來源影響演化，接近共生關係——這個來源提供基因，使我們進步。」

「外星人?」艾芙莉一臉狐疑。

「沒那麼戲劇化。我們認爲或許是腸道內共生的細菌或病毒。但是克勞斯縱觀歷史以後，發現了很奇怪的規律，更確切地說是一種奇妙的共時性。以這些壁畫爲例，」琳恩走向洞壁。「在歐洲與中東多處都找得到洞穴壁畫，來自差不多的年代，爲什麼會這樣?虛構思維是演化過程的一大步，卻這麼巧同時出現在相隔千里、彼此獨立的族群之中?農業也一樣，十一個完全沒有交流的不同文明，都在一萬兩千年前幾乎同一時間發展出農業。下一個人類文明重要突破是書寫文字，儲存資訊的效率遠遠超過口傳，同樣在相近時間點的三個獨立族群中誕生。

「克勞斯認爲，這種共時性證明了有一種不可思議的力量，引導人類演化，他稱之爲——

『隱日』（Invisible Sun）──隱形的太陽。在克勞斯眼裡，演化就像這洞窟，一個房間連接下一個。藝術之後是農業，農業之後是書寫──人類通過這三個階段，每個階段都留下獨特的基因標記。而他相信最後一個房間，也就是人類最後一次的跳躍演化，即將到來。」

「密碼。」珮彤說。

「沒錯。克勞斯主張演化過程在基因組裡留下線索，只要蒐集完整訊息，就能開啓人類下一次轉變，而且比起藝術、農業、文字的影響更巨大。」

「是什麼？」艾芙莉問。

「我不知道，他也不知道。以前沒有對應技術，無法解析人類基因組。後來技術開發出來了，但成本太高，直到最近才有實用價值。」

「所以妳預做準備，」艾芙莉繼續說：「創立輝騰基因科技，就是爲了找到標本的這一天。」

琳恩望著那些箱子。「這一刻比你們所能理解的更加重要。太多人犧牲，太多偉人甘心成爲墊腳石，才能達成接下來的成就。」

尷尬的沉默蔓延密室。黯淡光線下，琳恩．蕭彷彿被什麼附身了似的。

石穴迴蕩起靴子踩踏的腳步聲，簡陋的密門抖動，一隻手掌將它大大推開。

羅卓戈帶著三個英國空降特勤隊隊員鑽了進來，珮彤看著那些人覺得面生。洞窟裡明明挺陰涼的，羅卓戈卻滿頭大汗，武器也不見隨身。

「女士，」他開口說：「可以走了。」

亞當斯張望一陣，似乎察覺什麼之後又放鬆下來。琳恩先注視他，然後又盯著羅卓戈。

珮彤也感覺到情況不對。

但出乎意料的是，琳恩回答：「那走吧。」

44

氣氛變了，珮彤感覺得出來。在場眾人一個個都有了提防，就像動物感應到天敵到來。琳恩最是敏銳，然後異樣氣氛感染到亞當斯和艾芙莉，奈傑爾可能太遲鈍了還在嘀嘀咕咕。羅卓戈則是透過眼神，向自己的長官釋放某種訊號。

阿爾塔米拉洞窟深處密室的空間已經不大，那三個空降特勤隊員卻很明顯刻意散開。琳恩悶不吭聲地竄到最靠近自己的那人身後，緊接著亞當斯往隔壁飛撲、壓制敵人，最後一個則由艾芙莉抽出戰鬥刀背刺頸部得手。

又一陣靜默，大家都不敢輕舉妄動。

珮彤定睛一看，母親持手槍抵住了士兵後頸。

對方緩緩張開手掌。「女士，」他操著英國口音說：「是不是有什麼誤會——」

「別狡辯。」琳恩的說話聲在石室迴蕩，彷彿甩了對方巴掌。「我認識那種靴子，是季蒂昂安全部隊特製款。」她轉頭吩咐珮彤和奈傑爾：「取走他們的武器。」

拿了敵人的刀槍與無線電之後，琳恩用槍口推俘虜過去同伴身邊。「他也來了？」

對方面無表情。「我不知道妳說的『他』是指誰。」

「看來沒錯。」

「是誰？」亞當斯問。

「尤里。」她轉頭朝羅卓戈斯說：「下士，報告狀況。」

羅卓戈斯低頭看地板，滿臉困窘自責。「我回到訊號範圍要找人過來搬東西，結果收到的是警告訊息。」他搖頭，「我轉身趕著要回來，但是他們搶先一步進了隧道。」下士吞了吞口水。

「當時應該——」

「謝謝，下士。」琳恩打斷。

亞當斯取出地圖，指著密室附近一條窄路。「可以用這裡做防守。」

「不，」琳恩說：「這次不能妄想一路打出去。」

「有別的出口嗎？」

「沒有。無路可走，火力輸給對方，也沒有充足補給能打消耗戰，這就是我們目前的處境。」

45

亞當斯深呼吸之後，挺直了身子，彷彿做好從容就義的心理準備。「靜候指令。」

琳恩卻將手槍擱在一旁箱子上，聲音聽來十分平靜。「我來處理就好。」

奈傑爾的手一攤。「嗯哼，太好了，眞令人安心。那妳能說說細節嗎？我不由得好奇大家是不是都要葬身山洞了？」

琳恩沒理會他的誇張語調，只是靜靜回答：「目前不得而知，格里尼博士。」

他瞪大眼睛。「那妳知道什麼呢？」

「剛才說了，我知道我們被困在這裡。」

「所以計畫是？」奈傑爾忿忿不平。

艾芙莉開口時和琳恩同樣從容。「討論看看有哪些選項。」

琳恩將母女倆找到的塑膠容器蓋緊。「沒有選項，沒有任何可用的手段。我們面對一個難以匹敵的策略家，要不是時間都花在季蒂昂的話，他會是當代賽局理論的頂尖學者。我能想到的作法，他一定都考慮過。」

眾人無言以對，漸漸面對現實。

珮彤打破沉默：「媽，妳剛才說讓妳處理——」

「我自己過去。」

「那怎麼行！」珮彤忍不住眉頭皺緊，閉上眼睛。不到一個月前，尤里殺害了她父親，更久之前還綁架了哥哥、進行洗腦，她怎麼能眼睜睜看母親也羊入虎口。「一定有別的辦法！」

「沒有。尤里就是來找我，也只有我會對他的計畫構成威脅。他要抓的只有我，目的是要知道我的計畫、與我合作的人有誰。以此為交換，我會要求釋放你們，或至少給你們足夠補給才軟禁，直到……直到這場『魔鏡』戰爭結束。」她嘆息：「只要抓到我，你們對他都是可有可無的。」

「說得對！」奈傑爾嚷嚷：「所以他會殺光我們。」

「我不認為——」

「妳不認為？」奈傑爾轉頭望著亞當斯。「這是軍方事務才對吧？應該交給士官長處理，請想個——」

「博士，我並不接受你指揮。」亞當斯注視琳恩。「我們怎麼做？」

「我出去以後，你們分散躲好。羅卓戈和這幾個季蒂昂的人隨我走。」

「不必留人質嗎？」奈傑爾一副聲嘶力竭的模樣。

「不必，」艾芙莉說：「沒有那個必要，保持反擊能力比較優先，而且手邊也沒工具在地底弄個集中營。」

「被鎖在這裡就比較好？」

「那要給他們機會破壞我們找到的東西嗎？博士，你對科學要有點堅持。」艾芙莉轉頭跟琳恩說：「繼續吧。」

「羅卓戈帶著一個季蒂昂的人留在通訊範圍，把我和尤里談判的結果轉告給你們。」

「談判……」奈傑爾咕噥：「說是投降還差不多。」

琳恩依舊不理會他，走到珮彤面前，扣著女兒的肩膀，凝視著她的雙眼。「我很愛妳。」

珮彤十分震驚。母親鮮少表達內心情感，在家人面前很少，在外人面前則是根本不可能。她心裡那堵牆崩潰，湧入眼角的淚珠順著面頰滾落。換做其他場合一定覺得很糗，會立刻伸手抹掉，但此刻珮彤只能怔怔讓它墜落，如同沙漏的最後一粒沙子，象徵自己與母親相處的時間，或許也到了盡頭。

她開口時聲音低沉，壓抑了濃濃的情緒。「我也愛妳。」

琳恩緊緊抱了女兒一會兒，鬆手以後走向亞當斯。亞當斯的身子彷彿隨著她的步伐越來越直挺。

洞裡很安靜，但珮彤仍舊很難聽清楚母親的話。「士官長，我女兒就拜託你了。這個房間裡，沒有什麼東西比她更重要。」

珮彤又潸然落淚，她只能勉強忍著不哭出聲。成長過程中，她總覺得自己在母親心中是否比不上工作，琳恩錯過了女兒的足球賽、生日宴會，平日見面也不多，連醫學院畢業典禮也沒到場，總是以工作為優先——而她們現在身處的房間，就是母親一輩子的追求，數十年裡為了這個目的不惜任何犧牲，連威脅利誘或殺人的事情都做下。結果就在人生可能畫下句點的時候，她卻開口表示自己真正最在乎的還是女兒。

無論以前懷疑自己在母親心裡的地位有多少次，現在她得到了答案，也因此痛澈心扉。

琳恩轉頭對大家說：「按照計畫行動。」

即將跨出密室時，她停下腳步，但沒有轉身。「等二十秒，然後分頭躲好。記得戴上耳麥，避免發出聲音。」

說完之後，她逕自穿過縫隙。珮彤不知母女是否還有再次團圓的一天。

☣

壁畫在燈光邊緣舞蹈，動物變得栩栩如生。琳恩憶起隨著父親進來的感受，自那日起她也一頭栽進研究中。不論結果好壞，自己的追尋之旅將要在今天結束。只是這賭注實在太大。

前面守著兩個換上空降特勤隊制服的季蒂昂傭兵，其中之一高舉握緊的拳頭。琳恩、羅卓戈以及跟在兩人身後的俘虜，見狀停下了腳步。

暗處竄出好幾人，手裡都提著槍支，身穿黑色護甲、頭戴夜視鏡。

「戰況回報！」黑衣人之一吼著。

「對方投降，」偽裝特勤隊的人回答：「那個女人要求與帕拏柯會面。」

兩個傭兵二話不說，先上前搜了琳恩和羅卓戈的身。

又有人指著海豹部隊問：「他在這裡幹嘛？」

「通訊中繼，其餘人已經藏匿，等候這邊的聯絡。盯著就是。」假特勤隊員回頭告訴琳恩：「走吧。」

☣

洞口射進的晨光明亮刺目，令琳恩不由得放慢腳步，緊閉眼睛片刻。

她同時聽見靴子踏著岩石接近的動靜。

她一點點睜開眼睛，等到終於看清楚景物，才察覺已有十二人擠進入口內側，全部穿著英國空降特勤隊或西班牙陸軍軍服，唯一的破綻就是靴子。他們沒換下季蒂昂發配的軍靴，或許單純偷懶，也或許因為得玩好一陣子大風吹，才有可能每個人都找到合腳的鞋。

顯然先前在洞裡遇見的傭兵已經用無線電通報過狀況。他們招手要琳恩上前。

遊客中心內有一堆屍體，無論性別，身上都只剩下內衣褲，多數腹部中彈死亡。屍堆周圍積了一圈血，發黑之後像灘油漬。這是香港被佔領之後，琳恩從未見過的駭人景象。

「好久不見了，琳恩。」尤里的聲音毫無情感，彷彿兩人從無嫌隙，他並未將琳恩視為囚犯。

琳恩調整氣息，但一開口嗓音還是太過強硬，洩露了情緒：「我是來談判的。」

「那我洗耳恭聽。」

「私下談。」

尤里瞇著眼睛端詳她。

琳恩清清喉嚨。「你想知道的事情我可以說。時間對你不利，我可以用這個做交換，而我要的只是確保她安全。」

尤里起初沒回話，接著望向帶她出來的季蒂昂傭兵。「上尉，報告。」

「尤里——」

「琳恩，請先別插嘴。」

她只好聽著那名上尉描述事情經過。

尤里似是思考了一會兒，又問身旁另一名士兵：「B隊情況如何?」

士兵開啓無線電對話後，進行報告：「沒有動靜，對方海豹部隊沒說話也沒動作。」

尤里蹙眉。「搜她的身。」

兩名傭兵對琳恩上下其手，又揉又搓到處拍掐，不客氣也不尊重到極點。她只能盯著前方，任臉頰發燙，恨意在心中不斷積累。她不是沒被這樣對待過，但那是很久以前的事了。搜身完畢，士兵沒講話，只朝尤里點點頭。

「好吧，那我們談談。」

尤里帶她走入服務臺後面的小辦公室。關上門後，琳恩迅速掃視內部，連桌上的每個物件也沒放過。

「這裡讓我想起里約的貧民窟。」

尤里默不作聲。

「我們被抓以後也是被關進小房間裡，遭到該死的黑幫羞辱，差別在於現在你在槍口另一邊了，尤里。」琳恩注視著他，希望尤里露出一絲破綻、一點動搖，可惜他毫無反應。「現在收手還不晚。」

尤里嘴角浮現冷笑。「何苦自欺欺人？我只能繼續前進，自始至終，『魔鏡』是我唯一的希望。」他湊近她。「而且我終於得到需要的最後一塊拼圖。」

「還差一塊吧。」琳恩停頓半晌。「『具現』？千算萬算，算錯了戴斯蒙這個人。他和你、和康納不同，差異比你以爲的更大。你看走了眼，心裡很不是滋味吧？」

「結果不變就好。」尤里別過目光。「而且我不就將控制戴斯蒙的關鍵弄到手了嗎？」笑意回到他臉上。「珮彤。艾芙莉或許也行。這一趟可不單純只爲妳。」

「那你又錯了。你不可能控制他。他連自己的弟弟都背叛，你憑什麼以爲他捨不得犧牲珮彤或艾芙莉？」

「妳在打什麼算盤呢，琳恩？」

「我以爲你懂的。」

46

珮彤下意識回到與母親一起找到母鹿壁畫的那條狹窄隧道。燈光下，母鹿的姿態依舊堅毅，然而旁邊牆面被抹過、挖過，有如給人開腸剖肚。此刻她心裡就是這種感受。

她厭惡等待。必須行動，但她不知道能做什麼。

她只能坐下來，關掉燈，在陰暗潮濕的洞穴中度秒如年，彷彿成了飄浮於無盡虛空中、失去重量的塵埃，沒了光線也沒了方向，分不出上下前後。

☣

耳機響了，是羅卓戈。剛聽時覺得音量大得會震破耳膜。珮彤眉心緊蹙，試著專注，算不出自己究竟躲了多久。

「重複：危機解除，蕭博士和對方達成協議，各單位請回到黃色區。」

黃色區是什麼？

羅卓戈立刻補充說明：「也就是無線電訊號中繼區，請各位開始移動。」

珮彤心焦如焚，他怎麼沒解釋協議內容呢？但至少母親還活著……她總算是放下心中大石，重燃希望。

她開了燈，燈光彷彿超新星爆炸那般刺眼。等到適應以後，她才慢慢走了出去，看見轉角有影子竄過卻遲了一步。她被人從後面用手攔下、遮住嘴巴向後拖去。

珮彤要掙扎時聽見耳邊的悄悄話。是亞當斯。「博士，請妳等等。」

她不動以後，亞當斯放開手。「怎麼了？」

「『黃色區』是暗號，表示目前安全但必須提高警覺。」

「我會小心。」

士官長走到她前方。「我答應過妳母親，所以妳等我的訊號再出來。」

亞當斯又把珮彤的燈熄掉，自己鑽進黑暗中，腳步聲像小石頭落在水井，很快沒入死寂。

她只能繼續在漫長黑暗中等候。

不過後來亞當斯就呼叫：「珮彤．蕭博士，安全了，妳可以離開山洞。」

她想拔腿飛奔，可是地面崎嶇不平，要是摔跤會十分淒慘，所以只能盡量加快腳步。每轉一次彎，外頭滲進的光亮就多一些，珮彤訝異的是途中完全沒遇到其他人，無論艾芙莉、奈傑爾、羅卓戈都不在，也沒見到季蒂昂的傭兵群。

過了最後一道彎以後，珮彤放慢腳步，伸手遮在額頭上，讓眼睛適應明暗變化。洞口還是沒人，只找到一些菸頭和蛋白質棒包裝紙。

她直驅遊客中心，注意到停車場停滿軍用車，卻沒看見半個軍人。

推開玻璃門之後，她嚇得朝後一縮，入目所見的屍體疊得好像砍下的樹幹，不仔細看會以爲是黑紅色液體上堆了座柴堆。

她忍著乾嘔衝動，別過臉走進去，屍堆後頭總算有活人，面朝下趴著而且雙手被束帶向後捆，雙腳同樣被拘束，嘴上綁了條布無法說話。展覽區暗處傳出敲打聲，聽來有兩個人，動作沒什麼默契，就像兩名鐵匠各自打鐵。

她在服務臺找到亞當斯，他還提著步槍，但神情有點得意。「這兒安全。」

「怎麼回事？」

他轉身走向高臺後面關上的門，珮彤跟了過去。羅卓戈守在門口，門打開時，她的呼吸一瞬間停上。

尤里站在辦公室中央，雙手被綁在背後，還以膠帶固定在腰部，頸部架著一把刀，刀刃下露出淺淺傷口，血痕像是玻璃杯裡的殘餘紅酒。琳恩就站在尤里身後。

「蛇再毒也得要有頭，」亞當斯聳聳肩。「她就差沒一刀砍掉那顆頭。」

「現在狀況？」琳恩問。

「全部投降，手機和無線電快處理好了。」

「嗯，準備移送俘虜。」

琳恩收回刀子，將尤里推到羅卓戈那兒。羅卓戈接住以後，將人放在椅子上，又拿膠帶緊緊纏住。

尤里看著琳恩。「最後一次機會。」

「我放棄。」

「『昇華』控制系統就要上線了，所有接受過疫苗注射的人，都會接收到訊號。」他的視線飄向珮彤。

「堵住他的嘴。」

琳恩出了辦公室，回到大廳，穿過屍堆和俘虜，亞當斯與珮彤跟著一起找到敲打聲來源，是艾芙莉與奈傑爾坐在一大堆無線電和手機前面。他們取下彈匣以後，用手槍槍托將那些機器全部砸爛。

「我能幫忙嗎？」珮彤開口問。

亞當斯拔出手槍取走彈匣。「想搞破壞？」

「想得要命。」她坐到艾芙莉隔壁位置開始動手。

「艾芙莉，」琳恩吩咐：「癱瘓車輛。」

艾芙莉起身。「留幾輛？」

「一輛就夠用，但多一輛備著。」

「好。」她立刻跑去停車場。珮彤隔著窗戶，看見艾芙莉掀開汽車引擎蓋動起手腳。

琳恩又對亞當斯說：「把裡面的箱子搬出來。」

亞當斯點頭後也離去，和琳恩回頭一起幫忙羅卓戈。珮彤低頭拿手機一個個敲壞，心想理當該有西班牙軍隊過來才對，卻遲遲不見蹤影。「沒有增援嗎？」她打爛手持無線電時問奈傑爾。

「琳恩說不要聯絡，有安全疑慮。她覺得英國或西班牙軍方裡有人走漏風聲。」

「有道理。」

兩人繼續敲敲打打，中間各自去了一次廁所。這工作簡單又抒壓，她好好發洩了一番。

亞當斯和羅卓戈進進出出，搬貨速度簡直超越人體極限，兩人後來汗流浹背地坐在大廳猛灌水。艾芙莉從停車場回來，洗手之後走向服務臺，在珮彤看不見的角度忽然大叫：「喂！」

琳恩回應了，但珮彤聽不清楚內容。

亞當斯和羅卓戈猛然起身，她和奈傑爾也離開座位，大家一起跑了過去。

辦公室門開著，本來拘禁尤里的椅子空空如也，只留下膠帶，從邊緣判斷是被割開。

「我綁得很緊！」羅卓戈盯著椅子，一臉難以置信。

「無所謂了。」琳恩開口：「他跑了，我們也得趕快離開。」

沒人點破癥結，但眾人心照不宣的是：尤里不可能自力脫困，是在場的某人放走了他。

47

康納帶著部下躲在戴斯蒙住處車庫底下的壁球場，至今已長達二十小時。金屬窄道上散落著吃過的口糧空盒，兩個傭兵靠頭燈照明玩了一下紙牌，朴醫生已入睡，戴斯蒙的鎮靜劑作用仍然沒退，人也躺在走道下，呼吸很輕淺。

他打開電腦，試著與無人機連線。

範圍內無訊號。

康納朝最靠近他的季蒂昂傭兵說：「我出去看看。」

推開門以後，他先凝神細聽。非常安靜。他冒險回到地下室，又啓動軟體。

範圍內無訊號。

他從屋子後側階梯上樓，每走四步就查探一遍，不過完全沒聲音。

他穿過中央走廊，鑽進大客廳以後，筆電總算收到無人機影像。畫面裡沒有XI部隊的蹤跡，他們一如所料追著貨卡與悍馬車離開。想必他們已搜查過戴斯蒙住處，但並未發現密室，畢竟看到敵人逃之夭夭，美軍中尉回去也必然會轉述康納和葛因斯刻意洩露的計畫，XI沒理由在這房子花太多心思。

康納闔上電腦，返回壁球場抱起戴斯蒙，傭兵和醫生跟在後面一起上樓，從後門出去，利用鄰居院子的老橡樹掩護行蹤。隔壁屋子不出所料空無一人，阿瑟頓市這一區的居民大半在山上、海邊甚至離島還有別墅，更厲害者連島嶼和私人飛機跑道都買得下來。

他在那戶人家的車庫內發現一輛費司克因果(注)還插著電，還有一輛黑色雪佛蘭休旅車。

「開吃油的。」他吩咐。

將戴斯蒙放進車廂以後，康納轉頭問醫生：「地點？」

「靠近貝爾島。等等……」醫生研究地圖。「其實就是聖卡洛斯的機場。」

康納思索片刻。很容易中伏擊的地方，但他別無選擇。

注：費司克汽車公司生產的混合動力跑車，車頂有太陽能板。

48

兩輛車在西班牙境內蜿蜒道路上高速奔馳，前車的駕駛是艾芙莉，後車交給亞當斯。地勢隨山巒起伏，珮彤覺得自己像是搭上雲霄飛車。

「艾芙莉，妳再加速下去，我們就要跳躍時空了！」

「挺棒的不是嗎？」她更用力踩油門，引擎叫得愈發淒厲。

一行人抵達桑坦德機場，換乘西班牙空軍提供的噴射機，琳恩和亞當斯與負責指揮的上校討論許久，最後她還是拒絕多帶士兵做爲護衛。不久後，艾芙莉坐進駕駛艙，大家又回到了天空。

飛機到了巡航高度，艾芙莉啓動自動駕駛後，進入客艙和大家開會。裡頭空間寬敞，後側也有座位，環境讓珮彤想起一個月前自己率領疫情調查團，坐上自亞特蘭大前往奈洛比的美軍飛機，只是稍微小了一點。那段記憶恍如隔世，而且現在自己的地位比較像學生，母親則扮演指導者，但這位教師卻始終吝於分享知識。

「如果有確切地點會省點時間，」艾芙莉開口說：「『美國南部』範圍很大。」

琳恩攤開睡袋鑽了進去。「之後再說。」她招手要珮彤到身旁，一起躺下休息。

珮彤和其餘人各自取了睡袋。亞當斯與羅卓戈輪流站哨，確保導航系統沒問題。

大家都精疲力竭，珮彤覺得最勞累的就是母親。此刻兩人的面孔相距只有幾公分而已，母親閉上眼睛之後，彷彿一下子氣力盡失，儘管她掩飾得很好，但仍能看出阿爾塔米拉洞穴這趟旅程帶給她的壓力和衝擊。珮彤心裡有好多疑問，卻只能等待適合時機再提出。

入睡前，珮彤察覺母親懷中抱著個東西，形狀像是有肩帶的手提箱。她很肯定進去山洞之前沒看過，所以是琳恩從洞裡帶出來的。這是什麼時候的事？裡面又裝了什麼？

49

艾芙莉睡不著覺，索性到駕駛艙要執勤的亞當斯去闔個眼。他也累壞了，當然樂意配合。腦袋就是停不下來，她的心緒一直回到戴斯蒙的住處，想像軍方展開突擊以後，他遭遇流彈射殺的情況。眞希望自己能在現場。

衛星電話響起，她趕緊接聽。

「艾芙莉，」是大衛．沃德的聲音，而且語調聽得出是壞消息。「追丟了。」

「開什麼玩笑？怎麼可能？你們——」

「康納．麥克廉也很精——」

「我不管他厲不厲害，只有兩種可能啊，要嘛他不在那房子，不然他就還在裡面。」

「光是追上衝出去的車子就花了將近十個鐘頭——」

「十小時？」

「對方用XI士兵當肉盾，我們無法開火，只好窮追不捨，結果他們還分頭行動，朝四個方向散開。最後沒找到麥克廉或修斯……雖然我們拷問了麥克廉的副手，但他堅稱麥克廉在最後一輛車上，而我們找不到人。」

「那就是還在屋裡。」

「我們搜過了，從上到下徹底查過。」

從上到下。艾芙莉腦海閃過她與戴斯蒙在壁球場運動、流汗、喘息、擁抱著翻滾的回憶。他低頭吻過來那一刻，瓦解了艾芙莉內心那堵牆。

「艾芙莉？妳還在聽嗎？」

「我在。他家裡有個密室。」艾芙莉原本以為與對方接觸一定是先僵持後開戰，沒道理在屋子裡玩捉迷藏，於是也就沒想過先提壁球場這件事。眞蠢。

「嗯，書房角落，他們找到了——」

「不是，我說的是在車庫底下，那是個壁球場，要從地下室酒窖進去，開關是一塊假磚頭。」

「妳等會兒。」

從話筒聽得到大衛．沃德用另一支衛星電話進行確認，回來就說：「眞的沒發現，我稍後再聯絡妳。」

☣

衛星電話再度響起時，她立刻拿起來。

「我們搜了壁球場，」沃德說：「不在裡面，但的確找到口糧空盒，是最近吃的。恐怕是搜索隊第一次錯過之後趁機溜走。」

艾芙莉不禁覺得奇怪，戴斯蒙選擇自己住處做爲啓動記憶的地點應該有原因。求援？故意讓自己進入盧比孔的監控範圍？有可能。順著這個思路的話，下個地點會在哪裡？大概是能逃走的路線，也就是他們兩人都能想到、同時便於救援的位置。

那只有一個地方符合。

「我應該知道他們會去哪裡：聖卡洛斯機場。」

「我立刻派人——」

「不要，只會重蹈覆轍。將計就計吧，你還記得戴在那邊說過的事情？」

「嗯。」

「大衛，拜託，你親自去。」

「修斯當初也這麼說。可是艾芙莉，現在局勢太亂，全球分崩離析——」

「難道靠你就能力挽狂瀾？不能一味挨打，得趕快阻止他們，而修斯就是關鍵。拜託，你親自過去，就當是爲了我可以嗎？我沒開口求過你什麼。」

「這是要我丟下所有事情不管，過去眼巴巴等著看修斯到底會不會現身？」

「對。你記得吧，他也曾經這樣要求我，我不願意還是照辦，結果才能走到今天這地步。拜託，大衛，他需要你幫忙，現在我也求你幫忙。我能信任的只有你，我們眞的得救他回來。」

「我們？還是妳個人？」

「都一樣好嗎？我是想再見到他，這不僅僅是我個人問題，而是所有問題的關鍵。」

接著是一段漫長的沉默。艾芙莉很想繼續催促，但她瞭解大衛．沃德，知道咄咄逼人只會造成反效果。

「好吧。」他終於讓步。「我就過去碰碰運氣，但最多二十四小時，等不到就走人。」

艾芙莉鬆了口氣。「很合理。謝謝你，大衛。」

50

雪佛蘭休旅車穿過夜色卻沒開大燈，街道也只有月光照明。四周異常寂靜，像是人類滅亡後的荒蕪異境。

車廂後面，朴醫生的臉孔被手機照亮，他盯著螢幕指示前往聖卡洛斯機場的路線。手機彷彿成了現代版的法器，引導眾人尋找聖物，挽救同伴和信念。季蒂昂必須查出戴斯蒙將「具現」藏在何處，那是他們完成目標的唯一希望，也是康納救回哥哥的唯一希望。

機場開著大門，看起來杳無人煙。康納放下車窗，吸進一口舊金山海灣的空氣，一種混合了海水和淡水的特殊氣味。加州近半數河川湖泊從這裡入海，海灣象徵了新世界與季蒂昂本身：海納百川有容乃大，季蒂昂就是思想家匯聚之處。他們致力於建設新社會，利用科技改善人類生活，即便那些凡夫俗子並不領情。季蒂昂必定會將全人類送入新世界，若有必要，也會採取強硬手段。

「二十七號機庫。」朴醫生仍盯著手機螢幕。

傭兵下車衝進機庫後，將門大大打開。康納本以爲會看到飛機之類能讓戴斯蒙逃脫的東西，裡面卻只放著許多架子，架上有軟木板釘著紙張、照片與串連的絲線，中間擱著一排排桌子，桌上有些紙箱。

他將車子駛進去，機庫大門在他後頭關上。

康納下車研究這個怪異場景，尤其注意軟木板上都是些什麼東西。文章、照片、傳記、新聞，有些自己還讀過。

怎麼可能？

朴醫生探頭叫著：「有訊號，他又開始回溯記憶了。」

☣

戴斯蒙在手機輸入康納傳來的地址，導航顯示舊金山碼頭。

幾分鐘前，艾芙莉一聽見地址就立刻跑走，她是打算趕過去嗎？戴斯蒙很想弄明白她有什麼打算，也察覺自己有可能被騙了。他很心痛，居然是她。

他開車北行，離開阿瑟頓前往舊金山，一路想的都是關於她的種種困惑。

☣

健太郎丸號似乎比上次看到的更巨大，它高出水面許多，身軀佔據碼頭很長一段距離，登船梯由兩名季蒂昂安全人員守著。

其中一個人看見戴斯蒙接近，便伸手阻止。

「我來找康納．麥克廉。」

「你是？」

「戴斯蒙．修斯。」

透過無線電確認後，他們還是沒放人，只是站在原地等候。直到另外兩個安全人員從裡面出來，引領戴斯蒙上船。

他到艦橋之後又等了一陣，期間只能凝望著岸邊無數探照燈。

「好久不見，哥哥。」

戴斯蒙轉身看見康納穿著私家海軍制服，他不認得上頭的公司標誌，叫作「大地環球」。重點是，他一眼就能發現康納的改變：現在的康納多了一股剛硬氣勢，像個軍人。*這是怎麼回事？*

哥哥無語，弟弟卻不然。康納立刻朝外一比。「走吧。」

兩人進入會議室，康納關上門。「抱歉有段時間沒聯絡你。」

「不必跟我道歉，告訴我理由就好。」

「百聞不如一見。」康納難得露出微笑。「你看過再討論吧。」

他帶戴斯蒙下到艦內深處，途中遇上滿身油汙搬運東西的船員。看箱子大小，戴斯蒙猜想他們又要遠行。接著他們走進改裝過的更衣室，康納要他換上隔離裝，看起來就像疾管中心用的配備。

他做了什麼事？

戴斯蒙不動聲色地套上防護衣，跟著弟弟走進船艙，裡面有許多列金屬支柱搭上塑膠布簾做成的隔間。隔間內透出黃色燈光，隔著簾子看不清楚究竟有什麼，走道上一隊同樣穿著防護衣的人推著推車，在每個隔間前面停下來、鑽進去，出來時提著水桶倒掉。

還有一隊人的車子上都是遺體。

「康納……」戴斯蒙的呼吸越來越急促，等了等才意識到這裝備沒有搭載對講機。

弟弟一路不停步，向前穿過這個大房間，似乎是艦內的大倉庫。兩人踏進另一頭的消毒室，消毒劑灑在裝備上，消毒結束後，他們拉開拉鍊脫掉防護衣。

「這是怎麼回事，康納？」

「我會解釋的，戴。就是爲了這個才找你來。」

兩人爬上樓梯，又進入另一個會議室，裡面滿滿都是人，一面牆上懸掛了大螢幕，畫面中展示的全球地圖布滿紅色光點，另一面則是眺望下面隔間的半板玻璃窗。布簾內透出淡淡光線，從這個角度看過去，有如混凝土海面上的一盞盞天燈。

這麼做不對。

康納威風凜凜地站在會議室前面，眼神簡直像是著了魔，開口時聲音清澈響亮，吸引在場所有人目光。

「世界即將轉變。請保持信念。接下來會是生命中最困頓的日子，但只要熬過去，就能讓世人看見眞相——是我們挽救全人類免於滅亡……」

演講結束後，與會者都離開，只留下戴斯蒙和康納以及門口邊的兩名警衛。

戴斯蒙擠出聲音問：「你做了什麼？」

「總得有人做。」

「康納……」戴斯蒙凝視他。「下面是『具現』的受試者，對嗎？你們居然又用來——」

「他們本來就沒救。」

「那不代表你有權——」

「他們自願的。」

「你們測試什麼？」

「散播管道。」

「散播什麼？」

康納朝警衛點頭示意，兩人離去並關好房門。

「散播『昇華』。」

戴斯蒙瞪大了眼睛。「你不是認眞的吧？」

「只能這樣做。」

「到底是什麼，康納？你和尤里打什麼主意？」

「必須要做的事。」

「基因療法？反轉錄病毒？究竟爲什麼？」

康納沉默不語。

「不肯說？說好的合作、不隱瞞，就到此爲止了嗎？」

「我是希望你能安心將這部分交給我處理。尤里信任我，希望你也是。」

「康納，會死多少人？」

「相比之下並不多。」康納搖搖頭。「每天都會死很多人，死因更是與『魔鏡』無法相提並論。萬事萬物皆有其代價，『魔鏡』值得這些犧牲。」

戴斯蒙本想反駁，卻又將話吞了回去，因爲眼前的人根本不是自己認識的弟弟。他來不及細想便脫口問：「你出了什麼事？」

「我沒出事。」

「那我怎麼覺得我面前站了個陌生人，你連樣子都變了。」

「我只是承擔責任而已。」

戴斯蒙瞇起眼睛。

「我接下季蒂昂總安全官的位置，也接受相關訓練。」

「目的是？」

康納湊近他。「剛開始總是比較艱苦，但你不必擔心，我能處理得來，這就是團隊的意義。你、我、尤里各司其職，你放心交給我就好。」

戴斯蒙退後一步。「我需要時間想清楚。」

「可惜我們沒有的就是時間。」

「什麼意思？」

「計畫已經開始運作了。」

這句話彷彿在戴斯蒙腦袋敲響警鐘。他絞盡腦汁思考什麼話能喚醒弟弟重拾理性，但他看得出康納已經陷入太深、無法自拔。自己與弟弟有個根本上的差異，尤里也清楚掌握並加以操弄：康納的內心創傷比戴斯蒙深得太多。雖然他們被同一場大火燒傷，康納卻受苦更多更久。他和戴斯蒙的脆弱很類似，不過程度更嚴重，所以能被尤里洗腦爲撕裂世界的武器。

此時此刻，戴斯蒙終於看穿尤里的本性，也因此深感恐懼。老人對世界的描述或許沒錯，世界不公平又殘酷，必須加以改造。問題是他的手法太過粗暴，對戴斯蒙而言代價太高。當然，康納並不在意。

尤里就是看準了這一點，他甚至曾經對戴斯蒙開誠布公說過，自己的專長就是看透人性，瞭解對方能力及意願所及爲何。於是他只需負責下棋，每一步皆完美無瑕。

棋盤上的戴斯蒙被逼入絕境，只有一條出路。以前他面對過同樣的狀況，就是德爾・伊普利找上門，押著自己去後院倉庫時。當時戴斯蒙的選擇很單純，若不殺人就只能被殺。

抉擇的重量沉沉壓在身上，他知道未來會隨此刻的決定而改變。儘管多年生命貢獻給「魔鏡」和尤里的計畫，但現在看來他無法承受代價，更何況從來沒有人告訴自己會演變成這樣。戴斯蒙不但不願意犧牲無辜性命，更希望能爲弱者挺身而出。所以他要阻止尤里，即便會爲此失去兄弟。

「我懂了。」他淡淡地說。

康納鬆了口氣。「太好了，我就跟尤里說，你一定能理解。」

戴斯蒙保持鎮定口吻。「接下來呢？」

康納的嘴角上揚。「還有不少工作。」

「什麼內容？」

「得先去幾個地方。」

「哪裡？」

「把『具現』準備好，不會讓你等太久。」

☣

從碼頭開車回家途中，戴斯蒙的腦袋轉個不停，設想了各種可能。與尤里正面對質——不妥，尤里必定早有準備。求助FBI——也不行，搞不好沒幫上忙，反而害自己先被關進大牢。聯絡《華盛頓郵報》——有可行性，但如果讓記者從頭挖起會很麻煩，這麼大一件事需要很長時間的調查和確認，而康納提過已經沒有時間。換句話說，他需要一個已經對季蒂昂陰謀有基本認識的記者，這種人才會相信自己，並且積極報導。

他利用等紅綠燈時間拿出手機，輸入季蒂昂子公司和投資標的，進行網路搜尋，結果眞的找到一篇《鏡報》文章，作者蓋林．梅爾很了不起，居然已經將季蒂昂旗下很多單位串連起來，不過記者以爲是巨大犯罪組織、高科技產業暴利一條龍、二十一世紀新詐騙之類。某方面而言沒說錯，只是他沒察覺獲利都投入名爲「魔鏡」的計畫而已。

戴斯蒙當下決定要聯絡梅爾，可是在那之前，他得先去拜訪一個人。

他敲門時內心很忐忑，忽然不是很肯定自己這麼做是對是錯。

客廳亮起燈，門開了，琳恩・蕭還是穿著上班套裝。

「戴斯蒙，怎麼——」

「有事商量。大事。」

她推開門，等戴斯蒙入內關上，卻沒開口邀請他到客廳。

戴斯蒙決定單刀直入：「開始了。」

「什麼？」

「尤里，魔鏡，馬上會行動。」

琳恩完全不錯愕。「什麼方式？」

「我猜是利用病原體或反轉錄病毒，詳情無法確定。」

她瞪大了眼睛，顯然也被蒙在鼓裡。「會從哪裡開始？」

「我也不確定。」

「我知道他們在一艘船上進行試驗。」

「那你確定的有什麼呢，戴斯蒙？」

琳恩偏過頭思索。

「有辦法阻止嗎？」戴斯蒙問。

「沒有。」

這句話彷彿法官擊錘判刑。他還以爲能從琳恩口裡得到答案或是應對之道。

「妳得——」

「聽我說。」

他上氣不接下氣。

「認眞聽，好嗎？」

他點頭。「嗯。」

「尤里策劃這件事很多很多年了。」

「我知道。」

「那你眞的想阻止他？」

「對。」

「確定？」

「絕對確定。」

「你得出其不意。」

戴斯蒙搖頭。「怎麼個出其不意？」

「我不知道，而且只有你自己能知道。別告訴我，別透露給任何人，否則就不可能成功。」

「妳的意思是叫我毀掉『魔鏡』。」

「不，『魔鏡』是必經之路，沒有開始也沒有盡頭。」

戴斯蒙聽得震驚又茫然，彷彿世界忽然停了下來。

琳恩湊上前說：「現在地球經歷的一切，已經在之前無數世界發生過，也將在之後無數世界繼續。」

「妳在說什麼？」

「『魔鏡』不是你和尤里以爲的那種東西。它是一個奇異點，重要性遠超乎你們想像。」

戴斯蒙張開嘴巴想說點什麼，卻又無言以對。

「只有誰控制魔鏡這點能改變。要阻止尤里、阻止季蒂昂，唯一辦法就是從內部下手。」

他閉上眼睛。「琳恩，我沒辦法——」

她又打開家門。「走吧，戴斯蒙，我還要忙。」

☣

戴斯蒙雖然回到車上但沒把它開回家，因爲途中忽然竄出新的念頭。起初有些模糊，但漸漸發展爲假設和理論，乍想很誇張，但放在脈絡下細想卻有道理。艾芙莉出門前問了他一個問題：

即使我跟你說的……會改變你至今認定的一切，你還會繼續相信我嗎？

現在看來這段話只有一種可能。但假如眞如他所想……艾芙莉究竟是什麼身分？與他之間又是什麼關係？

他撥號過去，第一聲就被接聽。

「妳之前提到能不能改變我的信念。」

「然後？」

「的確有可能。」

對方的背景音有人大吼大叫，有點像是證券交易所。聽到的都是地點或公司名稱，而且是季蒂昂名下的機構。

艾芙莉走遠，背景噪音褪去。

「應該說，我已經變了。」

「戴，現在聊的是哪件事？」

「我認識的某些人。我不……不知道他們手段這麼決絕。」

「是什麼手段？」

「換我發問了。妳又是聊哪件事呢，艾芙莉？」

「見個面吧。」

「地點？」

「聖卡洛斯，灣岸公路旁邊的機場，二十七號機庫。」

「會看到什麼？」

「我。」

「還有誰？」

一陣沉默。

「艾芙莉，妳為誰賣命？」

她嘆息。「為了足足七十億無力自保的人類。」

這不是答案，但戴斯蒙知道電話裡問不出答案。

☣

他在夜色下飆車，穿過機場大門向機庫接近，看見二十幾輛黑色休旅車和一大群身穿長大衣的人走來走去。距離機庫一百呎時，有人攔下了戴斯蒙，質問他的身分和所爲何來。

艾芙莉小跑步露面。「找我的。」

兩人從側門進入機庫。才踏進去，戴斯蒙就張大了嘴。

裹著軟木的夾板放在木架上，排成了巨大的馬蹄形，上頭釘滿了關於季蒂昂的資料，包括自己、尤里、康納的照片，伊卡洛斯創投、基石量子、具現遊戲這些季蒂昂持有的公司，還有主要投資管道季蒂昂創投與隱日證券。各種資訊透過紅色絲線與圖釘標記連結成一張網。機庫中間應該停飛機的地方擺著一堆長桌，少說二十人坐在那裡打電腦、講手機。

「這是什麼？」戴斯蒙問。

「行動指揮中心。」

「目的？」

「阻止恐怖攻擊。」

戴斯蒙覺得頭昏腦脹、雙腿發軟，彷彿坐在時速兩百哩的旋轉木馬上，恍恍惚惚地低聲說：「他們不是恐怖份子。」

「『他們』？」一個男人聲音迴蕩：「說『我們』是不是比較符合？」

艾芙莉瞟了那人一眼。「戴斯蒙．修斯，這位是大衛．沃德，盧比孔團隊最高負責人。」

沃德十分高大，一身黑色西裝沒有繫領帶。他朝旁邊披著ＦＢＩ防彈背心的人點頭。「先照正常程序來，免得被反咬一口。」

那人亮出ＦＢＩ證件。「修斯先生，我是ＦＢＩ探員雷耶斯，你被逮捕了。」

51

艾芙莉兩手一攤。「嘿、嘿，先別著急，艾德嘉先生。戴斯蒙是自願前來協助調查的。」她瞪著沃德，雙方展開意志力對決。

結果是沃德先妥協，他將FBI探員拉到旁邊竊竊私語，戴斯蒙聽不到內容。後來他又嚷嚷：「艾芙莉．普萊斯，隨妳便吧。」

戴斯蒙的恐懼和訝異一下子轉化爲憤怒。「妳騙了我。」

艾芙莉沒講話，反倒又從側門走出機庫，回到夜色下。戴斯蒙追了過去，她那雙藍色眼珠閃著銳利光芒，就像準備守護地盤或進行狩獵的猛獸。

「妳騙了我。」他重複一遍。

艾芙莉稍微仰頭。「有嗎？因爲我沒告訴你自己參與了一個又龐大又隱祕的組織？這是你對騙人的定義？」

他啞口無言。

「不告訴最親近的人自己眞正在做的事，那究竟是個什麼樣的心路歷程？」

「艾芙莉……」戴斯蒙想反駁卻做不到。她說得沒錯，自己也沒坦誠，兩人互為倒影，各有立場，白晝背道而馳，夜晚同床共枕，冷戰就此白熱化。

她咬著嘴唇。「所以？事已至此，你是來吵架還是來幫忙的？」

「我想知道到底怎麼回事。」

「我也想問你。」

「我先問的。」

「好。」艾芙莉又向外走幾步，遠離建築物和周邊探員。「尤里走了幾步棋，收掉不少檯面上做為掩護用的公司，也轉移了資金，看來即將採取行動，規模很大。我們懷疑這是要掀底牌了。」

「這也沒構成犯罪。」

「對，但殺了兩百人總該是犯罪。」

「什麼意思？」

「最後一次季蒂昂密會上有很多科學家死亡，是尤里幹的。」

「不可能。」可是戴斯蒙內心動搖了，他對季蒂昂的認知被連根拔起、重新改寫。如果關於密會的事，尤里撒了謊，還有多少事情是他捏造的？

「但這是事實。盧比孔——」她伸手指著後面機庫。「就是因此成立。有些科學家擔心季蒂昂會爆發內鬥，於是聯絡上大衛・沃德之前的召集人，交付了證據。等他們真的下落不明後，盧比孔應運而生，對季蒂昂展開長達三十年的調查工作。」

「那些人不是尤里殺的。他們……都是朋友，是同事。」

「但也是競爭對手，留著別人的『魔鏡』，等於妨礙他自己的計畫，而他是為達目的不擇手段的人。」

戴斯蒙都明白，但潛意識不停找漏洞，想為尤里開脫。

「琳恩·蕭呢？」他問：「琳恩·蕭之前也是季蒂昂成員，現在還活著，沒被尤里害死。」

艾芙莉點頭。「琳恩·蕭是個特例，我們也還無法解釋。」

「她很認眞研究吧？努力從基因層面尋求治病的辦法。妳不也都目睹了，還願意幫忙，這妳怎麼說？」

「剛才說過了，我們無法解釋，也不知道琳恩·蕭的底牌是什麼。目前推測她和尤里的目標不一致。」

「那她怎麼還活著？難道他們從以前就合作？」

「不知道，也不無可能，但我們更傾向她有把柄落在尤里手上，遭到控制。」

戴斯蒙心裡浮現一個名字：珮彤。他望向夜空說：「我需要時間——」

「戴，我們沒時間了。」

「那給我看證據。那些都是三十年前的事。」

艾芙莉露出哀傷的神情。「跟我來。」

兩人回到機庫裡，她走向軟木板。上頭一張照片裡的年輕女子有一頭閃亮柔順的頭髮，笑起來略帶靦腆。戴斯蒙已經有十三年沒見到這張臉。另一張照片是森林地面被挖開，土壤在旁邊堆得頗高，遺體用塑膠布裹好，皮膚已經發青且失去彈性，但頭髮是一樣的顏色。

他再望向那張笑臉。珍妮佛。原本在季蒂昂圖書館擔任接待員的可愛女孩，會替自己送閒書，還約過他一起晚餐。

「她是我們在史丹佛的線人，加入之前就已經在季蒂昂內部工作。」艾芙莉小聲說：「她透過數位方式向我們提供情報，不過被人發現了。」

「怎麼會？誰抓到的？」

「不知道。對方沒留下痕跡。」

戴斯蒙心裡湧起怒火，低吼說：「好，我加入。還有什麼線索都告訴我。」

「季蒂昂安全會議。那是尤里的清算工具。安全會議外聘傭兵，基本上不知道自己跟的是個什麼樣的人，任務就是保護有特殊價值的目標、各單位出差的高階主管以及危險地區的機構，再來就是對付企業間諜。眞正的高層都和尤里有相同信念，爲了完成『魔鏡』，什麼都做得出來。」她瞥了照片一眼。「犯下這案子的人也不例外。」

戴斯蒙聽完，馬上想起康納的轉變，現在他多出軍人般的殺氣。我接下季蒂昂安全會議總長的位置。康納在尤里的指使下幹了什麼？犯了什麼罪愆？考量到弟弟的人生歷程，恐怕沒什麼事情是他下不了手的。

「你們需要我做什麼？」

艾芙莉湊過來說：「尤里人在哪裡？」

「我不知道，已經幾個月沒他的消息。」

「戴——」

「是眞的。」

「那你弟弟呢？」

「來了。在舊金山海灣。」

艾芙莉轉身要叫人。

「不行。」戴斯蒙拉住她。「要我幫忙，就要用我的方式來。」

她眼神閃過怒意。「這表示你要來指揮我們，對付國際恐怖組織？」

「來談條件，要我幫忙的話，去說服妳老闆。」他瞪回去。「這是妳最擅長的吧？讓老闆聽自己的話？」

她先是一臉震驚迷惘，然後忿忿不平，彷彿被長矛捅進胸口。戴斯蒙也立刻後悔自己口不擇言。

「艾芙莉——」

她聲音雖低，但聽得出氣憤。「出來。」

室外的海風沁涼，與她散發的熱氣互相衝突。艾芙莉兩頰漲紅，眼珠子好像要噴火。「又不是我故意的。」

「艾芙莉，我懂——」

「你自己也很主動。」

「聽我說，」戴斯蒙試著解釋：「今天……什麼都不對，我已經不知道能相信誰，得花點時間整理思緒。」

「戴……」

「我知道，現在就是沒時間。」他釐清思路。「可是無論你們想直接殺進去，還是傻傻演一齣你追我藏的鬧劇，結論都是沒有用。對方是一群絕頂聰明的人，尤里更是老謀深算、料敵機先，他不止從自己的角度看穿了棋局，也能從你們的角度分析出後面每一步。我和他下過棋，知道他有多厲害。」

「這又不是下棋。」

「不，這就是一局棋，而且我們能贏。」

「怎麼贏？你還知道什麼？」

「我知道他利用了我，也利用了我弟弟，只因爲他做得到，只因爲他發現我們內心的殘缺、對於靈魂完整的渴望。爲了治癒內心創傷，我們什麼都願意做。當然更重要的是，我們確實有能力幫得了他。尤里的計畫環環相扣，我們兄弟倆相互牽制。但我不想任由他擺布下去。」

「毀掉他手上的棋子不就好了。『具現』在你這裡不是嗎？」

「沒用的，那種東西再做一個就好。」戴斯蒙自然而然回想起琳恩・蕭說過的話，並且順口說出：「『魔鏡』是必經之路。」

艾芙莉上前一步。「那到底是什麼？」

「說來話長，可惜沒時間磨蹭。」

「你有什麼計畫？」

戴斯蒙腦海裡也開始布置棋局、設想各種發展，不過幾個目的互有衝突，必須決定孰輕孰重。救康納、阻止尤里、控制「魔鏡」並避免其落入敵人手中、確認自己與艾芙莉之間是什麼關係，同時也得確認自己與珮彤又是什麼關係……

可以肯定的只有一點：具現是手上最有效的籌碼，甚至可謂是唯一扭轉局勢的機會。為了取得「具現」，季蒂昂會費盡心機、不惜代價，除非他們認為戴斯蒙已經沒用。

「我得打個電話。」

他用手機搜索到昇華生技一位科學家的電話號碼，撥了過去。巧的是對方居然去了柏林出差，如此一來，戴斯蒙還能順便與《鏡報》記者會面。

通話中他發現柏林時間是中午，那位科學家正在用午餐，稍微寒暄過後，戴斯蒙切入正題。

「榮格博士，我接受過『昇華』的植入手術，不過是舊型號。」他打開昇華網站登入帳戶，讀出版本序號。「你應該很熟悉？」

「很熟。」

「我想用這個植入物配合你的記憶療法，詳細內容是這樣……」

他解釋完畢時，榮格博士也走出了餐館，兩人聊得興高采烈，博士對於自己的研究能有新應用十分興奮。

戴斯蒙掛斷以後又撥了本地號碼，工程師還醒著，背景傳出敲鍵盤的聲音。迷宮實境所有員工都加班到很晚，他第一次為此感到慶幸。

「保羅，需要你替我做個私人迷宮，還要加上特殊機能。」

「什麼機能？」

戴斯蒙說完以後只換來對方一句：「你認眞的？這種東西做得出來嗎？」

「不試試看不知道。有興趣嗎？」

「那當然。」

戴斯蒙用接下來幾分鐘說明細節，再掛了電話，回去找艾芙莉。

「那兩通電話是？」

「備案，事態不如預期時會用得上。」

「那主打的是？」

「揭發季蒂昂，警告各國政府和願意相信的人，屆時他們在地球上將無處可躲，我們就趁機拿下季蒂昂——還有『魔鏡』。」

「戴……」

「柏林有個記者已經發現了這個組織。」

「我不太欣賞這計畫。你準備拿『具現』怎麼辦？」

「藏起來。」

艾芙莉朝機庫方向一指。「他們恐怕不會同意，已經準備突襲全球季蒂昂據點了。」

「妳認爲尤里會沒有防範？突襲只是折損人力，要除掉他，必須從季蒂昂內部著手。」

「你有什麼辦法？」

「雖然我不確定尤里的詳細計畫，但至少我知道康納會在哪裡。我剛剛說過，他在一條船上，我猜不管後續如何，他都會從那邊坐鎮指揮。」

「只要攻下那條船——」

「不行，那樣尤里只要稍微更動配置就能因應。我打算讓妳混進去。」

「你做得到？」

「對康納老實說就好——五分眞五分假。一方面說我想幫他，一方面說有個人我挺在意的，希望能保護好，所以把人送上船，避免他們開始行動以後遭遇不測。待在康納身邊自然最安全。」

艾芙莉別過臉，望著夜空。戴斯蒙等著她回應，剛才那番話已經是自己揭露心意最明顯的一次。

但艾芙莉還是公事公辦。「船上有什麼？」

「那是個移動實驗室和醫院，有很多實驗樣本。」

「什麼實驗？」

「一開始測試『具現』，現在我也不確定。」

「唔。我上去之後怎麼辦？」

「等我露面。我到了以後設法幫忙。」

艾芙莉搖搖頭。「我很討厭等人。」

「那就利用時間，想辦法取得有幫助的位置之類。沒別的辦法了，艾芙莉，這是我的交換條件。」

兩人一陣無言，只是站在月光下，任風吹亂頭髮，氣氛彷彿暴風雨前的寧靜。

「可以。」

「很好。」

「對了，戴，還有件事。」

他挑眉。

「找到米格魯號了。」

「怎麼可能？」

「真的。我在輝騰偷看了琳恩．蕭隱藏起來的檔案，她有米格魯號的航海日誌。我們根據內容布置了搜索網，利用新的海床探測技術找尋沉船所在位置。」

「所以米格魯號裡到底有什麼？」

「我們還不知道，琳恩．蕭的紀錄刻意模糊帶過，只看得出來她對那艘船十分執著，還指出米格魯號提供了『魔鏡』的另一種選項，或者說能夠抗衡的手段，而且會刷新我們對於人類這個物種的認知。」

「另一種選項？」

「字面意思是這樣。」

戴斯蒙不得不將這個因素考慮進去。

艾芙莉朝海灣方向望去。「琳恩是個未知數，至今無從得知她為何能逃過內鬥清算，而她本人又有什麼目的。」

「其實要我加入季蒂昂的，就是她。」

艾芙莉聽得瞠目結舌。

「為了她女兒。」

艾芙莉的表情轉為難以置信。

「但是我覺得可以信任她。還有康納——前提是能讓他脫離尤里的思想控制。」

「戴，這樣布局很危險，只要看錯一個人……」

「看錯了只好臨機應變。當成棋局的話，這局得我們兩個一起下。」他走近艾芙莉，兩人的臉孔相距不過幾公分。「我們一直合作無間，不是嗎。」

她笑了。「這下我們又變搭檔了？」

「對。」

「所謂搭檔應該是彼此扶持掩護，」她盯著戴斯蒙的臉。「沒有一絲隱瞞。」

艾芙莉等待片刻，看戴斯蒙不回應，又說了下去：「你還有該告訴我的事情嗎？」

他天人交戰，不知該不該解釋備案。問題是真用到備案的話，必須讓艾芙莉與所有人同樣吃驚，否則難保她在健太郎丸號上的安全。雖然隱瞞這件事會惹怒她，但生氣卻活得好好的艾芙莉，總比開心卻死掉的艾芙莉來得好。

「沒了，」他回答：「預祝合作愉快。」

52

戴斯蒙坐在機庫裡的長桌子旁邊，聽著他們爭執不休。艾芙莉邊咆哮邊指著上司和同事為自己辯護，像個律師不斷強調當事人的清白，要法官不能被檢方牽著鼻子走。

最後，她盯著每個人的眼珠子說：「總而言之，底線就是這個人已經在季蒂昂內部，有最高級別的權限。他願意幫忙阻止對方，前提當然是我們必須給他自由行動的空間。他甚至願意安排我混進組織當臥底，這對你們有什麼損失？即使他——即便我們失手，對你們衝進人家大門統統抓起來的作法根本沒有妨礙。三十年了，我們也不過就弄到一堆人名、地址，然後自己串來串去。沒有修斯的話，我們根本什麼線索也沒有。」

「這話說得不對，」沃德反駁：「我們已經知道船在港口。」他低頭瞟一眼資料。「健太郎丸號。只要攻堅進去自然會有所斬獲。」

戴斯蒙忍到這時才開口：「不會的。你所謂的斬獲還是一團爛帳，沒辦法引領你找到眞凶。對方知道世界各地都有你們這種單位，早就準備得妥妥當當。季蒂昂的結構裡有防火牆，加上各單位徹底隔離作業。縱使你們拿下健太郎丸號，但要知道世界上那麼多港口、那麼多都市、那麼多船艦，季蒂昂無處不在。除掉一條船，相關工作就搬到另一條去，時程還會因此往前提。換句話說，那種作法根本反其道而行，和直接引爆炸彈沒兩樣。」

盧比孔眾人思索良久，毫無對策，最後不得已只能讓步。

戴斯蒙還有一個要求，沃德聽完大搖其頭。「荒謬，我們可不是建設公司。」

「外包就好。這件事沒得商量。」

「爲什麼？」

「是我備案的一部分。」

「你還要人力？」

「當作一組小隊負責盯梢。」

沃德很不情願但還是答應了。

戴斯蒙起身走到機庫辦公室的小廁所，沃德和艾芙莉跟著過去。他指著最裡面那道牆說：

「設在這裡，要盡可能隱祕。」

「嗯。」

「需要多久？」

沃德兩手一攤。「都說了這又不搞工地——」

「最多只能等兩週。做得到嗎？」

艾芙莉盯著沃德，無言中已經站在戴斯蒙這邊。「我會想辦法。」沃德嘀咕。

兩個盧比孔探員先行離開，戴斯蒙一個人留在裡面，視線落在小洗臉臺和後頭的鏡子。

「來到路的盡頭了。」

過了半晌，他才意識到這是自己與自己的對話——過去的自己留言給未來回溯記憶的自己。

「我無法讓你知道更多，」他繼續說：「無法透露『具現』藏在哪裡。你知道了就有可能被找到。」

他稍微停頓。

「接下來你得自己決定想怎麼做，如何阻止尤里。」戴斯蒙低頭。「或者說，究竟該不該阻止尤里。還有怎麼救康納，以及琳恩·蕭有什麼目的。」他又望進鏡子。「我沒有答案。之所以這麼安排，有一部分原因也就在於我需要拖延時間，需要保持距離客觀分析。現在該看的你應該都看過了，這想必是很沉重的負擔，辛苦了。但你是最合適的人，只有你能扭轉局勢。」

☣

康納被一陣激動交談吵醒，坐起身時睡袋滑落，陰暗機庫內只有提燈照明，貼滿東西的軟木板看來像是古怪藝術品。

「我都檢查兩次了……」是朴尚民的聲音。

「醫生。」他開口叫喚。

瘦削的醫生跑到康納面前。「記憶回溯結束了。」

「地點？」

朴尚民吞嚥口水，喉結抖了一下。「沒有地點，那個軟體——」

「斷線了？」

「不是，運作正常，但顯示『已經抵達迷宮中心』，卻沒跳出下一個地點。」

康納回想希臘神話，迷宮原本是代達洛斯爲了困住牛頭人而建造，設計極爲複雜精巧，就連他自己都差點出不來。故事寓意就是天才製造工具，很可能引發出乎意料的後果。

戴斯蒙用可笑的神話做爲軟體主題，對康納而言毫不意外，他本來就很喜歡那些古代故事，連自己成立的公司也以伊卡洛斯爲名，那就是代達洛斯的兒子。哥哥喜歡各式各樣的創作，從經典文學到二手書店的各種小說都包括在內。康納無法理解這些行爲，在他看來，回顧過去對解決眼前問題沒有幫助，當下才最重要，應該正視現實、開創新局，別被歷史蒙蔽雙眼。生命不存在捷徑，照著模板或既有的方式而行，無法因應瞬息萬變的世界。

「就這樣嗎，醫生？」

朴尚民低頭。「呃，還有個按鈕，說可以『開啓迷宮』。」

康納冷笑。「那就開吧。」

朴尚民按下觸控。

沒反應。

幾秒後醫生才反應過來。「鎮靜劑還沒退。」

「把機器都關了。」康納吩咐。

戴斯蒙睜開眼睛，被光線刺痛之後又趕緊闔上，但心裡開始研判自己的情況。此時他渾身痠痛無力，腦袋昏昏沉沉，好像被對付大象的麻醉鏢打中。

他轉過頭避開正上方燈光以後，再打開眼瞼，發現自己躺在寬闊空間內的一張窄桌上。這是倉庫——不對，眼睛聚焦以後，戴斯蒙認出這是機庫。

他知道自己在哪裡。

身子底下的桌子見證了艾芙莉捍衛他的立場和計畫，也曾經是FBI探員埋首苦幹的地方。只是現在人全不見了，機庫裡頭空空蕩蕩，但軟木板和文件卻留在原位，揭露了尤里的漫天大謊。

一張面孔進入他的視野，肌膚凹凹凸凸，疤痕滿布。是他很熟悉的人——至少他曾經這麼認爲。

康納拉著戴斯蒙的手掌，將他上半身提起，另一隻手過來穩住他，接著搭著哥哥的雙肩，露出微笑，笑容扭曲那張醜陋的臉。「兄弟，歡迎回來。」

53

感覺到飛機高度降低時，珮彤醒了過來。除了奈傑爾，大家都醒了，只剩他一個人斷斷續續地打著鼾。

她休息過後精神好了許多，美中不足的是睡袋不夠厚，躺得不夠舒適。她朝駕駛艙走過去，母親和亞當斯正探頭進去，聽得見艾芙莉正透過無線電對話。

「收到。DFW ATC，二號航道。」

珮彤知道DFW代表達拉斯與沃斯堡這一區，看來自己睡覺期間，艾芙莉已經與盧比孔取得聯繫並獲准進入美國領空，只是爲什麼要到這裡來？在她印象中，母親與達拉斯一帶沒什麼牽連。

落地以後XI部隊派人護送，大部分是美國陸軍，摻雜了幾個陸戰隊員。從阿爾塔米拉洞穴取出的箱子被搬上貨車，車身側面有聯邦緊急事務署標誌。

琳恩將女兒拉到一旁，悄悄說：「妳單獨送這些箱子走。」

「送去哪裡？給誰？」

「我的同事。只能交給妳了，珮彤。我只有妳能信任。動作要快。」

珮彤嘆口氣。「我們還得查明眞相，能偷偷放走尤里的人就只有那幾個人。」

「那件事情之後再操心。」琳恩又塞了一張紙和一個信封給女兒。「按照上面指示，信封交給守門人。」

珮彤很猶豫，她想問問題，但又害怕答案。爲了預防萬一，她還是開了口。

「媽，在山洞裡面，妳說了……」雖然想複述母親那句話，士官長，我女兒就拜託你了。這房間裡沒有什麼東西比她更重要，但是她實在說不出口，而且從母親神情判斷，彼此心知肚明。

「那是演戲吧？說給俘虜聽的，故意讓他告訴尤里？」

「嗯。」

珮彤還是感覺被甩了一巴掌。

「想逃出來的唯一辦法就是制伏尤里，爲了得到和他獨處的機會，必須設法讓他相信我眞的想談判。」

這一字一句都扎在珮彤心上，幾小時前那股感動已蕩然無存。

母親扣著她肩膀。「不過，不代表那是假的啊。」

珮彤眨眨眼，張開嘴巴想回話，但琳恩將女兒推向車子。「去吧，時間急迫。」

她上車以後攤開那張紙，上頭是地圖，只有標示了幾條路。珮彤忽然很想念網路，還有GPS。

☣

達拉斯與沃斯堡這一區成為疫情結束以後政府的救災樞紐，飛機在此來來去去，機場人員和貨運都滿出來。珮彤花了十分鐘才走出去，途中檢查過兩次證件。

她從機場沿著國際公園路向南，東轉一八三號、南轉一六一號公路，再駛進喬治·布希收費公路。公路採電子收費制，但她猜想沒人會收到帳單。

除了軍用車、運輸車之外沒有其他種車，氣氛詭異得叫她提心吊膽。從洲際東二十接到東三十五，車窗外換成了田園風貌，高樓大廈被帶刺鐵絲圍籬和廣闊牧原取代。

開了大約一小時的車，終於看見路標指向瓦克薩哈奇市。珮彤從399A出口離開州際公路，進入坎翠爾街再上美景路，左邊出現一片拖車居住社區，兒童遊樂場的蕩鞦韆在德州草原風中搖曳不停，可是視野所及卻毫無生命跡象，只有遭到遺棄的穀倉、農場和住家。

她再次轉彎到了周界路，前方有六棟大型建築，彷彿綠地中間冒出的工廠。無人聞問的道路被烈日曬得龜裂，強風一刮就碎散。鎖鍊組成的大門前有人看守，珮彤停車開窗，遞上母親交付的信封。

守衛制服上寫著拉丁文*MedioSol*，意思是「太陽中心」。珮彤沒聽過，但自然知道是母親成立的機構，名字能夠連結到外公畢生想找到的「隱日」。

對方領口麥克風連到無線電對講機：「她來見費古森，是蕭博士的命令。」

大門在吱吱嘎嘎聲中開啓，珮彤開進去之前忽然腦筋一轉，伸出了手。

「那個我還要用。」

守衛將信封遞回去，她這才沿著起伏的車道開了進去。

她從照後鏡確定守衛沒跟過來以後，取出信封裡唯一一張信紙，入目是母親細小秀麗的字跡。

她帶著米格魯號的研究過去，動作快。是我女兒，請不惜代價保護。

另一個衛兵示意她前往旁邊那棟樓，捲門在她面前緩緩上升，等珮彤將車駛進後又下降。裡面的環境乍看是很普通的裝卸貨中心，牆角停了很多堆高機和手推車，幾個身穿*MedioiSol*標誌連身工作服的人從側門進來，要搬走車上的箱子。

「搬去哪兒？」珮彤問他們。

「進貨口啊。」一個工人指著廠房末端的門。「費古森博士在等妳。」

珮彤根本沒聽過這號人物。

門後是個空無一物的小房間，對面又有一扇門。她才跨進去，背後的房門就忽然關上，冷空氣拍打過來。她意識到自己進的是消毒室。

出口咔擦一聲打開，另一邊的景象看得她呼吸暫停了一拍。

艾芙莉花了一小時做簡報，講得都想吐了。好不容易逮到機會，她不顧盧比孔安排的FBI探員反對，立刻衝出了會議室。

「普萊斯探員！」一位女性起身叫住她。

「我馬上回來。」她胡說八道。

艾芙莉找到飛航管制中心改裝的XI部隊戰情室，琳恩·蕭正站在裡面。

「下一步怎麼做？」

琳恩回頭。「普萊斯小姐，妳不是在做報告嗎？」

「做完了。計畫是？」

「等。」

「等珮彤回來？」

「不是。」

艾芙莉咬牙，心想琳恩·蕭真像一堵完全不透光的煤渣磚牆。

「不然？」

「珮彤不會回來。」

54

混凝土地板上迴蕩著珮彤的腳步聲。這裡的陰冷、潮濕讓她想起阿爾塔米拉，但環境正好相反，展示的並非遠古藝術，而是現代科技結晶，足足有三層樓高。玻璃牆壁後面是一排排延伸到視野盡頭的伺服器，紅綠黃燈號閃爍不停。此處空間可能有二十個美式足球場加起來那麼大，絕對是世界上最頂尖的數據中心。

「歡迎。」

珮彤冷不防被嚇了一跳，轉身發現一名瘦削、短髮男子現身，他戴著細框眼鏡，身上是實驗室白袍。

「抱歉嚇到妳了。」口音聽起來是波士頓出身。「我是理查．費古森（Richard），與妳母親一起進行研究。」

「研究什麼？」

對方蹙眉。「妳不知道嗎？」

「我知道她想從人類基因組找到一個密碼，但從沒對我提起過這裡。」

「啊，她大概只是小心謹愼。」費古森轉身領她走向另一扇門。「相信妳這些日子吃了不少苦，應該會想沐浴和休息一會兒。」

珮彤覺得吃苦兩個字不足以概括她的種種際遇，不過比起沐浴休息，她更需要答案。

接下來的走廊出乎意料很狹窄，天花板上的線路密集，有些很粗，其餘則像以太網路線那麼細。門框高度之上，漆成白色的大管子沿著牆壁延伸，每隔幾呎就會印上SSC的字樣。

「我想先聊聊。」珮彤追上費古森。

「聊什麼？」

「你們在這裡的工作。我需要瞭解。」

「好啊。不過我有些工作得先處理。」

「你要分析那些標本吧。」

「沒錯，那麼古老脆弱的東西，我想親自抽取DNA。時間不多，得趕快完成。」

「爲什麼時間不多？」珮彤問了以後自己又想通。「是因爲尤里吧，你們急著阻止他。」

費古森刷了磁卡開門，門後房間有床與沙發，大小類似旅館房間，窗戶對著外頭的蓄水調整池。「妳說對了，蕭小姐。那我先去忙了。」

「給我一分鐘就好，不會耽誤你太久。」她故意站在門前。「你不說，我就不進去。」

對方嘴角一揚。「嗯，有其母必有其女。」他挑了挑眉。「那些DNA晚點再受死吧。」費古森自己笑了起來，笑得有點神經質，珮彤意識到標本對他而言像是聖誕禮物，不難明白他急著拆開包裝紙的那種心態。

既然時間不多，她就趕快問：「這裡到底是？」

「蚊子加速器。」

「什麼？」

他聳肩。「大概妳沒聽過，外頭很多人這樣叫。正式名稱SSC，意思是『超導超級對撞機』。」

對撞機。珮彤聽了一呆。「對撞……」

「粒子。」

「和歐洲核子研究組織（CERN）那個一樣？」

費古森聽了臉色微慍，像是吃到壞掉的東西。「對，和CERN的一樣——差別在於我們的加速器是他們大型強子對撞機的三倍長，消耗的能量自然也就是三倍多。」

珮彤漸漸想起自己中學時好像聽過相關的消息。「這是政府單位？」

「不是，一九九三年預算被砍光了，所以才叫蚊子加速器。是妳母親找到一群人投資，當然就是志同道合的人，他們買下整個機構完工，前後花了將近二十年，但目前已經能運轉。」

「我不太懂。我母親研究的是遺傳學吧？」

「對，可是她認爲『隱日』的影響作用在量子層級，是類似重力那樣的宇宙基本力。」

「這個力到底有什麼作用？」

「調節粒子流動，主要是會影響物質轉化爲能量的粒子。」

珮彤掩藏不住心中的震驚。

費古森仰著頭。「妳母親都沒說？」

「沒有。」她低聲說。

「那是季蒂昂的論點基礎。宇宙就是在物質與能量之間振蕩的量子機器，所謂大霹靂（注1）並非獨立事件，而是一連串大霹靂中的一次。這個宇宙走到盡頭時，只剩下能量，然後引發下一次大霹靂，如此往復循環，無始無終。」

她覺得頭重腳輕，只好伸手搭著牆壁。不知為何想起故事中愛麗絲長得太巨大，反而覺得處處掣肘，這條走廊也一樣忽然對她太小太悶，她眞想出去透透氣。

費古森打量她。「我……說錯了什麼嗎？」

珮彤搖搖頭，盯著地板。「沒事，我需要消化一下而已。」

「抱歉，我也很久沒和人解釋這些了，在這兒大家都見怪不怪。」

珮彤拉回注意力。「所以，隱藏在DNA的密碼又是什麼？我沒辦法將兩件事串在一塊。」

「唔，很簡單。我們認爲自古以來『隱日』的基礎量子作用力，便對人類DNA造成影響。起初作用比較弱，但隨著我們演化出複雜大腦、爲了腦部運作提高熱量攝取以後，作用便加速了，好像有個回報機制通知它要更快改造我們的DNA。目前唯一發現能夠在次原子層級造成改變的超距力，只有量子纏結（Quantum Entanglement）（注2），也就是愛因斯坦口中『鬼魅般的超距作用』。」

他看出珮彤一頭霧水。「怎麼解釋好呢……我們認爲『隱日』是從大霹靂就存在的量子作用力，對所有物質造成次原子層級的拉扯，但有些物質的反應特別強烈——這裡說的當然就是大腦，腦組織與『隱日』的共鳴特別強大，心智成長同時，量子作用力也隨之提高，交互作用造成人類基因組產生變化。我們主張經過這麼長的歲月，量子作用力會在基因裡留下規律痕跡，對人類而言就像回撥號碼一樣。取得古代標本以後，我們就可以按照年代建立基準點、進行分析，得到的變化規律，就是妳母親口中所謂的密碼。」

「密碼能用來做什麼？」

「當然是丟進加速器。」

「那會怎麼樣？」

「『隱日』和人類互動了這麼久，我們終於有足夠技術生成類似的次原子粒子。在這裡，大家開玩笑說我們要撥打史上第一通量子電話，隱藏在人類基因組的密碼，就等同上帝的電話號碼。」

注1：Big Bang，又稱「大爆炸」，是描述宇宙的源起與演化的宇宙學模型，這個模型得到了當今科學研究和觀測最廣泛且最精確的支持。

注2：在量子力學裡，當幾個粒子在彼此交互作用後，由於各個粒子所擁有的特性已綜合成為整體性質，無法單獨描述各個粒子的性質，只能描述整體系統的性質，則稱這現象為量子纏結或量子糾纏。

55

他的回神速度很緩慢，不過就像日出第一道曙光，他知道自己身在聖卡洛斯機場的機庫內，而且已經不再記憶回溯。

戴斯蒙回到了現實。

他眼角餘光掃到軟木板和上頭的檔案、照片，FBI與盧比孔探員用圖釘和絲線試圖在各種線索間建立關係、破解季蒂昂陰謀。可惜他們失敗了，自己也失敗了。最後一段記憶停留在腦海：戴斯蒙朝鏡子裡未來的自己說：「接下來你得自己決定想怎麼做」。

康納湊近問：「你還好嗎？」

戴斯蒙點點頭，聲音沙啞虛弱：「口渴。」

康納轉頭朝兩個季蒂昂特遣隊士兵吼叫：「拿水來！」

戴斯蒙也察覺自己餓得要命，肢體極度遲鈍，他到底被打了多久的鎮靜劑？好幾天？一星期？他舉起顫抖的手摸摸臉頰，根據鬍渣長度猜想大約三天，誤差範圍一天。

康納遞了水壺過去，戴斯蒙抓了就朝嘴巴灌，水從下巴滴到衣服。

弟弟扣住他的手臂，穩住水壺。「戴，你慢點。」

戴斯蒙喝光以後，喘著氣說：「吃的。」

不必康納轉頭講話，這次後頭直接傳出撕開塑膠包裝的聲音，沒兩下傭兵就送上沒加熱的口糧包，簡單醬料調味的蔬菜上插著叉勺，搭配麵條與雞肉。

他扶著桌子坐起來，雙腿在半空晃蕩，端著碟子將無味的食物塞進口腔，除了吞嚥、呼吸之外，不停一口接著一口。

狼吞虎嚥之後，戴斯蒙抬頭望向機庫頂端，等待身體消化食物。他的雙手還是發著抖，氣息依然沉重。

「再來一份！」康納叫著。

他吃飽之後，與弟弟目光交會。「謝謝。」

「還餓嗎？」

戴斯蒙搖搖頭，頭好疼。「頭痛。」

「醫生，想想辦法。」

戴著圓眼鏡的瘦小亞洲人頂著亂髮和滿頭大汗過來，從背包掏出罐子，倒了兩顆紅藥丸，他一口水就吞了下去。

機庫裡除了醫生只有兩個傭兵。他心想康納或許是要其他人守在外面，總覺得弟弟不可能只帶這麼少人出來。

「你記得什麼？」康納問。

「很多。」

「『具現』？」

「記得創作過程。」講出這句話時，他的腦海就浮現許多畫面，大半是埋首苦幹的日日夜夜。戴斯蒙在辦公室寫程式，在會議室白板上畫圖，設計師團隊圍在他身邊，硬體和軟體兩個部門一邊吵架一邊攜手解決問題。後來昇華和基石兩邊也派人參與討論、進行整合，還有他、康納、尤里密會時，說了很多不對外透露的祕密。

「在哪裡？」康納追問。

戴斯蒙注視弟弟。「我們兩個單獨聊聊。」

康納笑著說：「好啊。」然後伸手朝機庫辦公室一指。

戴斯蒙從桌子邊緣滑了下去，腳底觸地要站好時卻兩腿發軟，得抓著桌子才不會摔下去。

康納連忙挽著他上臂。「要不要扶你？」

「不必……稍微等我一下。」他的視線飄向旁邊的軟木板。「你看了沒？」

康納一愣。「看了。對我們知之甚詳，從子公司到你、我以至於尤里，都掌握很多，不知道爲什麼沒採取行動？」

戴斯蒙吞了吞口水。「是我叫他們按兵不動。」

「什麼？」

「我說由我來，不要他們打草驚蛇。」

康納點點頭。「換個角度想，你幫了我們一個大忙。」

戴斯蒙無法好好回應，鎮靜劑效果尚未完全消退，思路朦朧遲緩。他試著跨出一步、兩步，康納在旁邊不敢鬆手。

他走到釘著犯罪現場照片的軟木板前面，上頭的背景是鄉村大宅，兩邊的樹木高聳，碎石子路通向雙開門前的噴泉。場景轉到屋內的照片便失去了優雅氛圍，地上滿是屍體，卻看不到刀槍之類造成的外傷。

「這個也看了？」戴斯蒙問。

「嗯，最後一次密會。」

「清算。」

「很令人遺憾。」

「的確。」戴斯蒙的目光移到酒杯的照片與釘在旁邊的分析報告。「那是尤里下的毒，完全說得通。這些人是他的朋友，同時也是競爭對手，所以他爲大家準備簡單俐落的死法。」

「沒有證據——」

「康納，他還活著。」

「琳恩不也活著嗎？」

「琳恩的丈夫也活了下來。威廉告訴我們這場屠殺的眞相，是尤里殺死所有人，以便主導季蒂昂。」

「就算是他殺的，也一定有苦衷，如果不是那些人造成威脅，尤里絕對不會動手。」

「那他還會不會放出病原體害死千萬人？」

康納的眼睛閃過一抹憤怒。「那不是我們的錯，感染率超過臨界點之後，我們第一時間表示願意提供解藥。病原體只是傳播『昇華』的途徑而已。」

「沒這麼簡單吧，你們想控制各國政府。」

「有差別嗎？透過『魔鏡』也辦得到。」康納回頭看看後面三人。「走吧，戴。」他顯然不願外人知道太多。

康納扶著哥哥走到辦公室。戴斯蒙逐漸回復體力，行動時已沒那麼困難。

康納進去以後，重重甩上門。「所以你到底記得什麼了？」

戴斯蒙深呼吸。「記得十三年前的澳洲行得知你還活著，當下又驚又喜；記得看見你從破公寓走出來，那天心碎的感受——」

「廢話少說。」

戴斯蒙不理會他。「我遠遠看著你成長蛻變，擺脫毒癮然後事業有成，努力工作當上『基石』的第一把交椅。你的生命歷程振奮了我，我以前從沒發現，經過記憶回溯我才明白……你爲我做的，並不比我爲你做的要少。」

康納的眼睛轉來轉去，就是沒辦法正視戴斯蒙。牆壁上貼著維修紀錄、飛航安全海報和塞斯納獎狀十號噴射機停在機庫的照片，機艙門開著，駕駛員面帶微笑站在旁邊。

「時間不多了。」康納說：「我們或許立場不同，但也該停戰了。我懂你不贊成用那種方式植入『昇華』，沒關係，可是已經送出去了覆水難收。『基石』已經就緒待命，只要你把『具現』拿出來，『魔鏡』立刻就能上線。那是我們一直以來的夢想，我們對彼此的承諾，眼看就能實現。」他靠近戴斯蒙一步。「想想世界充滿了多少苦痛？現在我們有能力改變它，還能確保人類未來幾千幾萬幾億年的存續。」

「已經不是那麼單純的問題了。」

「就是。」

「康納，聽我說，認眞聽我說。我看到了瘟疫之前發生什麼事，也知道爲什麼會選擇封鎖記憶。眞相與你以爲的大不相同。」

康納盯著他，一臉大惑不解。

「和你在健太郎丸號見過面以後，我立刻去找了琳恩・蕭。」

「所以？」

「她說魔鏡是必經之路，無法阻擋，出現在過去未來無數個世界——」

「這個我們都知道。」

「但她還提到我們——你、我、尤里——我們根本不明白魔鏡的本質。」

「那她就懂？」

「她確實這麼認爲，指出變數只有一個，就是由誰控制魔鏡。」

康納立刻串了起來。「就是她在背地動手腳，爲的就是可以控制魔鏡。」

「可以先這麼假設。」

康納來回踱步。

「她希望我阻止尤里。」戴斯蒙又說。

「不讓尤里控制魔鏡，她才有機會。」

「對，但我覺得要看更遠一點。琳恩很清楚尤里的手段，像是清算、瘟疫等等。康納，尤里的眞實性格和我們以前以爲的不一樣。」

「明明就一樣。他幫助我們團圓，幫你……改造了我。他和我們一樣經歷創傷、浴火重生，一心想要打造美好世界。」康納轉頭望向哥哥。「戴，這是戰爭，第一場戰役比預期來得慘烈，全是因爲敵人冥頑不靈。如果他們肯妥協——」

「康納……」

「別說了！」他用力搖頭。「尤里那麼信任我們，讓我們各自持有魔鏡的一個元件，我們怎麼可以背叛他？至少我不會那麼做，不會辜負他的恩情。戴，我絕對不會捨棄你，同樣地，我也不可能捨棄他！」戴斯蒙此刻終於意識到尤里算得有多精準，完全掌握了弟弟的能力、處境、人格弱點，並將其玩弄於鼓掌之間。康納具有策略頭腦，適合負責打造基石、管理季蒂昂安全會議及其準軍事部隊，但更重要的是，他對尤里和戴斯蒙的忠誠絲毫不會動搖。

「不過是路上的一點小波折，」康納繼續說：「都在預期之內。我和尤里聊過了，他說他不會計較，就當沒這回事，完成目標比較重要，我也這樣想。」

「他不會計較？」

「可以重新來過嗎，哥哥？像之前一樣，我們一起同心協力？你答應過的，還發過誓。」

戴斯蒙只能看見一條出路，一個會徹底改變人生的選擇。

「嗯，」他說：「我們一起面對。」

56

「具現在哪裡？」康納問。

戴斯蒙從機庫辦公室的窗戶往外看，兩個季蒂昂傭兵靠在黑色休旅車上，瘦削的亞裔醫師走來走去，閱讀軟木板上的資料。

「存在固態硬碟裡，」他回答：「收進保險箱。」

「地點？」

「聖荷西，美西銀行，二九三八號保管箱。」康納的視線在他臉上游移，想確定眞假，戴斯蒙忍著情緒，連吞口水也不敢。「才半小時的路，過去你就知道了。」

「鑰匙？」

「記不得，」戴斯蒙說：「但你們最近破了不少門，加上世界一團亂，我想區區保管箱不成問題。」

康納笑了，可是戴斯蒙覺得弟弟尚未完全信任自己。但康納還是走到門口，朝部下大叫：「準備出發！」卻又回頭撂下一句：「如果你騙我……」

戴斯蒙迎上他的目光，沒有多說什麼。

康納率先別過眼睛，吶吶地說：「算了，走吧。」

「我要去洗手間，」戴斯蒙聳聳肩。「都好幾天了。」

康納按下鎖骨處開關。「葛蘭特，你來辦公室。」傭兵進來以後，他吩咐：「看好他。」

接著他右手提槍，走向位於角落的洗手間，開了電燈才進去。戴斯蒙聽他掀起馬桶蓋、開合洗手臺下方櫃子門，放下馬桶蓋之後似乎又踩了上去翻動天花板，另一盞燈亮了又熄滅。

康納出來後說：「進去吧，戴。」

戴斯蒙走進廁所，康納與部下守在辦公室內。他關上門鎖好，是眞的很想解放一下，可惜時間不多，恐怕不到一分鐘。

沖馬桶製造聲音干擾以後，他伸手在後面牆壁摸索，祈禱大衛·沃德沒食言而肥。水差不多流光時，他找到了能按下的牆面凹口，用力一推，將牆壁旋轉過去。沃德和FBI不知找什麼人做的工程，效果棒極了。牆壁與密門簡直一體成形，毫無縫隙，開啓的大小剛剛好容納戴斯蒙鑽過去。

鑽進去之前，他不忘再沖一次馬桶，並轉開洗手臺水龍頭。

密道內有小型感應LED，偵測到動靜就會點亮，亮度對寬四呎深六呎的空間僅止於堪用。圓形豎井中間設置了金屬梯，戴斯蒙關門以後，抓著欄杆全力向下。他的四肢還是有點顫抖，但體能每一秒都在恢復中。

底下還有一條鑲嵌了金屬牆壁的通路，像是頂端裝了LED的巨大金屬下水道。

戴斯蒙拚死命往前跑。

☣

休旅車開始發動，傭兵和醫生都進了車廂，只有康納站在辦公室裡聽著水聲。

「戴？」他叫喚。多久了？

他心裡默默讀秒，數到三十就走到洗手間門口，卻只聽見水不停地流，只好敲門問：

「戴？」

沒反應。

康納扭扭門把，鎖住了。「戴？說話啊。」

默數五秒後，他潛意識很害怕看到接下來的場面，但頭腦幾近空白，自然而然指揮身體退後一步，大腳朝空心門板的門把旁邊用力踹上。門向內飛，打中牆壁彈了回來。短短一秒就確定了裡面根本沒人。

康納啟動麥克風：「請求支援，人跑了。」說完自己提著手槍進去一探究竟。廁所裡沒什麼變化，他右手持武器，左手開始在洗臉臺和馬桶周圍的牆壁按壓。

背後傳來聲音：「長官？」

「你們去檢查天花板！」他頭也不回叫著。

康納摸到角落時，察覺了輕微震動，他再次退後一腳踢出，這次腳掌卡在了石膏牆裡。他以單腳保持平衡，抽腿以後拔出腰帶上的手電筒朝洞內一照，看見有個小房間，立刻啟動對講機：

「找到了。」

他站穩以後，心思像電腦一樣進行分析：這代表什麼？

高度可能性：戴斯蒙知道這裡有密道。

證據顯示：他一醒來就知道軟木板上釘的資料內容，可見曾經來過。

可以推論：戴斯蒙來之前密道就存在，有人告訴他，或者……是他來過以後找人設計的。

最吻合的情節：這是戴斯蒙安排的，記憶走到盡頭便是一扇逃生門。

代表——密道應該是這幾個月才出現。

我有哪些選項？

追過去，或者先判斷他的目的地。追擊通常是陷阱。

那麼只能預判他的目的地。東邊是貝爾島海洋公園的腹地，西邊是灣岸公路，如果他們只有幾個月時間建造密道，應當無法穿越這兩種地形。

結論：密道出口就在機場裡，很可能是另一座機庫。

兩名傭兵提著槍來到了門口。

「開車堵住機場大門！」

兩人行動時，康納朝他們背影叫著：「有車要出去的話就打爆輪胎。注意別傷到他！」

康納關上手電筒，靜靜站在原地，就著洗手間黯淡光線注視牆上的洞，還期待戴斯蒙會現身、密道根本是死路——只是騙人離開用的，就像自己在戴斯蒙家裡躲起來等X_I部隊離去那樣。

外頭傳來休旅車發動、遠離的聲音。他繼續等待，沒有反應，沒有亮燈。

他跑出辦公室，看見朴尚民呆呆地站著瞪大眼睛，神情近乎驚恐。醫生大概知道如今戴斯蒙記憶恢復，自己已失去利用價值，但他知道得太多，包括做爲季蒂昂最後據點的島嶼所在位置。

康納的手已經挪到槍套上。醫生開始往後退，東張西望。

他知道自己該怎麼做。換作尤里會怎麼做。爲求保險要怎麼做。

「醫生，別亂跑，這是警告。」

他在心裡告訴自己，可以等之後再收拾朴尚民，可是跑出機庫的同時，心底更清楚自己根本是故意放他一馬。康納以最快速度穿越草地，踏上柏油跑道，自背上取下步槍，等著看哪個機庫會開門。

57

隧道好像沒有盡頭，戴斯蒙兩腿發疼但仍堅持前進，一路上只有頭頂上的小光點照亮地形，好不容易才看見前面出現一條梯子。他在梯子底下放慢腳步，雖然時間緊迫仍要小心再小心。

戴斯蒙扣著梯子抬頭看，地底的泥土延伸十呎左右，便被混凝土擋住，邊緣凹凸不平，像是披薩上面的起司被咬了一口。他隱約聽得見朦朧對話聲，男人拌嘴後又哈哈大笑。

他悄悄地爬上去。

出口不像入口那麼精緻，左右兩側還有挖土機留下的土堆，上面也是機庫頂棚。戴斯蒙探頭以後，看見兩個胖男人，一個頭髮剃光、一個頭髮很短，都坐在便宜的金屬折疊桌椅前，緊盯手中那副牌。

其中一人向後靠，餘光察覺戴斯蒙冒了出來。他重心一晃，連著椅子整個人翻倒，身子在地上滾了兩圈。牌友捧腹大笑後才意識到情況不對，轉頭也看到了戴斯蒙，趕緊站起來拔槍一指。

「不准動，我們是ＦＢＩ。」

地面傳來腳步聲，又跑來第三個人。

戴斯蒙高舉雙手，沒再往上走。第三人繞過土丘之後露面，總算是他認識的面孔——大衛‧沃德，艾芙莉的上司，也是爲他修築密道的人。

「得走了。」戴斯蒙開口。

沃德手掌向下拍了拍，探員見狀收起武器。滾地那人爬了起來，滿臉通紅、狼狽尷尬。

「怎麼走？」沃德問。

「搭飛機。立刻。」

沃德朝兩個部下點頭，一個跑去開了連接機庫的門，混凝土牆洞外已停著一架噴射機。

將戴斯蒙拉上地面以後，沃德說：「修斯，你擺了我一道。」

戴斯蒙望著他。「我沒有。」

「還不老實。」

「是計畫出了意外——」

「我會在這兒等你，只是因爲艾芙莉‧普萊斯堅信，你是阻止敵人的關鍵。」

原來又被她救了。無論一個月前在機庫、在健太郎丸號上，還是此時此地。

戴斯蒙朝飛機走過去。「可以等飛到天上再討論你有多生氣嗎？」

沃德喃喃碎唸，他也聽不清究竟在嘟囔什麼，反正人有跟過來就好。

穿過機庫門後，他就看到兩輛福特皇冠維多利亞轎車停在裡面，戴斯蒙心生一計。康納應該已經察覺自己逃走，而且料定自己逃不遠。他問沃德：「你會開這架飛機？」

沃德瞟了一眼，感覺不太可靠。「當然。」

「確定？」

「幹嘛問？」

「需要有人掩護，派兩個人開車出去，確定跑道淨空。」

彷彿聽見暗號般，另一座機庫傳出輪胎摩擦聲，頭燈光線劃破夜色，像獵豹出籠般疾速狂奔。

沃德叫來部下，要他們整裝。「步槍也帶著。」

他自己則領著戴斯蒙到登機梯前面，兩人小跑步進入駕駛艙。他盯著儀表板，眼睛微微瞇起，眞的感覺不可靠。

「你到底——」戴斯蒙開口。

「修斯，你把梯子收起來然後閉嘴別吵。」

戴斯蒙關好艙門，聽見引擎發動隆隆作響，趕緊鑽進駕駛艙。「我能幫點什麼嗎？」

「注意敵人位置就好。」

他一聽準備坐上副駕駛位置，但沃德又說：「不對，你去後面待著。」

戴斯蒙盯著他，一臉不知所措。

「免得你中彈啊。」

「我怎麼不知道你這麼關心我？」

沃德冷笑著說：「誤會大了。」他低頭看著儀表板的數字攀升。「要是你有個三長兩短的話，艾芙莉還不宰了我？」

「說得也是。」

一輛福特車帶頭衝進跑道。轎車沒開燈，副駕駛座的窗戶放下，個短髮胖子架著自動步槍，正靜觀其變。戴斯蒙也看見康納他們的休旅車就停在機場入口，堵住了去路，兩個傭兵都在裡面，同樣已準備好武器。

飛機快要上跑道的時候，有子彈開始飛向福特轎車，但並非從休旅車方向過來的，角度不對。戴斯蒙跑到機艙另一側觀察，看見靠貝爾島那邊草叢裡有槍口的火光。

「草叢裡有狙擊手！」他大叫：「靠海那邊，十一點方向。」

槍擊接二連三不休，福特轎車車身冒出點點火花、成了鞭炮，飛機機身也傳出叮叮咚咚的聲音。

「他想打輪胎！」戴斯蒙又吼。

整個機場只有一條跑道，他和沃德再不起飛，等於束手就擒。

又一輪自動步槍攻擊，這回來自飛機後面，子彈打在尾翼。

「嘿！」戴斯蒙轉頭要朝駕駛艙說話卻被巨大爆炸打斷，隔著玻璃看見福特轎車變成一顆火球，左前角被震得跳了起來，乍看以爲會翻過去，但最後又掉回地面。

是手榴彈——而且投擲者的技術極爲高明。

沃德打了個彎，戴斯蒙被甩到機艙另一邊，滾過座椅摔在地面。飛機的金屬機殼還是叮叮咚咚響個不停。

飛機加速，倒在地上的戴斯蒙看見沃德將節流閥向前推到底。他趕快爬到旁邊座位，確認窗外狀況。柏油路上衝出三個提著步槍的男子，槍口閃個不停，令他想起基石數據中心裡交換機上的橘色燈號。那時候弟弟坐在自己身旁，現在弟弟卻在槍口另一邊指揮。

輪子離地，機身搖搖晃晃，引擎轟隆咆哮，槍擊聲剎那間安靜。

戴斯蒙翻過座位，到機艙後面想看清楚。敵方有一人往後跑向起火的福特轎車，FBI探員爬出副駕座後被拉起搜身。他們隨後消失在夜色裡，距離太遠了，戴斯蒙只看得見跑道上的燈光。灣岸公路海岸一片空無，自從來到矽谷以後，他還沒見過這種景象。

他走入駕駛艙，沃德已經拿著手機發令和報告。

「呃——」

沃德將電話夾在肩膀。

「一個FBI探員下車被抓了。」

「我請X1過去救援。」

戴斯蒙擔心要救人沒那麼容易，康納的市區戰實力一再得到證實。

「他知不知道我們要去哪裡？」

沃德居然翻個白眼說：「修斯，連我都不知道自己要去哪裡。」

「啊？」

「等等。」沃德繼續講電話，另一頭顯然是盧比孔司令中心。

戴斯蒙坐上副駕駛位置研究儀表板，燃料充足也沒洩露跡象，其他十多種數據他能看懂的不多。

見沃德掛了電話，戴斯蒙趕緊問：「所以要去——」

對方從外套內袋掏出一張紙遞過來。

戴斯蒙攤開看，只有一行手寫字跡。「這是？」

「不就是過去的你對現在的你打什麼啞謎嗎？一個月之前，你在機庫裡要我挖了條密道，然後給了這玩意兒，還強調只有我能看，連艾芙莉也不要透露。」

他仔細讀一遍。

在血化爲水，黑暗化爲光明的彎處。

「什麼意思？」沃德問。

「你們應該努力破解過？」

「當然，CIA和FBI的反情報精英研究了好久。」

「有什麼猜測？」

「提到水和血加上彎處，他們覺得或許是奧克拉荷馬的紅河。還有一、兩個人聯想到南非的一條『血河』，那是一八三八到四〇年祖魯大戰的地點，荷蘭聯軍與當地原住民或許就是所謂的光明和黑暗。」

「挺精彩的。」戴斯蒙覺得很有趣，可惜都不對。

「你自己知不知道答案？」

「知道。往東朝奧克拉荷馬過去吧。」

☣

三十分鐘後，沃德切換爲自動駕駛模式，起身走出駕駛艙，看見修斯已躺在左邊牆下長椅子呼呼大睡。不知道他是怎麼被自己弟弟折騰的，總之看得出此刻已體力透支，極爲倦怠。

沃德端詳睡著的戴斯蒙．修斯，心想一開始艾芙莉只是想以他爲施力點，撬開季蒂昂包裹陰謀的外殼，沒想到調查過程中兩人關係驟變，他成了艾芙莉眼裡的寶物，誰也碰不得，那種感情幾近崇拜。

居中牽線兩者的人說是沃德並不過分。母親過世、父親全天住在療養院的艾芙莉，大學畢業後來到三角研究園區求職，當年的她性格十分純真，然而卻被這世界改變，被工作改變。給了她這份工作的面試官，就是沃德本人。

但遇到修斯這個怪人以後，艾芙莉變得更多。

現在沃德無法判斷她到底效忠於誰，是自己與美國政府，抑或正在長椅上打鼾的謎樣男子？性愛之後什麼都不同了，沃德不免感慨。任何情報單位或電腦演算法都無法預測發展，性愛像是人腦病毒，能篡改情緒與認知，感染者看世界的時候會強制套上一層濾鏡。

一開始他不以爲意，畢竟修斯是唯一的突破點。季蒂昂彷彿埋在黑盒子裡的黑盒子，沃德除了朝兔子洞鑽到底，別無他法。所以他需要艾芙莉，也需要修斯。

然而事情就是這樣變得剪不斷、理還亂。

他取出衛星電話，撥給手下最幹練的探員——或許是史上最厲害的。

58

小時候的尤里在史達林格勒學會了如何躲藏。放慢氣息，保持靜默，用心聆聽。隨著包圍戰拉長，城市一區區淪陷，戰火所到之處屍橫遍野，倖存的活人節節敗退，有如過街老鼠，他就是在這種環境下長大成人。所謂童年就如同現在藏身於阿爾塔米拉洞穴一般，但之前挺了過去，今天也一樣。爲了存活，他別無選擇，必須拚盡渾身解數。他凝神細聽，聽見車輛發動。繼續聽，引擎聲隨距離逐漸褪去。

尤里跑進午後陽光之下，光線刺目，他遮著眼睛回到遊客中心。部下們還活著，只是被塞住嘴巴、捆縛四肢，電話和無線電都被砸爛。對方設想越周到，對自己的處境越不利。

「*Quien habla español*？（有誰會講西班牙語的？）」他大吼。

好幾個人扭來扭去，試著起身望向他，嘴巴被塞住了還是嗚嗚大叫。尤里過去替他們鬆綁，這種時候需要熟悉環境的當地人。

「*Aeropuerto*？（找其中一個）」

「不，」尤里立刻說：「先找車，然後搭船。對方很快就會派人監視機場。」他指著門口。

「分頭找車子，找到以後回來，我會確保你們逃得出去。」

☣

半小時後，尤里與三名傭兵乘著達契亞Sandero型轎車，穿越彎彎曲曲的丘陵道路朝海岸前進。抵達海岸小鎮蘇安塞斯以後，他們找到一間遊艇俱樂部，裡頭沒人，但包含阿茲慕五〇款在內的船隻隨便他們借用。五百加侖油槽幾乎是滿的，下甲板有充足飲用水，一行人從其他船艇搬了食物過去，還找到能用的衛星電話。

快艇衝出比斯開灣，尤里撥號到季蒂昂戰情室，立刻被轉接到梅麗莎·惠麥爾手上。聽她聲調，他就知道狀況不妙，而且問題並非阿爾塔米拉那邊。

「麥克廉先生想聯絡您。」

尤里坐在豪華白色皮革沙發上，眼睛盯著柚木地板。「轉過來。」

康納的語氣沉重，情緒滿溢。「被他跑了。」

「沒關係——」

「關係大了。」

「發報器呢？」尤里問。

「還在，不過——」

「康納，你別氣餒，事情還有轉機。」尤里稍微停頓後問：「他現在人在哪裡？」

「朝東邊往奧克拉荷馬過去。」

「回家是嗎?或許他把『具現』藏在那裡了。」

「也許吧。你呢,人在哪裡?」

「這邊也不大順利。」

康納沉默半晌。「他會把島的位置說出去。」

「不必太擔心,修斯離開島的時候已經打了鎮靜劑。要靠星星的位置判斷座標,沒那麼簡單。」

「但是那個姓朴的醫生也跑了,他絕對會說漏嘴。」

這的確構成威脅,不過現在得幫康納轉移注意力,而尤里知道該怎麼辦。「聽我說,這些都不重要。只要完成『魔鏡』,什麼都不重要了。此時此刻更要專注,要堅持下去。我們一開始就知道不容易,當成這是對我們的考驗。」

康納聞言,馬上語氣一變,恐懼憂煩似乎煙消霧散。「你要我怎麼做?」

「去機場,做好準備,等我通知。」

康納掛了電話,尤里再撥到惠麥爾那裡。「我需要飛機和新的小隊。」

「最近的在桑坦德——」

「不行,琳恩.蕭去了那邊,一定會警告當地軍方。」

「請稍候。」尤里聽見電話那頭敲鍵盤的聲音。「可以安排在畢爾包,但隊員比較難處理,所有人力都投入到阿爾塔米拉了,否則就是您先回來——」

「沒辦法回去。準備飛機,留意修斯身上的發報器動態,生物監控運作正常嗎?」

「都正常，他逃亡時看得到心跳急遽升高，現在大概入睡了。」

「很好。」

尤里回到上層，從日光甲板抬頭眺望。他帶來的人一個負責開船一個正在抽菸，還有一個先前就到下層找了艙房休息。

「還有一個發報器要啓動。」尤里悄悄說：「你把所有資源——我的意思是所有現有和能取得控制權的衛星，都投入到新目標上，絕對不能出錯。」

「明白。」

59

達拉斯沃斯堡機場內，艾芙莉看著螢幕，一陣膽戰心驚。網路崩潰，實施戒嚴，緊繃氣氛日日增長，糧食配給更是引爆恐慌。如今全國各地都有暴動和示威，民間團體甚至備妥武裝，摩拳擦掌。熬過X1瘟疫的人擔心隨時會有下一波災難，而自己未必能再僥倖存活。

她感慨人類的社會網絡終究本質脆弱虛幻，奠基於對政府與軍警的信任，寄望它們維繫秩序與團結。如今凝聚力瓦解，重建人民信心極其困難，即將演變至無可挽回的局面。

艾芙莉降落以後，首先聯絡三角區的X1據點，確認父親安危。他被移送到教堂山迪恩史密斯中心，大衛．沃德承諾會妥善照顧，並將其列爲特殊名單。就算沒出事，她父親也需要人隨時看顧，她每次探病都覺得他的阿茲海默症狀更嚴重了。

「普萊斯探員，」接線生說：「有打給妳的電話。」

她戴上耳機。「喂？」

噪音很重，聽起來沃德在飛機上。「找到了。」

「修斯嗎？什麼時候？怎麼發現的？」

「半小時前，他自己從那條隧道跑出來，聲稱恢復了全部記憶，包括與我在機場見過面、叫我蓋密道這些。」

全部。艾芙莉心想也包括他們之間的種種。曾經她以爲自己不在乎，但事實並不然。得知戴斯蒙恢復記憶的當下，她清清楚楚意識到自己有多在乎，而且自己得見上他一面，確認兩個人之間的關係。當然，正事優先。

「『具現』呢？」

「有頭緒。至少他聲稱有線索。」

「你們在哪裡？」

「空中。」

「目的地是？」

「待會再說，得先繞個路。」沃德有點遲疑。「先讓他接受檢查。」

「不行——」

「不會傷到他，除非他逼我們。」

「要是你們亂來甚至殺人，我們就走著瞧。」

沉默片刻後，沃德才繼續說：「探員，妳說完了嗎？」

艾芙莉嘆氣。「在哪裡會合？」

「博士呢？老的那個。」

「這邊應該完工了，看起來她已經在等訊號。」

「等什麼訊號。」

「戴斯蒙或尤里的下一步吧。我不確定。」

沃德又一陣沉默。「所以我們只能選擇拉掉她，或者繼續就近監視。」

「她隱瞞的還是太多，而且顯然有自己的盤算，我沒辦法相信她。」

「妳決定吧。」

「嗯。」

「還有個問題。艾芙莉，我知道妳對他的感情，但必須確定妳能放下，這事關重大。」

她的語氣略微激烈起來：「你想聽我說什麼？」

「假如我們三個待在同一個房間，他和我拿槍指著彼此，妳會射誰？」

艾芙莉往話筒重重吐了口氣。「先射他肩膀，再踢你的蛋。」

沃德忍不住大笑出聲。

「順便賞你的臉一拳，」她再說：「最好別給我機會。夠了，快告訴我地點。」

「奧克拉荷馬城。盡快吧。」

艾芙莉掛斷之後，發現琳恩不知何時到了附近，正看著自己，然後示意兩人一起到旁邊會議室。

獨處以後，琳恩關了門問：「是戴斯蒙嗎？」

「他逃出來了。」

「狀況如何？」

「應該知道『具現』位置，已經在路上。」

琳恩走向她。「那就好。」

「但妳爲什麼需要『具現』？那是妳計畫的一部分，妳對付尤里的『魔鏡』的辦法？」

「沒錯。」

「原因是？」

「普萊斯小姐，我們沒有——」

「沒什麼？時間？」

「是。」

「那恐怕得請妳騰出時間給我了，因爲只有我能告訴妳去哪裡找戴斯蒙。此時此刻，我也有權將妳軟禁在這裡。」

「沒那個必要吧。」

「有沒有必要是我說了算。妳玩的那些把戲，還有尤里的、戴斯蒙的一堆陰謀詭計，我全都看膩了，不打算繼續做你們的傀儡。妳把整件事情交代清楚，解釋『具現』究竟是什麼，爲什麼妳非要弄到手，否則別想走出去。」

琳恩別過眼睛。

「好吧。『具現』是『魔鏡』最後一個元件，可能也是其中最複雜的工程。妳和戴斯蒙走得很近，應當知道他費了多大心力才打造完成。」她特地觀察了片刻，不過艾芙莉什麼反應也沒有。「我需要『具現』的原因，和尤里大不相同。」

琳恩用了十分鐘向艾芙莉說明自己另一個走向的魔鏡計畫，代號是「兔子洞」，執行場地是距離達拉斯五十哩的粒子加速器。

「所以妳把標本——還有珮彤，都送到加速器那邊了？」

「沒錯。」

「剛才提到我們一起去找戴斯蒙，意思是……」

「就妳和我兩個人。」

「不帶奈傑爾、亞當斯、羅卓戈？」

琳恩點頭。

「因爲他們之中有人放走了尤里，」艾芙莉說：「也可能是妳或我，或者珮彤。」

「符合邏輯的作法就是留他們在這裡，」琳恩說：「妳和我過去就好。」

儘管不情願，但艾芙莉的想像力開始轉動，腦海浮現自己下了飛機，在跑道上與戴斯蒙相逢的場景。情勢已與健太郎丸號那時候截然不同，加上潛逃的尤里一定積極追捕他，雙方遲早要正面衝突，那或許會是最後一次見面。

對珮彤也一樣。

艾芙莉不由得考慮到她的立場。在季蒂昂島上，自己欠了珮彤的人情，而她們的意見矛盾再多，珮彤卻從未有過欺騙隱瞞。既然沒辦法保證還有機會，那麼不止是自己，珮彤也有權利見他一面。算是艾芙莉給她、也是給戴斯蒙的償還吧，無論最後他選擇了誰。

「帶珮彤一起去。」

「不行——」

「妳們母女一起去，否則就都別去。自己選吧。」

60

戴斯蒙睡醒以後沒有了先前那種頭昏腦脹、全身痠痛的感覺了。飛機正在下降，透過橢圓形窗戶，他看到一列鋼材與玻璃建築的大樓，活像城市死後留下的晦暗墓碑。沙漠在遠方，可見不是奧克拉荷馬市。戴斯蒙勉強起身，下了長椅，穿過一排排座位，發現駕駛艙門關著。

他打開門，看見大衛·沃德還在儀表板前面操作，機首朝兩排燈光移動。

「這是幹嘛？」

「準備降落。不要吵。」

「不是奧克拉荷馬？」

「不是嗎？等會兒我把那個導航的炒魷魚。」

戴斯蒙鑽進副駕駛座。「沒想到你挺幽默的。」

擋風玻璃外面的景象看得他摸不著頭腦：金字塔、海盜船、火山，好像精神病患逃出醫院把腦袋裡的東西全擺在街上。一、兩秒之後，戴斯蒙想通了，原來是拉斯維加斯。他之所以沒立刻認出來是因爲霓虹燈沒電，外頭顯得一片昏黑。

又過了幾分鐘，飛機輪胎與地面摩擦，機身不斷震動。

沃德解開安全帶，戴斯蒙有樣學樣。「計畫是？」

「跟我來。」他起身走出駕駛艙。

「不太想耶。」

「修斯，你真的很煩，有沒有點自知之明啊？」

「有。」

「醜話說在前頭，我知道我不像你們兄弟一樣是大天才，只不過是個小律師，因爲看不過去犯點小罪的人被關進大牢，而你們這種幕後黑手卻逍遙法外，所以跑來幹這份工作。對，我知道話說得漂亮沒用，說穿了還不就是公務員一個，但我很肯定就算是我這種腦袋，也能設想萬一你逃跑了怎麼辦。」

「追蹤裝置。」

「說得好。」

戴斯蒙起身。「考慮得很周到。」

飛機跑道上已經有一隊車子等候，探員們一字排開包圍，都是西裝或軍裝打扮。

兩人上車之後，車隊穿越市區，戴斯蒙從後座看著窗外風景，非常訝異。這座都市像是霓燈墓園，也像歇業死寂的大都會主題樂園。街道上到處是垃圾，紙屑隨風滾飄、四處亂飛。他是第一次看見瘟疫後的社會現況。

「人都到哪裡去了？」

沃德沒與戴斯蒙目光交會。「躲在家裡，躲在庇護所裡，不然就死了。大家都在等。」

「等什麼？」

「等著看接下來會怎麼樣。一個世界回復安全的跡象，或者下一波災難來襲的訊號。」

到了旭日醫院，探員們將戴斯蒙送進沒有窗戶的房間，要他躺上床，床自動滑到巨大機器之內。

之後一群醫生和技師進來，沃德尾隨其後。一位年邁的醫師代表大家發言，這個人瘦削、禿頭，不過黝黑皮膚上沒什麼皺紋。「被植入兩個東西，」醫師拿出掃描影像，看得到一條骨骼和白色橢圓物體。「大的在大腿靠近股骨，可能是——」

「能不能取出？」

醫師的話被打斷，顯得有點不悅。「可以。」

「動手吧。」

醫師轉頭對沃德說：「得全身麻醉——」

「不行，」戴斯蒙從床上坐起來。「我被麻醉好幾天了，現在得保持頭腦清楚。」

「修斯先生，這手術要從內收大肌切開——」

「無所謂，局部麻醉就好。」

「局部麻醉還是會很痛，而手術需要你穩定不動，否則會有生命危險，旁邊就是動脈——」

「快點處理吧。」戴斯蒙心生一計。「你剛剛說我被植入兩個，對吧？」

醫生亮出另一張圖片，這次是腳掌。「我猜對方用大腿做誘餌，比較大的一下就能發現了。

這個相對小很多，在X光上看起來像在腳掌很常見的骨刺。」

很狡猾，也很符合康納的作風。「嗯，我準備好了。」

「修斯先生，痛覺——」

「我能承受。把我綁好，或者看看有什麼辦法，不要全身麻醉就對了。」

他被帶到有兩張病床的手術室，可能以前就用來做器官移植。醫師群手腳俐落，迅速取出藏在腳掌的發報器。戴斯蒙痛得咬牙切齒，沃德則冷眼旁觀。小機器被洗乾淨了拿給戴斯蒙看，外殼是近似骨頭的白色。

一個平頭年輕人走過旋轉門進來，身上除了藍色手術服什麼也沒穿。

沃德起立。「下士，請躺上去。」

年輕人躺好，眼睛直視上面燈光。另一隊醫師麻醉他的腳掌之後，開刀將發報器放了進去。

大植入物的手術比較慢，而且警告是對的——戴斯蒙痛得淚眼汪汪，不過直到橢圓金屬被夾出前，他都忍著沒叫出聲。聽見東西掉落在碟子的噹啷聲，他知道手術已完成，年邁醫師點點頭，一個後輩過去縫合。

醫師對沃德解釋：「準備爲下士做全身麻醉，你們出去之後立刻開始手術。」

「明白。」

傷口縫好、包紮完畢，戴斯蒙滾下床時，感覺到肌肉拉扯，終於發出悶哼聲。他一拐一拐地走出手術室，回頭望向手術臺上的年輕士兵，總覺得自己該開口說點什麼，卻找不到合適字詞，索性只向人家點點頭表達敬意。

跑道上停了新的大型飛機，機身有空軍標誌，二十四名身著迷彩服和防彈衣的勇士正在待命，肩膀掛著三角洲部隊徽章。

眾人在駕駛艙後的小簡報室集合。陸軍中校負責主持，一名少校和士官長在旁邊輔佐。

「修斯先生，我是陸軍中校納坦．安德魯，在場是我率領的部隊，我想瞭解接下來要面對什麼戰況。」

聽完了戴斯蒙的解說，中校難以置信地搖搖頭。「中校，」他繼續說：「這次任務絕對會有激烈戰鬥，但不會在下一站，我很肯定。」

☣

飛機在奧克拉荷馬市威爾．羅傑斯世界機場降落，更多士兵等候著，地面戰鬥車輛的數量多的像是要打仗。

戴斯蒙走出機艙下了階梯，沃德跟在一旁。朝陽已初升，清晨的空氣在皮膚上格外冰涼，走向待命休旅車的眾人，口裡皆冒出白煙。

見他接近，士兵自動讓出一條路。

「有人要見你。」沃德說。

戴斯蒙原本以為又是軍官想詢問戰場情報，但他錯了。

隊伍最前面的車子一開門，他就愣得停下腳步。

站上跑道的人是艾芙莉，一雙藍眸在淡淡晨曦下閃耀發亮。雖然穿著軍裝，但她身上找不到象徵階級的東西。她的腹部、腿部都裹著護甲，步槍槍口自背後探頭，乍看頗像是背著寶劍的中世紀武士。

她臉上沒有笑容，只是端詳著戴斯蒙，觀察他的反應。但那張臉只是面具，彷彿快要潰堤的水壩。此刻人事全非，與健太郎丸號上的相遇孑然不同。以前的戴斯蒙並不眞的認識艾芙莉。

而現在戴斯蒙不僅認識她，還瞭解她內心隱藏著不爲外界所知的那一面。艾芙莉的勇氣、幹練和韌性都難得一見，而且是戴斯蒙曾經愛過，或許此刻也還愛著的女人。

他全都想起來了——自己抱進公寓的宿醉女子，還有之後的種種相處。戴斯蒙的神情一定洩露了情緒，艾芙莉眨眨眼睛，嘆了口氣，總算嘴角上揚，似乎鬆了口氣，雙肩也不再緊繃。

他走上前與艾芙莉四目相交，不確定接下來該怎麼辦。擁抱？握手？或者就講講話？還是乾脆接吻？太浪漫恐怕引起周圍官兵吹口哨看好戲，但他認識的艾芙莉其實也不會介意，眞正問題反倒在於她如何看待自己。

然後是珮彤。

他才想到她，艾芙莉身後那輛休旅車便開了門，走出兩位女性，彷彿一個人不同年齡的模樣。右邊的是珮彤，左邊的是琳恩。

珮彤與艾芙莉不同，臉上沒蒙著面具，立刻對戴斯蒙笑顏逐開。他看見珮彤眼裡閃著淚光，感覺自己眼睛也發酸了，得瞇起來才能忍住。一個月前，兩人在拳師號上彼此許諾，假如事件結束後兩人都還活著，就要重新開始。當時戴斯蒙很肯定自己要的是什麼，現在卻猶豫了。他在記憶中找回了艾芙莉，另一個放在心上的人。

第一道晨光下，自己站在成長的殘酷土地上，兩個深愛的女人一左一右：珮彤是他進入季蒂昂之前的生命錨點，艾芙莉則是之後生活中的喜悅泉源。他呆站在這裡一千年，也不會知道該先向誰開口，她們從本質上就完全不同，如同無法比較的兩種自然力，拉扯著自己。

正左右為難時，琳恩·蕭出面解圍，十分合宜——她一直居於中心地位，連結所有人，無論珮彤、戴斯蒙、艾芙莉或者尤里。或許也只有她看得見種種糾葛將如何落幕。

年長的她似乎察覺了那股迷惘氣氛，走向戴斯蒙，扣著他肩膀，微笑說：「眞高興還能見面，戴斯蒙。」

他點頭。「是啊。我遵照了妳的建議。」

琳恩聽了，眉毛一挑。

「我設法讓他們猜不到。」

「你做到了。」

艾芙莉和珮彤一起上前，戴斯蒙沒多想便朝兩人同時伸出手。雙姝靠了過去，琳恩識趣地從他肩頭縮手退到一旁，讓她們鑽進戴斯蒙懷中。他緊緊摟住兩人，也感覺著她們的手臂環在自己背上的溫暖。珮彤與艾芙莉的手一開始在戴斯蒙背上交錯，後來又各自退了些。

琳恩盯著他，或許正在猜測戴斯蒙最後會如何抉擇。

「上路再敘舊吧。」沃德在旁催促。

61

車隊所經之處一片荒涼，首先是州際二四〇東，向南接州際三五。路肩停滿了棄置車輛，X1部隊行經時爲了開道，將其中一些擠到了護欄上。

駕車的是陸戰隊中尉，沃德在副駕駛座，後座是戴斯蒙與琳恩，珮彤與艾芙莉坐進第三排。

路標指向奧克拉荷馬州諾曼市。戴斯蒙想起了艾涅絲。

「要不要告訴我們暗號的意思？」沃德問。

車隊從交流道轉進九號公路。

「不要。」

沃德重重嘆息，從西裝裡面掏出字條大聲唸：「在血化爲水，黑暗化爲光明的彎處。」

戴斯蒙等了等，沒人接話。車上能猜出這句話意思的只有珮彤。他自己絕對不會說出隱含的意義，不願讓外人知道自己犯下的罪愆。

車子經過諾布爾鎮，小時候他常來造訪這裡。行經市區時，戴斯蒙告訴駕駛：「前面轉彎。」

車子停在連接一片大牧場的門口，開門以後，裝甲運兵車先過去，確認裡面安全之後，休旅車才入內。

戴斯蒙下了車，所有人跟在他後面。他知道自己至少來過兩次，但目前只記得第一次，那是人生中最黑暗的一天，卻也是童年和青春期所有黑暗結束、邁入光明的起點。戴斯蒙在那天殺了人並埋葬於此，染了血的手在加拿大河裡洗淨，水流帶走最後一抹證據。之後他開車向西，離開奧克拉荷馬進入矽谷，人生的黑暗轉爲光亮，幾個月以後便遇見珮彤。

回頭一看，珮彤也盯著自己，臉上寫著默契。*我不會將祕密說出去——無論等會兒找到什麼，我會陪你到最後。*

戴斯蒙邁出一步又一步。

將東西藏在這兒很安全，只有他知道這個地點，位置像刷不掉的血跡，永遠刻印在腦海。

他停在埋屍處，這裡經過十九年已經長滿野草，但可以肯定德爾·伊普利就在周圍一干FBI和CIA探員腳下。

他走上前，來到當初清洗血跡的地方，也確認了暗號指定的位置：一團直徑不超過兩吋的鬆軟土壤，應該是挖過不久的地洞。

「給我一把鏟子。」

「想太多了，修斯。」沃德朝中尉吩咐：「你們挖吧。其他人都退到兩百呎之外。」

戴斯蒙懶得和他爭，就站到丘陵頂端等。

鏟子敲到金屬的鏗鏘作響。穿著防爆衣的士兵小心翼翼地蹲下來，用手掌撥開泥土，取出一個咖啡圓罐，塑膠蓋被膠帶綁緊。

「派機器人過來！」

「沃德，那又不是土製炸彈——」

「你確定嗎，修斯？我印象中，你根本不記得是不是自己埋在這裡的吧？」

☣

大家躲回車上，透過筆電螢幕觀察機器人。機器人停在罐子前方一點點，伸出手臂抓住罐子、撕開膠帶，然後掀開蓋子，鏡頭拍到裡面的東西——透明夾鏈袋裝著一支智慧型手機。

「炸彈可以僞裝成手機。」沃德提醒。

他身旁拆彈小組組員遠程操作機器人打開袋子，費了點工夫利用機器人的手指啓動手機。手機沒有設密碼，主畫面很普通，引人注意的只有迷宮實境應用程式。

「所以是迷宮座標。」戴斯蒙說。

沃德揉了揉太陽穴。「你打算怎麼辦？」

「也只有一個辦法。」

戴斯蒙動身要下去，聽見背後有腳步聲又轉頭。

「艾芙莉——」

「我一起去。」

「還不能確定是不是炸彈。」

「大不了拿你當肉盾。」

他哈哈大笑，搖了搖頭。

珮彤追了上來，戴斯蒙舉起手叫她別靠近也沒用。

「怎麼了？」她問。

「沒事，」戴斯蒙說：「我們一下就回來。」

「帶我一起去吧。」

他望向早晨的太陽，心想自己眞是騎虎難下。「好吧。」

找到機器人以後，他還是叫兩人站到十呎外，自己撿起手機，啓動應用程式，程式詢問要進入私人迷宮還是公用空間，戴斯蒙選擇私人，輸入背下來的密碼。

螢幕跳出訊息：歡迎來到私人迷宮「暗影宮殿」。

接著有兩個圖案，左邊是牛首人身的怪物，右邊是武士，底下跳出詢問。

表明身分：牛頭人或英雄

上次在柏林過夜看見這個問題時，戴斯蒙忘記了過去的一切，而今已然記起，回到埋葬德爾．伊普利的地點回答這問題，像是重新面對自我。那天他成爲了怪物，但其實身不由己。面對季蒂昂也一樣。現在他明白自己爲什麼選擇這裡，是爲了提醒自己不忘初衷，或許過去沉重晦暗，但前方依舊有光。戴斯蒙知道他是誰：英雄。在進入迷宮那一刻，他已經成爲想像中的樣貌。之所以隱藏「具現」，是爲了阻止眞正的怪物，也就是尤里。時機已成熟，是時候該找出牛頭人，將之繩之以法了。

他按下圖案，跳出另一個訊息。

搜尋入口……

發現入口：1

到達迷宮入口

下載中……

「開始了，對嗎？」珮彤問。晨風撩起她的褐色秀髮，河畔樹影下那張白瓷般的臉孔細緻純潔。

「嗯。」

「回車子那裡吧。」艾芙莉說。

三個人一起穿過樹林，爬上山丘，途中太陽越來越大，彷彿並肩遠離黑暗。他們瞭解彼此的過去與糾葛，再來就看是否能夠完成使命，將光明帶回世界——抑或是任務失敗，一同沉淪於黑暗。

走到休旅車前面手機震動，螢幕上有新的訊息。

下載完成。

戴斯蒙對沃德說：「走吧。」

「去哪裡？」

「機場。」

「飛去哪裡？」

「希望抵達機場時，我就能回答你。」

☣

記憶裡，戴斯蒙回到聖卡洛斯機場，身旁的艾芙莉義正辭嚴爲他擔保，說他是盧比孔唯一的機會，大衛．沃德站在反方，表示放罪犯在外遊蕩是很糟糕的處理方式。

但艾芙莉磨人功夫一流，絲毫不退讓，那張刀子嘴攻勢不比壁球場上的表現遜色，對手被折騰得精疲力竭，只好舉白旗投降。她眞的做到了，一如戴斯蒙預料。

然而意思就是若自己的計畫出了紕漏，艾芙莉也得攬下一部分責任。戴斯蒙希望能防患未然，爲行動不順利的情況做好準備，所以從桌上拿了張紙，想了一會兒卻只留下一行字

他起身朝沃德走過去。「可以和你私下講件事嗎？」

沃德發出一聲悶哼，但還是跟著戴斯蒙走向角落儲藏室其他人聽不到的地方。

「密道能多快蓋好？」

「我怎麼知道？」

「拜託你盡快，我無法確定派上用場的時間點。」

「就這樣？」

「不止如此，還需要你本人在場——」

「你這個人可眞是膽大包天？對我頤指氣使以爲自己是老大？還是——」

「不是指使你，沃德，是請求你幫忙。拜託你在密道出口等，我沒辦法保證事情會怎麼發展，所以才有這個備案。我需要能信任的人。」

沃德狐疑冷笑。「你信任我？我們根本不認識。」

「對，我是不瞭解你，但我信任她，她信任你，代表我也信任你。」

沃德瞪大了眼睛。

「另外就是，她信任我，所以你也應該信任我。」

「修斯，我在這行待很久了，探員和目標談戀愛就倒戈的事情，早就見怪不怪。」

「她沒有倒戈，我也不是你想像的那種人，事情落幕之前，你一定會同意。」他將紙條遞給沃德。「這個，如果我從密道出來，拜託一定要交給我，在那之前都不要給別人看。」

沃德讀了內容。「這是什麼？你喜歡的詩？還是什麼地點？」

「拜託你答應。」

「去你的——」

「這也算是合作的一部分。」

「我一開始就不想合作，有什麼理由讓你得寸進尺？」

「因爲你知道她會爭取到底，我也一樣，而且你其實明白不會有更好的機會了。是你的情緒在反對，我自己也不喜歡現在的局面。請你答應我，沃德。」

對方搖搖頭，將字條折好收進大衣內袋。「好，你沒做到就天打雷劈。」

冷言冷語無所謂，他願意配合就夠了。戴斯蒙回到艾芙莉身邊。「準備好了嗎？」

她點點頭。

兩人開車到她的住處，艾芙莉收拾行李時，戴斯蒙在客廳與廚房來回踱步，努力思考能給什麼建議。

「尤里十分擅長看透人心，與他接觸的時候不要說謊，不得已的話也要真假摻半，然後做好逃亡準備。康納的專長是戰略布局，要是和他對峙，盡量不要採用自己想到的第一個方案，多思考一下，設法出其不意——」

艾芙莉從臥室探頭。「戴，你說的我都知道，局裡研究他們好幾年了。」

「嗯，好，還有什麼……上船以後無論如何不要與盧比孔聯繫，也不要聯絡我，通訊一定受到監控——」

艾芙莉只穿著休閒褲和胸罩就走出來，伸手搭搭他肩膀說：「戴，你放鬆點。」

「放鬆？」

「對。這裡有個人接受過當暗樁的專業訓練。不過那個人不是你。」她盯著天花板，一副好像苦思著答案的模樣。「既然在場只有兩個人……」

「好，我懂。可是就是想幫忙。」

她回去臥室拎起行李袋。「幫忙提行李吧。」

戴斯蒙接過袋子時，兩人手指輕觸，目光交會。「要是妳有個萬一……」

艾芙莉眨眨眼，胸口起伏不定，聲音卻平穩得如同耳際低語：「我不會有事的。」

戴斯蒙讓行李落地，手竄到艾芙莉頸後，挽著她的金髮拉到懷裡用力一吻。接著他的手又滑到她腰間，從腹部爬向胸罩。

她一步步後退，穿過衣物鞋子四散彷彿地雷區的寢室地板，躺上床的時候身上已一絲不掛。兩人纏綿翻滾，上下交替得滿頭是汗。等他們都趴下以後，戴斯蒙壓著艾芙莉，一陣野獸般的喘息催出渾身精力。

「這樣才能放鬆。」他喃喃地說。

「嗯。」她發著氣音回應。

艾芙莉跳下床，進浴室沖洗幾分鐘就回來迅速著裝。

戴斯蒙眞的因此覺得精神百倍，不再那麼緊繃，能夠面對前方種種未知。

碼頭邊很昏暗，只有月光和高處探照燈，比不過霧氣與夜色的黑。

停車了，兩人都沒立刻開門。戴斯蒙還在想自己該說什麼好，艾芙莉則低頭盯著底盤，手指玩弄The North Face夾克拉鍊。

「我們來個約定。」

「戴——」

「不是那種約定，是……類似計畫，或者說約會吧。」他笑著說：「我說出口了呢。事情結束以後，一起找個沒去過的地方，不工作也不管什麼全球大陰謀，兩個人好好玩一玩，順便搞清楚我們算什麼關係。」

艾芙莉抓住他的手。

「抱歉啊，關係還是保持開放就好，說不定我能在船上認識什麼好對象。」

他張嘴想講話，卻被艾芙莉打斷：「開玩笑的啦。聽起來不錯，我也該休個假了。」

☣

艾芙莉上了巨大貨船，戴斯蒙取手機撥號給負責「具現」的首席工程師，安排雙方在旅館緊急會面。親自前往具現辦公室或季蒂昂名下任何機構，如今都變得太危險。接下來他又聯絡了團隊內另外三位開發者——他們都有能力獨自完成這項技術。戴斯蒙與他們約好時間地點，打算將最後的破綻堵起來。

62

出乎尤里意料的是，逃離西班牙的過程沒有任何波折，鄉下地方完全沒有直升機搜索，畢爾包機場的人依舊受賄——正因爲政府和貨幣體系瀕臨崩潰，鑽石更能打動道德感低落的人。大家看中便於攜帶且具有普世價值的財物。

從西班牙海岸升空以後，尤里等到了需要的那通電話，事情還有轉圜餘地。與梅麗莎·惠麥爾聯絡這麼久，第一次聽出她的口吻透露出心安。「『昇華』上線了。」

「功能都正常？」

「確認過，剛剛在這裡對人做過測試。」

尤里望向大海。總算成功了，他取得了主導權，再也沒人可以阻止他，實現夢想只是時間早晚的問題。

「要除掉最高階目標嗎？」

「先不要，網絡建構好後通知我。」

世界各地偏遠地區的許多倉庫忽然打開門，發射臺從裡面駛出，停在外頭的混凝土或柏油路上。機器外形很像巨大的塔式起重機，長四十呎、寬四十五呎、高五十呎，光是橡膠輪胎的直徑也接近五呎，各自獨立驅動，四角的粗鋼柱指向天空。

駐點在美國維吉尼亞州萊辛頓市的技師，用平板電腦操控了這臺龐然大物。就定位後，他按下綠色按鍵，發射臺的三面降下厚重白色遮風隔板。機器具備追蹤風向功能，開口面朝下風處，隔板保護裡面脆弱的儀器。

技師插入套件，氣球在發射臺內膨脹，材質近乎透明，成形後即將升空，彷彿超大型水母要飛天。

二十分鐘後，氣球扶搖直上，悠遊於雲朵之間。氣球底下掛著太陽能電池，以及能夠連接地面上各種網路設備的平板型天線。

每隔二十分鐘就有一個氣球升空，它們最後停留在海拔十一英里的平流層，不斷繞著地球移動，在彼此和地面的據點之間傳輸數據。運作時間將長達三個月，但不太可能拖到那麼久。等到「魔鏡」大功告成，它們就會接受指令，安全降落地表，成爲象徵舊世界結束的遺物。

63

戴斯蒙最後一段記憶是在旅館套房緊張等待著。「具現」開發者一個個相繼露臉，並在客廳就座，三男一女都才二、三十歲，兩個睡眼惺忪、一個人似乎用過藥還拿著能量飲料，最後一個酒氣未散（其實具現團隊不少人在工程告一段落以後就休假去了）。

「抱歉這麼晚了把大家叫過來，我也是迫不得已，因爲我得知『具現』可能會被圖謀不軌的人拿去作亂。」

首席工程師是個印度裔美國人，名字叫作勒格夫。「要用來幹嘛？」

「傷害人，控制人。」

四個工程師一頭霧水。「怎麼做？」勒格夫問。

戴斯蒙起身走到落地窗前。「抱歉，細節現在沒空解釋，對方已經開始行動，我需要大家的信任和幫助。往後會很辛苦很危險，但眞的對不起，你們必須現在做決定，看是要留下或離開。你們願意幫助我嗎？」

唯一的女性梅蘭妮．路易斯開口問：「你究竟要我們怎麼做？」

「得將『具現』移走，你們也得躲起來。」

梅蘭妮大搖其頭。「爲什麼要躲？」

她隔壁的大個子朗佛德繼續往嘴裡灌紅牛能量飲料，翻了個白眼。「還用說嗎？『具現』不見了，壞蛋當然會找上我們。」

「該躲到哪裡去？」勒格夫問。

戴斯蒙坐下來。「這就是重點。」

四人屏息以待。

他字斟句酌，每句話都在腦袋排演一遍才說出口：「必須是對方想不到、夠安全，也不至於被查到的地點。」

梅蘭妮眉頭緊蹙。「是說……阿拉斯加之類嗎？」

「我想的地方更冷一點。」戴斯蒙抽了口氣。「我的伊卡洛斯創投有很多投資標的，其中之一叫作『南極旅遊』，結合了遊輪與主題公園服務。」

「南極？」勒格夫錯愕不已。

「好極了，」朗佛德叫著：「剛剛就該先說。」

「我怕冷耶。」梅蘭妮嘀咕。

尚未出聲的紅髮凱文顯得憂心忡忡。「我還是搞不懂，到底是誰會盯上我們？」過了幾秒沒人回答，他自己接下去：「政府嗎？還是黑道？」

「都不是。」戴斯蒙說：「是科學家，想用『具現』進行實驗，但我最近發現他們的手段很不人道。」

「得躲多久？」凱文問：「幾個月？還是幾年？」

「幾年？」梅蘭妮大驚失色。

「吃啥？」朗佛德問：「海豹？企鵝？我才不要整年吃魚——」

「你少白癡了，」梅蘭妮說：「海豹不是魚，是哺乳動物。」

「企鵝是鳥類。」凱文附和：「但我不想吃牠們，然後也不想吃海豚或鯨魚。」趁著梅蘭妮還來不及開口，他立刻看過去。「我知道這兩個是哺乳類。」

戴斯蒙揮手要他們安靜。「沒叫你們吃那些。」

「所以，戴，你究竟有什麼計畫？」勒格夫努力拉回主題。

「公司派了工人過去，他們有個營地。工人是要去蓋旅館，距離營地幾哩遠。旅館會是冰屋，利用太陽能和地熱發電。」

朗佛德張大眼睛。「棒呆了。」

「工程只有夏天能做——對我們來說是冬天。人數很少，大概十二個左右。」

「旅館快完工了？」勒格夫問：「可以入住？」

「不確定，我只是董事，最近沒收到資料。不過工人住的地方空間很充裕。」

「好，我去。」朗佛德說：「吃企鵝也沒關係。」

「我也去吧，」凱文說：「但企鵝餐就免了。」

「不去會怎樣？」梅蘭妮探口風似地說：「當然，如果你說一定要去……」

「不強迫。」戴斯蒙立刻回答：「只是希望你們都過去。要是你們另有打算，至少盡量找個好地方先避風頭，而且這段期間不要用手機、網路，也不要打電話和發郵件。」

勒格夫看了梅蘭妮一眼。「我也加入，而且大家都過去比較保險。」

她點點頭。「好吧。」

接著大家討論如何安置親友。四個開發者都未婚，但勒格夫與女友同居，梅蘭妮的妹妹住在舊金山，戴斯蒙說他們要帶誰一道走都不成問題，前提是今天晚上就得出發。

他們打包行李後，趕在日出之前到聖克魯茲港口會合。勒格夫走到戴斯蒙面前放下袋子問：「在那邊要做什麼好？」

先前開會過後，戴斯蒙就去辦公室將具現伺服器和軟體資料都搬出來，現在收成一個大箱子，放在碼頭上。

「怎麼打發時間都可以，唯一要求就是不要衛星連線、不要用電話，免得出意外。」

「好。」勒格夫打量那條船，雖然是三十多年的舊款，不過最近已改裝完畢，主供研究和偵察，長七十呎，有五名船員，十六個舖位，裝載了足夠食物、飲水。船艙空間還算大，容納具現設備不成問題。論速度或奢華都上不了檯面，好處就是也因此沒人會多看一眼。

戴斯蒙本來考慮包機直接降落在工地那邊的小跑道，可是擔心留下書面紀錄會被查到，最後認爲還是搭船安全些。船主就是船長本人，主要租借給大學或沿岸的研究機構。他答應留在南極，等戴斯蒙露面才走，但也因此每天要收費四千美元。戴斯蒙已經先支付二十萬元訂金，承諾若還不夠，事成後會補足，船長當然樂得接下這樁好生意。

「還有一點，」戴斯蒙提醒勒格夫。「我會去柏林一趟，見一個叫作曼弗瑞．榮格的學者，他會幫我調整身上的『昇華』植入裝置。」

「嗯。」

「不過這麼一來，他和他的團隊大概也會成爲目標，就像你們一樣。所以我應該會請他們也去南極工地住一陣子，到時麻煩你接應。」

「沒問題。」

「勒格夫，你們也保重，我會盡快趕到。」

☣

戴斯蒙站在岸上，目送老船離去。太平洋上某個角落，艾芙莉還在等待他。幾個小時下來，他感覺累壞了，然而送走具現團隊只是計畫的開頭。他拿出手機，撥打前夜查到的號碼。

「梅爾先生，我叫戴斯蒙．修斯，想與您談談那篇關於『季蒂昂』的報導。」

「怎麼了嗎？」

「您的分析很正確，季蒂昂是個祕密組織，可惜您蒐集到的資訊依舊流於表面。我可以提供情報，這會是你一輩子、甚至應該說人類歷史上最轟動的新聞……」

64

噴射機雖然有點破舊但運作正常、五臟俱全。尤里坐進皮椅，在桌上打開筆電，螢幕地圖上顯示了追蹤訊號。

已經好幾個鐘頭沒移動。

地點在奧克拉荷馬市。戴斯蒙將東西藏在那裡？尤里覺得不太可能。

電話響了，是季蒂昂指揮中心。梅麗莎．惠麥爾開門見山報告：「氣球部署完成。」

「覆蓋率？」

「與既有網路結構搭配後，覆蓋全球百分之七十二，主要國家則超過九成。」

尤里鬆了口氣，時機總算成熟。「開始。」

惠麥爾遲疑半晌：「需要您——」

「親口下令？」尤里不會怪她小心謹慎。「惠麥爾小姐，我正式下令對全球啓動『魔鏡』轉移計畫，同時瞄準一級目標，進行處決。」

「遵命。」

「完成處決以後，發消息給繼任者，叫他們交出戴斯蒙·修斯、琳恩·蕭和珮彤·蕭，不從的話就是同樣下場。」

65

戴斯蒙再醒來時躺在地板上，身子底下是個迷彩睡袋。空氣裡有啤酒與油炸食物的氣味。他左右張望後發現是一間叫作「木紋」的夜店，有長吧檯、磚牆、好幾部電視機，可是都沒打開。場地內還有二十多張木面桌子，上頭堆滿了調味料和餐巾紙，窗戶望出去就是威爾．羅傑斯機場跑道。

琳恩、珮彤、艾芙莉與大衛．沃德全圍著一張桌子悄聲聊天，神情都很憂慮，乍看還以爲是醫院的家屬正等候手術室開門。

戴斯蒙坐起來，艾芙莉第一個看見，迅雷不及掩耳地竄到他身旁扶著他。

「你沒事吧？」

「嗯，就……被康納搬來搬去之後，還有點頭昏和痠痛。」

其餘三人也湊過來。「什麼情況？」沃德問。

「私下說。」戴斯蒙回答。

沃德帶他們進去機場。裡面倒是很熱鬧，緊急事務署、聯邦和州政府三方人馬跑來跑去，候機室充作臨時會議廳。路上戴斯蒙聽到一些令人不安的字眼：隔離、武裝威脅、糧食配給、突發攻擊。

「怎麼回事？」他忍不住問。

沃德沒回頭。「平民按捺不住了。」又走了幾步，他再補上一句：「修斯，要是眞能阻止他們，你現在就得出招。」

艾芙莉射來的目光顯然是問：能嗎？

他認眞點點頭，心底卻依舊懷疑是否自欺欺人。「具現」是他畢生心血，也是尤里完成「魔鏡」的最後一個條件。曾經戴斯蒙以爲自己追求的就是「魔鏡」，現在卻巴不得盡快破壞掉它——只要能救艾芙莉、珮彤和世上許許多多人就好，即便康納會失去改寫悲慘人生的機會。

一行人隨沃德穿過西南航空售票櫃檯，走入標示爲「YMCA軍方接待中心」的地方。圓形野餐桌邊有很多穿制服的人，正就著紙盤和塑膠杯用餐。他們進入旁邊的小房間，沃德關好門，大家在會議桌邊坐好。

「這裡應該夠隱祕。」

「我已經恢復記憶。」戴斯蒙開口。

「包括『具現』？」琳恩立刻問。

「嗯，打造的過程和藏匿地點都想起來了。」

「那就快說啊。」沃德咕噥。

「南極。」

沃德在金屬折疊椅上往後仰，靠得椅子兩腳騰空，面朝天花板闔上眼。「這是整人嗎？」

「請解釋清楚。」琳恩語調依舊平靜，不像沃德那麼挫折。

「我的投資標的有一個是『南極旅遊』，瘟疫爆發之前就在那邊蓋旅館，所以我把『具現』和四位能夠複製系統的主要開發人員用私人船隻送了過去。爲我調整腦部裝置的『昇華』科學團隊也一樣。」

「那麼，」艾芙莉說：「我們過去把『具現』毀掉，也就等於廢掉『魔鏡』？」

「對。」戴斯蒙回答。

「之前你有機會的時候沒把東西給砸爛，」沃德問：「憑什麼要我相信你現在就願意動手？」

「因爲我親眼看到它的破壞力，也體認到後果多可怕。」

「一開始你就知道——」

「爭辯無益，」琳恩出面調停：「總之，只有戴斯蒙能帶我們找到『具現』。」

「『我們』？」沃德冷笑。「哪來的『我們』？妳們母女得留下來。」

「這樣處理對你不利。」

沃德挑眉。「這話怎麼說？」

「沒人比我更瞭解尤里·帕挈柯。我在季蒂昂島就阻止了不必要的廝殺。」

「之後妳帶著我們在北極窮忙，死了一堆人但基本上毫無所獲，場所換到南極所以就要上演同樣的戲碼？」

「沃德先生，你說的兩件事風馬牛不相及——」

艾芙莉忽然舉起手。「先別講話。」

安靜之後，戴斯蒙也聽見外頭有人咆哮。

腳步聲匆匆經過，像是逃難。

艾芙莉開門一看，接待中心居然空了，紙盤上還有烤肉和豆子沒吃完，杯子茶水也剩很多。

「不對勁。」琳恩低聲警告。

一行人往外跑，經過櫃檯進入大廳，十八號門那兒的大螢幕上有畫面，看起來是無人機回傳的影像，路線遍及全國，根據晝夜判斷甚至可能是全球。畫面聚焦在雲層中的氣球，底下沒有籃子，但懸掛了太陽能電池、三片板子與某種小型不知名金屬裝置。

沃德找到奧克拉荷馬國民警衛隊少校，拉著對方上臂問：「什麼情況？」

「不確定，這些東西忽然出現在世界各地。」

「所以呢？為什麼這麼恐慌？」

少校咬牙。「我們沒有恐慌，是根據命令行動，死了很多人。」

珮彤一聽，走上前問：「死的是？」

「大部分是病人、末期病患。」上校說完，戴斯蒙察覺艾芙莉臉上閃過一抹擔憂。

聚在螢幕前面的軍人交頭接耳，風聲馬上傳開。

戴斯蒙偷聽了一下，當下就呆住了。美國總統因為腦出血猝死，奧克拉荷馬州長、其他各州州長也一樣。

一名士官過來找少校。「報告，韋德斯上校請您立刻過去。」

少校二話不說就跑走。

琳恩遞補過去。「沃德先生，我們必須立刻動身。」

他搖搖頭。

琳恩湊近，小聲但強硬：「聽我說，氣球是季蒂昂的工具，透過網路控制『昇華』製造的奈米機器，也就是你們與政府發放的X1病毒的『解藥』。主導權落入他們手中了，尤里的下一步絕對是要求各國政府逮捕我們。所以我們五個必須馬上出發！」

66

戴斯蒙與珮彤視線交錯，看見她眼裡的恐懼後，立刻振作起來，明白珮彤是聽了母親的話而惴惴不安，所以他必須趕快行動。

「沃德，聽她的。」

艾芙莉轉頭望向大廳另一頭，神情像是野生動物察覺到威脅出現。眼見十個迷彩服的國民警衛隊員慢慢逼近，背後是賣咖啡豆和茶葉、鞋油、運動用品和紀念品的各種商店。

戴斯蒙連忙問：「最快出去的路線是？」

「往下。跟我走。」

一行人在逼不得已的情況下展開行動。艾芙莉一馬當先衝出去，琳恩與珮彤緊追在後。戴斯蒙瞥了沃德一眼，沃德只是搖了搖頭。

國民警衛隊員開口大叫：「沃德探員！」

叫聲在大廳玻璃牆與地板間迴蕩，所有人聽見了都望過來。

戴斯蒙和沃德趕快跟著疾奔，而艾芙莉已經到了手扶梯前面。

「沃德探員！我們有話要說！」

艾芙莉一次三級地跳下停止運作的電扶梯，模樣像是貓科動物飛躍山林。琳恩和珮彤要跟上很吃力。

「站住！」

戴斯蒙跑得比沃德快，只好稍微停下來等他。機場裡其他部隊也注意到了動靜，紛紛開始動員，叫聲此起彼落，意思很明顯就是要攔截他們。

眾人下了電扶梯，就看見艾芙莉已經殺出行李轉盤後頭的緊急出口。琳恩與珮彤落後得越來越多，戴斯蒙和沃德倒是很快追上她們。四個人一起竄進跑道，冷風迎面而來。

艾芙莉上了灣流航太噴射機，他們也爬進機艙收起梯子，同時引擎啟動。

飛機開始加速，士兵追了過來，所幸沒有開槍。油罐車衝出來擋住前方去路，艾芙莉立刻掉頭往另一邊起飛。

飛機總算升空，戴斯蒙察覺珮彤站在走道盯著自己瞧，臉上寫滿了擔憂。我是否有能力保護她？戴斯蒙不禁深深懷疑起自己。

☣

筆電發出嗶嗶聲，發報器系統傳來訊息：

目標移動中。

尤里注視螢幕，光點離開威爾．羅傑斯機場往南方走。

他拿起衛星電話撥給康納。「開始了，我們得碰頭。」

接著他又聯絡梅麗莎．惠麥爾。「看看那架飛機上有沒有我們能控制的『昇華』裝置。」

67

「電話關機！」琳恩大吼。

所有眼睛一齊盯著她。

「快！關機！不然會沒命！」

結果只有沃德與艾芙莉身上有電話，兩人乖乖關閉了電源。

「妳滿意了？」沃德沒好氣地說。

「這是爲了你自己的性命著想。」

沃德起身走到戴斯蒙身旁的走道停下，站在那裡不停喘氣，方才落荒而逃，他跑得很狼狽。

「修斯，現在，把話說清楚。」

「我會解釋的，」戴斯蒙也站起來，卻繞過了沃德。「但該處理的還是得先處理好。」

駕駛艙內的艾芙莉按著自己的側腹，與塔臺對話時的氣息不太穩。她嘗試說服對方一切都是誤會，琳恩母女和戴斯蒙·修斯並不在這架飛機上。

「嘿。」戴斯蒙在旁邊悄悄說。

她回頭時，手依舊壓在腰上，戴斯蒙這才看見她手掌邊有血跡。

「妳還好嗎？」他換個角度看清楚，發覺艾芙莉腹部纏了繃帶，中間呈微紅、邊緣深紅。

「沒事，拉扯到而已。」

「這樣還說沒事。」

「眞的沒事，戴，你別緊張。動得太厲害就會這樣。」

「妳中彈了嗎？」

「在島上被炸彈碎片掃到。」

戴斯蒙凝視她。「妳從二樓那一跳，可眞是英姿颯爽。」

「那是走投無路，不過，多謝你飛撲過來掩護。」

「想被飛撲隨時開口。」

艾芙莉故意板起臉。「想得美。」

他哈哈一笑。

艾芙莉又轉頭對無線電大叫：「呼叫塔臺，不行，我們不會降落在錢德勒機場。」說完又回頭。「你找我有事？」

「燃料之類的還行嗎？」

「油槽是滿的，看速度而定，大概能飛六千五百哩。」

這個距離到不了南極旅遊的據點。「中間得停下來加油。」

艾芙莉操作導航系統。「但得先盡快脫離美國領空，最好繞過墨西哥和巴西。」

「適合的路線是？」

「先躲到墨西哥灣……」

「沿著南美洲？」

「太浪費時間，」艾芙莉說：「你那個南極營地在哪裡？」

「開普敦正南方。」

她研究地圖後說：「那麼從墨西哥灣切過巴拿馬到太平洋，順著南美西側經過安地斯山，降落馬德普拉塔。」

「布宜諾斯艾利斯不好嗎？」

「我覺得不妥當，人太多、會有軍隊，增加我們被捕的風險。」

「說得對。那過去馬德普拉塔有多遠？」

她又按按螢幕。「大約五千九百六十哩，要飛十到十一個鐘頭。抵達的時候油槽消耗將近九成，不是很理想的狀態，但至少可行，只要中途沒意外。」

「好，設定自動駕駛以後，妳也過來客艙吧，大家討論討論。」

她點頭以後專心設定。戴斯蒙又開口說：「唔，很高興還能見到妳。」

艾芙莉嘴角揚起一個淺笑。「你當然該高興。」

戴斯蒙忍不住邊搖頭邊回去，鑽進客艙就發現大家都盯著自己。

「大概十一小時之後，降落在阿根廷加油。」他告訴三人。

琳恩立刻問：「然後要多久才能到你在南極的據點？」

戴斯蒙曾從布宜諾斯艾利斯飛過去幾趟，馬德普拉塔與布宜諾斯艾利斯相距不遠，航程時間應該接近。「應該六小時左右。」

「唔，」琳恩說：「看來會在飛機上待一陣子。」

「足夠大家把話講開。」沃德接口。

「會的，等艾芙莉過來。」戴斯蒙走到珮彤旁邊。

琳恩觀察一陣之後，站起來對沃德說：「沃德先生，我們去清點一下飛機上的物資吧？」兩人識趣地走向機艙後側，讓戴斯蒙與珮彤獨處。

珮彤招手，戴斯蒙在她隔壁坐下。她伸出手，掌心朝上，戴斯蒙握住她的手，兩人十指緊扣。本來他以為珮彤會靠過去，但她卻保持距離，輕柔聲音裡透露出來的脆弱情緒，就連戴斯蒙也沒聽過幾次。「季蒂昂島停戰以後找不到你……我好擔心。」

「我也是。被他們俘擄以後，我一直在想妳平不平安，艾芙莉有沒有逃出來。」最後一句話自然而然脫口而出。

珮彤眨了幾下眼睛。「你和她應該有過一段。」

戴斯蒙遲疑著該如何回答，最後選擇簡單而誠實。「嗯。」

「你都想起來了吧？」

他只能點頭。

珮彤鬆手想抽回去，戴斯蒙不由自主地握緊，想將她留下。

「沒關係的。」

戴斯蒙不確定這句話是什麼意思。要他鬆手？放下？或者兩者皆是——抑或是表態原諒自己？她會不會只是怕不說話太尷尬？

「我和她——」

「不必解釋，」珮彤望向窗外。「我們交往也是很久以前的事了，你能幸福最重要。」

然而，戴斯蒙也不知道自己想要的是什麼、想留在身邊的是誰。他感覺生命又重新來過，卻被與尤里的鬥爭填滿，其他什麼都看不見。

「等一切結束，希望能聊聊這件事……可以嗎？」

「當然。」

「後來季蒂昂島是什麼情況？」

「艾芙莉受了傷。」

「腹部對吧？」

珮彤點頭。「你怎麼知道？該不會傷口裂開了？」

「嗯，她有些出血。」

珮彤本能地站起來。「那我去看看。」

她們之間的關係似乎大有進步，又或者珮彤總是將救人放在第一——兩者皆有吧。

「她沒大礙，」戴斯蒙說：「現在應該正在忙。」

「好吧。」

「後來呢？」

「我媽開始找米格魯號，花了幾星期時間，也眞的找到了，就在北冰洋。船上有很多已滅絕物種的骨骸，有動物也有人，簡直跟諾亞方舟沒兩樣。」

「她拿去做什麼？」

「基因定序。」

「有趣。」

「還找到了一段密語，破解之後去到西班牙北部的山洞裡，發現有更多骨頭，那是我外公保羅・克勞斯博士藏起來的。外公也是季蒂昂成員，而且是提出『魔鏡』的元老之一，後來也死在尤里手上。」

「不會吧？」戴斯蒙回想起威廉寫下的往事，確實提到過琳恩的父親也在米格魯號上做研究，但除此之外並未透露更多線索。「他爲什麼大費周章把一堆骨頭藏起來？」

「克勞斯認爲標本正是線索，可以破解更大的謎團，也就是人類基因組裡隱含的密碼。」

「什麼樣的密碼？」

「能證明人類進化是遠超乎我們以前理解的複雜過程。他認爲那是雙向互動的過程，人類意識與腦力成長同時，進化也跟著加速，還出現了新的突變。」

「怎麼會？」

「我也不懂。」珮彤思考一下又說：「從西班牙取得標本以後，我媽讓我送到位在德州的粒子加速器去。」

「像歐洲的ＬＨＣ那種？」

「對，而且更大。」

「意思是說，人類基因組裡的密碼居然和次原子粒子有關係？還是——？」

「嗯。看樣子透過基因呈現的規律，能夠分析出造成進化的量子作用。」

戴斯蒙的腦袋翻來攪去。「這就是妳母親一直以來的計畫？」

「我不確定。其實我聽不太懂。」

戴斯蒙深有同感，然後他察覺艾芙莉進來了，琳恩與沃德跟在後頭，三人走到自己與珮彤對面坐下。

「好，」沃德先發話：「誰解釋一下，『魔鏡』到底是什麼玩意？」

68

「他們離開美國領空了。」尤里說。

電話另一邊，康納彷彿陷入沉思。「或許他們想去別國尋求政治庇護，可能是網路規模比較小的地方。說不定還會設法要當地政府發動作戰。」

「有這個可能，但我覺得機率不大。戴斯蒙和琳恩都是做事俐落的人，目標會放在『具現』上頭。如果他們毀掉『具現』……對我們來說就是一切倒退好幾年，甚至幾十年。」

「得掌握他們要往哪裡去。」

「一直盯著。」

「基石的情況呢？」

「運作完美，不必擔心。讀數已經到達兩百萬，穩定上升中，都在等待『具現』。」

☣

亞特蘭大疾管中心總部內，艾略特・沙丕洛和菲爾・史蒂文正在研究死亡統計。最初報告零星進來，但X1應對中心已經警告各郡和各州衛生單位：老年人口死亡人數持續上升。觀察發現，帕金森氏症、阿茲海默症、失智症與死亡案例有極高相關性，此外增加趨勢太穩定，怎麼看都不會是自然現象。

疫情調查團對美國總統與五十位州長的死因進行瞭解，解剖確認原因完全一樣，都是腦部動脈瘤爆裂，導致蛛網膜下腔出血，推測是瞬間死亡，也可以肯定是有計畫的攻擊事件——換言之就是暗殺。但敵人爲何鎖定罹患腦神經疾病的老年人？實驗？風向球？

過了不久，果然收到了警告。敵人威嚇將以副總統做爲下個目標，除非他交出珮彤・蕭、琳恩・蕭和戴斯蒙・修斯。艾略特得知消息以後，好像被人在肚子上狠狠揍了一拳。

「怎麼辦？」菲爾問。

「先測試吧，監控患有神經或其他末期疾病的人，如果再發生同樣情況，或許能找到線索。運氣好的話，會有辦法延緩甚至阻斷作用。」

但艾略特心底並不相信自己這番話。其實他將全部的希望寄託在敵人的目標，也就是珮彤、琳恩和戴斯蒙身上。

69

「『魔鏡』，」戴斯蒙先開口：「是……很複雜的裝置。」

沃德翻了個白眼。「那來個『猴子也懂的魔鏡』教學。」

戴斯蒙望向琳恩。

「讓我來吧。」她說：「首先請瞭解，你們知道的季蒂昂，」琳恩朝沃德與艾芙莉比劃。「和我加入的季蒂昂根本不算是同樣的組織，無論目的和手段都天差地遠。」

「是、是，」沃德嘀咕：「季蒂昂島哲學家芝諾什麼什麼的，我們都知道啦。跳到你們想創造新世界，拿新世界怎麼辦那一章吧。」

「『我們』，」琳恩指著自己和戴斯蒙。「並沒有那種打算。可是季蒂昂發生了內鬥，從一九八六年參與密會的科學家都身亡就開始了，這個背景非常重要，也代表沃德先生你們拼湊出來的並不是全貌。」她直視沃德，用氣勢說服對方。

戴斯蒙卻覺得琳恩堅持說明來龍去脈是另有隱情，眞正的動機是要給女兒一個交代，就像對珮彤的告解——以免日後沒機會。

「舊季蒂昂的中心思想，」琳恩繼續說：「在於世界並非我們見到的表象。人類建構的神話，尤其解釋生命存在的部分，全部都只是安撫心靈、塡補空缺的替代品。

「然而，知識的空白處逐漸被補上。太陽成了星系中心，地球只是繞著太陽轉動的行星，月球更是繞著地球運行。天體之所以有規律，正是被重力這種隱形凝膠牽制，外面還有無數的星系和星團，恆星和行星更是不下數十億，有些更比地球早幾十億年誕生。各種資訊指向同一個統計學上的必然——地球以外一定還有生命，而且他們的文明應該領先我們幾百萬、幾十億年。」

琳恩深呼吸。「但最叫人訝異的是，我們完全找不到這些文明存在的證據。」

「沒有太空垃圾……」珮彤彷彿回憶般低語。

「對。月球存在了幾十億年，理論上應該布滿遠古文明留下的探測器，可是月球表面上什麼也沒有。這是所謂的『費米悖論』（注1）。季蒂昂學者爲此困擾了很長一段時間，認爲是有史以來最大的謎團。人類怎麼如此孤單？其他文明在哪裡？」

「聽起來，你們有答案？」艾芙莉問。

「我就是這個意思。」

艾芙莉張大了眼。「還眞沒想到。」

琳恩接著說：「多年來，季蒂昂測試、排除了很多種理論，最後基於『奧坎剃刀原理』（注2）

注1：Fermi Paradox，又稱費米謬論，闡述的是對地球之外文明存在性的過高估計和缺少相關證據之間的矛盾。

得到最單純的解答——文明沒有朝外太空發展。」

「滅絕了嗎？」沃德問。

「有這種論點，也徹底研究過，當然不能完全否定，但顯然滅絕事件不應該有百分之百的機率，連佔多數都不太對。我們推測智能種族會在某個時間點，找出不需要離開原生環境就能存續和進化的手段，也因此根本沒有朝太空發展的需求。」

「很有趣。」艾芙莉說。

「更有趣的是，宇宙狀態似乎完全呼應了這個論點。想想看，假如百億年前就有某個種族已經從原生星球向外擴張，時間早已足夠他們佔據了整個宇宙才對。地球人根本不該存在，生物多樣性的機率是零。」

「怎麼可能？」沃德不解。

「算算看就懂了。大霹靂是一百三十八億年前的事，科學家認為一百零四億年前誕生的星系就有條件孕育生命，相對而言，地球年齡不過四十五億六千萬年，月球還要晚三千萬年才成形。從宇宙規模來看，地球人就像剛出生的嬰兒，但宇宙明明早就該有別的智能生物。就結果論，宇宙彷彿是為我們量身訂做的一樣，而季蒂昂始終不明白原因為何。」

珮彤緊蹙眉心。「這麼說來，宇宙的功能就是培養智能物種？」

「效用上看是如此，而且只是中介處，就像溫室一樣。我們認為這個宇宙只是一連串溫室的其中一間，整個結構稱之為存在體循環（the cycle of existence）。」

沃德閉著眼睛揉起額頭。「先等等，我的腦袋有點爆炸，跟氣壓沒關係。」

「我簡化一點說，」琳恩解釋：「長遠來看，人類的存續關鍵在於是否能發現這個眞相。之前的無數物種，也得出了同樣的結論。」

「就是『魔鏡』吧？」沃德說。

「對。」

「那妳剛剛說的什麼一個接一個無窮無盡的溫室，是什麼意思？」

「這麼說好了……沃德先生，我們一直活在『魔鏡』裡面。」

注2：lex parsimoniae，由十四世紀邏輯學家奧坎提出的一個解決問題的法則。他主張當兩個理論的解釋力相同時，較簡單的理論勝出。奧坎用剃刀來比喻這樣的想法，當一個理論中出現了複雜又不必須的部份，我們就應該把它們剃掉。

70

尤里看著地圖，知道對方的飛機沿著南美洲移動。就飛機型號來看，航程無法抵達澳洲或夏威夷，必須在南美洲降落。可是季蒂昂在南美的資源很少，戴斯蒙在當地也沒有投資，調查以後更找不出琳恩與南美的關係。

結論顯而易見：南美只是中途，或者緩兵之計。拖延時間不利於他們，有利於自己，琳恩和戴斯蒙不可能不明白這個道理。

尤里翻閱梅麗莎．惠麥爾提供的分析資料，發現戴斯蒙有個投資標的算是和南美能夠沾上邊——南極旅遊。絕對沒錯，他很聰明，誰會想到去南極搜查，連X1病原體也沒往那裡發送，暴露機率微乎其微。

尤里撥到季蒂昂的戰情分析中心。「在南極，」他通知惠麥爾：「我很肯定。」

他又聽見敲鍵盤的聲音。「最適合你與麥克廉先生合流的地點是布宜諾斯艾利斯。」

他起身走到駕駛艙，要飛行員改變航線。

「準備最快的飛機，」尤里又吩咐惠麥爾：「以及精英小隊。我們必須搶先到達南極。」

疾管中心緊急應變小組裡，艾略特．沙丕洛正在分析最新案例報告，發現死亡率穩定下降中，推測敵人可能結束了實驗階段，或者適合的樣本已經耗盡，不然就是休息片刻，即將發動第二波攻勢。

如今全世界任由他們宰割。無論那是何方神聖，人類已經被征服，用的不是船艦大炮，而是先進得宛如魔法的科學力量。

71

沃德搖搖頭。「『我們在魔鏡裡』，這話是什麼意思？」

「意思就是，」琳恩回答：「大霹靂之前曾經有另一個事件，而且它就屬於魔鏡事件的一種。只是恐怕和我們現在要製造的魔鏡有很大的不同。」

「爲什麼？」珮彤問。

「因爲每個魔鏡必須呼應所屬的宇宙。這個宇宙有自己獨特的物理定律，也因此有專屬這個宇宙的魔鏡規格。」

「什麼樣的規格？」艾芙莉問。

「能滿足資料運算和模擬的需求。」

戴斯蒙留意三人的反應，知道接下來才算是進入正題。

琳恩繼續解釋：「縱觀歷史會發現，人類始終朝著擴大資料儲存的方向前進。書寫、農業、資訊時代，各種革新都是爲了提高儲存和運算資料的能力。除此之外就是模擬現實，各行各業最傑出的人，幾乎都是因爲對未來的想像夠精準才顯赫起來，無論商業領袖、運動明星、政治人物或者作家、投資客都一樣。現在局限我們的，其實是物理層面。」

「也就是肉體。」珮彤附和。

「沒錯，人類的心智發展速度遠超過生理演化，所以下一個階段就是擺脫生理限制，並且超脫宇宙施加的束縛。」

珮彤聞言很錯愕。「這是認眞的？」

琳恩起身在走道上來回踱步。「我沒開玩笑。你們想想看，人類大腦有一千億神經元透過一萬億神經突觸彼此連結，季蒂昂之外也有很多研究單位，多年來試圖以電腦的儲存和運算模式來模擬人類的思想，可是模擬只是基礎而已。就算做得出那麼大的電腦，也不能將思想直接放在機器裡，因爲人類大腦不是那麼單純的資料處理裝置，而是在量子層面上與瀰漫宇宙全體的某種作用力進行互動。這部分就是保羅．克勞斯的研究主軸，也是爲什麼我們這個人種會與眾不同。關鍵就在，我們與宇宙量子結構達成和諧共生的關係。」

「好，」珮彤說：「也就是說，要將人類意識放在不是人類大腦的東西裡面，但電腦也不適合，所以那是什麼裝置？」

琳恩伸手朝戴斯蒙一比，讓出了主講人的位子。

「量子電腦。」他開口說。

珮彤盯著他，一臉空白。「我不知道那是什麼。」

「我也不知道。」艾芙莉喃喃自語。

「我更不知道了。」沃德嘀咕。

「量子電腦利用次原子粒子的狀態儲存資訊。」

沃德很誇張地點著頭。「原來如此，修斯，你怎麼不早點說呢。」

「目前電腦是二進制，」戴斯蒙繼續說：「單位是『位元』，不是零就是一。八個位元合起來稱爲位元組，常聽到的KB是一千個位元組，MB代表一百萬個位元組等等。但量子電腦的機制完全不同，單位是『量子位元』。」

他看得出來大家聽得茫茫然，自己也揉揉眉心，很想睡上一覺。

「一般電腦以矽晶片、積體電路、微處理器組成；量子電腦的基礎則是量子機制，建立在宇宙原本既有的粒子上。」

「總之，你們開發了量子電腦？」艾芙莉問。

「對。早在八〇年代初，就有人提出量子電腦概念，實作問題出在退相干（注）。」

「修斯，」沃德嘟噥：「再冒出聽不懂的東西，我就要去法院告你了。」

「簡單來說就是受到干擾。次原子粒子做爲儲存媒介的想法在以前窒礙難行，便是因爲它處於流動狀態，時時刻刻和宇宙進行交互作用，因此破壞了量子位元的疊加態。」戴斯蒙察覺沃德要爆炸了，趕緊改口：「知道強力磁鐵放在硬碟旁邊會怎樣吧？資料會不見——這就是我們必須處理的難題。宇宙本身就像強力磁鐵一直掃描量子電腦，以十億分之一秒爲單位不斷擾亂資料結構。我們嘗試過的手段包括冷卻系統，然而達不到合理的運作時間，唯一的辦法就是遮蔽。但基石量子科技在這個部分做出了突破。」

「『基石』，」艾芙莉說：「是量子電腦的代號？」

「對。」

「病原體是『昇華』。」珮彤說。

「不，『昇華』並不是病原體，」戴斯蒙說：「病原體根本不存在原先計畫中，但解藥確實包含了『昇華』。昇華醫療生技主要想理解心智運作，開發出能分析和控制腦部功能的技術，一開始也是根據這個目的開發植入物，所以才吸引到我。我想治療創傷後壓力症候群和憂鬱症。至於X1……」他的眼睛看著沃德，心裡想的對象卻是艾芙莉。「我真的不知情。」

沃德沒回話，艾芙莉則面無表情。

戴斯蒙嘆口氣繼續說：「昇華是真的對創傷後壓力症候群和憂鬱症進行研究，但也的確將研究資料用在另一個更大的目標上，就是製造特殊植入物，以便轉移人類心智到『基石』上。他們成功了，可是開發出植入物以後，面對更大的考驗——誰願意隨便讓別人在腦袋裡安插東西？更何況醫療糾紛與意外身故的案件一定會糾纏不清、曠日費時，所以才想出奈米機器人這個解決方案。」

「就是這次的解藥。」珮彤說。

「嗯，不過那也是後來的事情。我剛剛說了，壓根沒人告訴我計畫已變成這樣。奈米技術主要目的是在大腦和量子態之間建立橋樑，換言之，就是將意識從大腦轉移到『基石』上。肉體被

注：Quantum Decoherence，在量子力學裡，開放量子系統的量子相干性會因爲與外在環境發生量子糾纏，而隨著時間逐漸喪失的效應。

放棄以後……本來應該安樂死。」

所有人震驚得說不出話。

最後是沃德打破沉默：「不可能有這種事。」

「這是現在進行式，」琳恩提醒他：「你在機場不就看到了最新消息？已經有好幾百萬人進入了『基石』。」

「原本不該這樣。」戴斯蒙說：「當初說的計畫是讓大家選擇，自願者才進入『魔鏡』。可是尤里和康納太害怕失敗。」

他知道自己的語氣一定變得太過防備，而且珮彤察覺了，輕聲安撫他：「說說看你本來要怎麼處理。」

戴斯蒙點頭致謝。「一開始是打算透過網路和電視宣傳，對社會大眾公開眞相，包括米格魯號的發現和後續研究。『魔鏡』是個人選擇，轉移也採取漸進模式，從最需要的族群開始，主要是心智已經衰弱或有風險的人，例如精神疾病、帕金森氏症、阿茲海默症、失智症患者之類。他們也是最適合『基石』進行大規模測試的對象。」

艾芙莉一聽，眼神閃過恐懼。「所以，現在已經死掉的幾百萬人，都是腦部疾病患者？」

「假如尤里按照規畫進行的話。」

「他們被──」艾芙莉遲疑了一下。「他們會怎麼樣？」

「在『基石』等待。」

「等什麼？而且『在基石』是什麼狀態？是死是活，有沒有知覺？」

「等待『具現』。沒有『具現』的話，那只是機器裡面的資料。我想應該算是活著，但處於靜止狀態，所以沒有知覺，要靠『具現』模擬現實，才能讓他們活過來。」

艾芙莉的臉埋進手掌。「天哪，這樣下去人類會滅亡。」

「恰好相反，」琳恩說：「這只不過是無盡循環的一小部分。以前有過無數次，未來也還會有無數次。」

72

珮彤凝視戴斯蒙的雙眼，有種恍然大悟的感覺。「所以你才要把『具現』藏起來。沒有『具現』，尤里和康納只能將接受過『昇華』注射的人，轉移到『基石』儲存而已。」

「對，這也是我唯一能用的手段。」

「解釋一下『具現』是什麼。」沃德說：「如何運作，有什麼功能？」

「『具現遊戲』是掩護用的名字，」戴斯蒙回答：「表面上開發虛擬實境遊戲，方便我招聘合適的工程師。鎖定優秀人才以後，我對他們說了眞相，這個團隊要製造的虛擬實境極度逼眞，不止模擬視覺和聽覺，而是所有感官與思維，只能在量子電腦上運行。藉由昇華生技的腦部掃描數據，我們成功模擬了嗅覺、味覺甚至痛苦和愉悅，完整重現世界。」

他稍微停頓。「我也是利用『具現』技術來恢復記憶。」戴斯蒙轉頭望向艾芙莉。「讓妳潛入健太郎丸號以後，我聯絡了昇華生技研究記憶保存的學者曼弗瑞．榮格，詢問他植入裝置除了輸出之外，有沒有可能用來接收和重啓記憶。榮格博士推測可行，只是會有風險。」

「『迷宮實境』就是你的傳輸介面。」

「沒錯。」

「只要摧毀『具現』，」沃德問：「事情就結束了？再也沒有『魔鏡』？」

「對也不對。」戴斯蒙說：「『魔鏡』的進度會因此倒退至少好幾年甚至更多，但談不上徹底結束。奈米機器已經進入人體，看來康納和尤里也重建了控制系統，代表他們幾乎能隨時『暗殺』地球上任何一個人，只要將目標的意識經由奈米機器傳送到『基石』就好——唯一條件就是那個人位於網路傳輸範圍內。」

珮彤瞥了母親一眼。「所以妳剛剛才要大家趕快關手機。」

琳恩點頭。

「可是還沒弄到『具現』，」艾芙莉追問：「他們爲什麼急著把人送進去？」

「顯然他們很有把握能得到『具現』。沒有『具現』的『基石』，毫無用武之地。」

「那些氣球呢？」珮彤問：「做什麼用的？」

「爲了解決偏鄉網路連線問題。」戴斯蒙說：「我沒想過它們可以用來轉移意識到『基石』。當初只是希望能將所有人連起來，並且宣傳『魔鏡』。」他看看艾芙莉。「這是我對城市鍛造很有興趣的理由之一，協助第三世界國家的都市發展和網路基礎建設也是優先事項。

「氣球這個作法參考了Google的Project Loon（注）。我沒猜錯的話，氣球會環繞地球而行，並

注：Project Loon是Google的一個實驗性計畫，由Google X負責，目的是希望透過架設在離地二十公里的熱氣球，成為網路接點，為開發中國家提供廉價及穩定的網路連線。

因此覆蓋到原本沒有網路訊號的人們和地區。尤里開始放出氣球，代表他準備全面執行傳輸。我想他會先鎖定小群體實驗，確保『基石』運作無虞以後，再擴大實施。」

珮彤又說：「他本人和同黨大概等到取得『具現』，才會進去『基石』吧。」

「應該吧。」戴斯蒙思考片刻，望向琳恩。「那天晚上妳說得沒錯，『魔鏡』確實是無法避免的過程，唯一能改變的就是由誰來控制。」

「當然得是我們。」沃德說：「現在目標很明確，毀掉『具現』、殺掉尤里。」

艾芙莉已經心不在焉很久，聽見這句話才忽然抬頭，眼神警覺。

「假如毀了『具現』……存在『基石』裡的人會怎麼樣？」

「不會怎樣。」戴斯蒙說：「就像資料裝在硬碟但沒有作業系統，可以視之爲死去。」

沃德重重嘆息。「現在優先事項是保護還活著的人，」他看著艾芙莉。「我們必須殺死尤里，摧毀『具現』。」

琳恩終於又出聲：「恐怕不止如此吧，戴斯蒙？」

他的眉頭糾結。

「構成威脅的並非只有尤里一個。」她繼續說：「瘟疫肆虐的幕後黑手不是只有他？」

戴斯蒙沉痛地搖搖頭。

琳恩朝沃德解釋：「也必須處理康納。只要他活著一天，威脅就一天不會消失。」

73

機艙門開啓，康納吸進一口新鮮空氣，感覺好像關在飛機裡很多天，陽光在臉上特別溫暖，帶著鹹味的海風很提神。布宜諾斯艾利斯今天氣溫二十五度，晴朗有雲。經歷十二月美國西岸的陰冷潮濕，南半球夏季令人感覺特別舒爽。

尤里在航廈內等候著，一見面就給了康納一個擁抱，之後雙手搭著後輩肩膀說：「終於等到這一天。」

「第一批次的情況如何？」

「儲存狀態很完美，要開始第二批次了。」

康納點頭，得知「基石」正式啓用之後，他很緊張。儘管反覆進行過壓力測試，也很難保證眞的能夠容納數百萬以至於數十億人的心靈。

「現在數字是？」

「已達到一億，持續增加中。」

「氣球呢？」

「都升空了。因爲天候因素而損壞了一部分，也有一些在取得政府主導權之前被擊落。」尤里轉身帶他走向機場貴賓室，裡面有一臺掃描裝置。「反正無傷大雅，剩下來的也足夠完成傳輸作業，況且還有無人機能代替。」尤里伸出手，掌心朝上。「做一次備份以防萬一。」

安全第一，去了南極不知會遇上什麼凶險，於是康納也走進機器，閉上了眼睛。

三十分鐘後，兩人再登機，尤里指示飛行員升空，回到機艙坐在康納對面。

「你也明白該怎麼辦。」

康納懂得尤里意思，但實在沒辦法接受，連句子都擠不出來，最後只好說：「取得『具現』就走人。」

「他不會放棄的，你比誰都清楚。況且還有琳恩．蕭。」

康納看著窗外，跑道從眼前滑過，速度越來越快。「我沒辦法下手殺死親哥哥。」

尤里的眼神蒙上一層哀傷。「我也沒有要你那麼做。」

「不然你希望我怎麼辦？」

「別阻止我就好。」

74

飛機朝東邊穿越安地斯山，機上的大家或休息或假寐，其實腦袋裡糾結同一件事，只是角度差異非常大。

☣

戴斯蒙在意琳恩那句話：「康納必須死」。他做不到，也不願意，但代價是什麼？珮彤的性命？世界上其他人的性命？

當下他確認了一點：自己不願再失去珮彤，但同樣也不願失去弟弟。

☣

珮彤的思緒停留在剛才討論的內容。假如她的理解沒錯，「魔鏡」是宇宙內的另一個宇宙，因此她也明白了父親手札的內容。他說經歷過二次世界大戰，季蒂昂內部致力於開發新裝置，目的是解開宇宙最大的謎團，以及如何不讓人類自我滅亡。「魔鏡」確實同時回應了這兩個問題：

透過「具現」，可以像剪輯影片一樣，刪除所有災厄戰爭。

然而她不懂母親計劃的「兔子洞」又扮演了什麼角色？粒子加速器和整件事情又有何關係？

她能確定的就是，母親還是有所隱瞞。

☣

琳恩．蕭看穿全局，所有棋子都已到位，唯一無法預測的因素是艾芙莉．普萊斯。這個後生晚輩總能令她意外，先前解釋「魔鏡」的時候，艾芙莉似乎就盤算著什麼。

不過她想起艾芙莉進入輝騰時的面試。如果艾芙莉那時沒說謊，或許終究有辦法控制局面。

☣

艾芙莉的視線落在擋風玻璃外，心裡全都是父親。若琳恩和戴斯蒙所言屬實，自己的爸爸已經死了——至少肉體部分。他的意識被存進「基石」之中，彷彿進入數位化的靈界，處在生和死的夾縫間。

她一年一年感受到父親消逝，有如上傳過程早已悄悄、慢慢地開始，留不住心靈，只餘下軀殼。她真希望先前多陪陪他，但時間精力都投入阻止季蒂昂與「魔鏡」了。

現在卻可能還有機會再見他一面。

「嘿。」

聽見沃德的聲音令她有點慌亂。沃德示意她別出聲，然後關了駕駛艙艙門。

「幹嘛嚇我。」

「抱歉，」沃德到旁邊坐下。「我們得談一談。」

「什麼事？」

「妳心裡有底才對。他們講的那些，我才不信。」

艾芙莉瞇起眼。「哪部分？」

「什麼『魔鏡是注定的』之類。」

「你覺得能避免？」

「當然，那只是琳恩·蕭的話術而已。她把自己女兒騙得團團轉，至於戴斯蒙·修斯，誰知道他打什麼鬼主意。」

「你到底想說什麼？」

沃德別過視線。「我們到了以後先毀掉『具現』，然後處理有能力重建『具現』的人。」

包括戴斯蒙。艾芙莉不願望向上司。

「妳懂我的意思？」

「嗯。」

「還記得我問過妳吧？」沃德瞪著她說：「假如我和修斯拿槍指著對方，妳會不會朝他扣下扳機。」

「我說過我會賞他肩膀子彈，賞你胯下一腿。」

「艾芙莉，不是開玩笑的時候了。現在根本是他拿槍指著地球上所有人。我知道妳對他有感情，但妳也有該盡的義務。」

「總有不必殺他的解決辦法。」

「或許有，或許沒有。所以我現在必須先確定——妳到底做不做得到？」

艾芙莉嚥下一口口水。「你有什麼計畫？」

「摧毀『具現』，收拾能製作的人，尤里和康納之中至少留一個活口，拷問出昇華的控制系統和基石主機在哪裡，派人衝過去將兩個都毀掉，讓整個『魔鏡』威脅到此為止，世界回到正軌，大家好好活下去——有血有肉地活下去，不是什麼上傳什麼量子電腦那麼天馬行空的小說劇情。」

艾芙莉知道，這是走錯了就會後悔一輩子的決定。

「進入這個單位就該明白孰輕孰重。大家都知道要犧牲奉獻，但最困難並不是拋棄自己性命，而是放棄關心、在乎的其他人，那才是我們必須付出的代價（注）。自私的代價太高，會賠掉幾百萬甚至幾十億人命。我們是最後的防線，已經沒人能保護黎民百姓。尤里、康納、琳恩都不可靠，此時此地只剩下我們兩個。我必須確定妳和我同一陣線。妳願意幫我結束一切嗎？妳願意完成自己的使命嗎？」

「我自有分寸。」

注：代價（price）音同「普萊斯」。

75

馬德普拉塔機場也很冷清。飛機很少，留下來的機型又舊又破。

所幸還能找到燃料。艾芙莉與沃德負責警戒四周，珮彤和戴斯蒙負責拉管子和操作幫浦。降落和加油過程裡，琳恩．蕭居然一直沒醒過來。

再次升空後，戴斯蒙暗忖為什麼有人在這種時候還能安心大睡，除非……她早就料到之後將如何發展。

☣

冰封大陸的景色驚心動魄，地面彷彿鋪滿了雪白鑽石。下降過程便能看見居住區是長條形，像一條毛毛蟲躺在白色荒漠上。跑道上也覆蓋了堅冰，但從空中很難觀察到那些微微凹陷。

戴斯蒙進入駕駛艙，指給艾芙莉看。「有沒有困難？」

「更難的也降落過。」

戴斯蒙親眼見識過，對她深具信心，問題反倒是下了飛機之後會有什麼狀況？就好像人裝在桶子裡漂向尼加拉大瀑布，眼看就要垂直滾落，之後一切未知、充滿危險卻又避無可避。

跑道旁邊的建築物形似溫室，側面有太陽能發電場，裡頭類似營房的空間提供建築團隊居住、生活，也收藏不能暴露在冰天雪地的物資設備。南極旅遊公司購置的雪地交通工具停在外面，有三輛雪地摩托車和三輛PistenBully 300型「極地雪貓」——配備履帶、能搬運大量冰塊或裝置的大型車，配件有類似推土機的鏟刀或裝載機運輸桶，其中一輛已經安裝無線遙控液壓起重器。雪貓應該採購了四輛，不在場的那輛可能在旅館工地。

飛機落地以後，冰原反射著耀眼光芒。十二月二十三日是南半球的夏至，太陽在天空中二十三點五度的天頂，之後每天朝地平線偏移，直到三月春分完全下沉，再來就要歷經半年永夜，九月才能再看見陽光。

戴斯蒙初次來到南極，就是剛與珮彤分手後。當時他住在豪華度假村，參加遠征南極點與皇帝企鵝棲息地的活動，一開始只是想散散心、沉澱情緒，結果卻深深愛上這塊土地的美麗風光，也興起了與世人分享這份感動的念頭。他希望不止富豪能來，而是任何無懼極地氣候的人都能來此地探險，這也是南極旅遊公司的創立宗旨。

飛機完全靜止後，戴斯蒙一打開門，就被刺骨凜風凍得咬牙切齒。他、艾芙莉、沃德吵了一下該如何行動，結論是先不要以無線電聯絡，直接殺進去以防萬一。之前兩個海豹隊員留下的極地裝備由他和沃德接手，珮彤的裝備則換艾芙莉穿上。她們母女留在機艙內，用毯子盡可能保持體溫。

階梯砰的一聲落在冰層上，沃德與艾芙莉尾隨戴斯蒙前進。三人的口鼻噴出白煙，腳底沙沙作響，吸入冷空氣過多的肺部一下子就隱隱作痛，腳下的碎冰聲在死寂中分外刺耳。

艾芙莉向前一竄、衝進門內，手中高舉步槍。前廳留有一排靴子與厚外套，但沒看見新雪或水漬在上頭，也找不到人影。沃德最後一個進屋，甩上門之後彎著腰，按住膝蓋喘氣不止。「繼續。」他好不容易緩過氣。

艾芙莉閃進另一扇門，戴斯蒙從後面掩護她。

另一頭傳出談笑聲，艾芙莉潛行到窄廊內，右手邊有工具間但室內空空如也，隔壁儲藏室門沒闔上，存放著防寒裝。依舊沒人。左邊公用浴室也是空的，水沒開。兩側還有寢室，也都開著門。她示意戴斯蒙按兵不動，自己提著步槍一間一間悄悄探察。其實戴斯蒙已嗅到咖啡香味，對人聲也有模糊印象，只是說不出名字。

艾芙莉又使了眼神，要他守住右側寢室。沃德跟在後頭，艾芙莉卻沒給他信號。她繼續用槍口確認各個房間，戴斯蒙在另一側有樣學樣。寢室裡只有一個蓄著花白大鬍子的中年人躺在下舖，身上是一件發熱內衣，正就著小燈閱讀平裝本書籍，模樣像不乖乖睡覺的小孩。戴斯蒙不認得他，但也很肯定對方並非尤里派來的季蒂昂傭兵，畢竟他看來真把南極當成自己家了。

那男人察覺戴斯蒙站在門口，放下書本，神情錯愕，張開嘴巴要出聲。戴斯蒙伸手指抵住自己嘴唇，要他別講話，接著招手叫沃德看住男人。

另一間寢室空著。艾芙莉帶頭走向走廊末端的視聽娛樂室，和戴斯蒙同時舉著步槍衝了進去。

裡面的人大驚失色。四個建築工人原本心思放在桌遊「戰國風雲」上，電影《白鯨傳奇：怒海之心》成了背景噪音。他們先是愣住，然後慢慢舉手投降。戴斯蒙總算認出一個人：拉爾斯．彼得森，是負責旅館的工頭。

「還有誰在這裡？」他問。

「就我們，」彼得森說英語時帶著北歐腔。「啊，雅各去躺床了。」

「我之前送來的人呢？」

彼得森蹙眉。「走啦。」

戴斯蒙一聽，有些恐慌，同時沃德又大叫：「狀況如何？」

「過來吧，」戴斯蒙說：「把那個『雅各』帶過來。」他轉頭繼續問彼得森：「什麼時候走的？」

「不確定，大概一個月之前？從無線電聽到外頭發生大瘟疫以後，就急急忙忙要回家裡去，只有那群年輕人和一位老科學家沒走。」彼得森再說：「那幾個到旅館打電動了。」他嗤之以鼻。「這兒跑不動。」

戴斯蒙轉頭對艾芙莉說：「工程師還在，只有船員走了。」

「旅館有多遠？」

「朝內陸二十哩。」

「走吧。」沃德立刻掉頭。

戴斯蒙還有話交代：「拉爾斯，我要借走一些防寒裝，還會開走一輛雪貓。」

「可以啊。」工頭起身走向儲藏室。

「還有別人來過嗎？」他跟在旁邊繼續問。

「沒有，除了企鵝就只有我們。」彼得森瞟了瞟他手上的步槍，還是有點緊張。「旅館有照進度做，下一季——」

「很好。」戴斯蒙安撫他。「我是爲別的事情過來的。」

「和那群年輕人有關吧？」

「嗯。」

工頭將雪貓鑰匙和兩套防寒裝備交給他。衣服尺寸太大，但能保暖就好。沃德反對帶上珮彤與琳恩，艾芙莉卻提醒若將兩人留在飛機上，萬一被尤里找到，她們很快就會淪爲人質。

戴斯蒙將彼得森拉到旁邊悄悄說：「你幫我一個忙。」

對方挑挑眉。

「監視跑道，你們輪班看好，再有飛機降落的話，必須立刻用無線電聯絡我們。大家也記得要躲好、門鎖緊。」

工頭皺著臉問：「有危險？」

「小心爲上。沒問題吧？」

「沒。」

戴斯蒙駕駛雪貓全速奔馳，引擎呼嘯，履帶拋出一波波雪屑，有如怪物掀起巨浪。遠處山丘的白光閃閃，周邊風景像卡通般不斷重複上演。

雪貓採封閉式車廂，出乎意料地舒適。沃德充當副駕，三位女性在後座，都留神細聽戴斯蒙描述的旅館環境。他也不確定現況，但理論上那裡呈環狀結構，入口除了大廳還有個開放式宴會區；圓環內是僞裝爲景觀倒影池的太陽能電池陣列，走道貫穿其間，客房都安排在外側，方便客人欣賞南極之美。私人套房比例較少，通鋪佔多數，因爲戴斯蒙堅持兼顧建築美感和實用性，在舒適程度的極限下容納最多的遊客。

沃德打開手套櫃翻了翻，掏出一疊文件，打開之後問：「旅館就長這樣吧？」

那是平面藍圖。工人留在手邊對照也是理所當然。

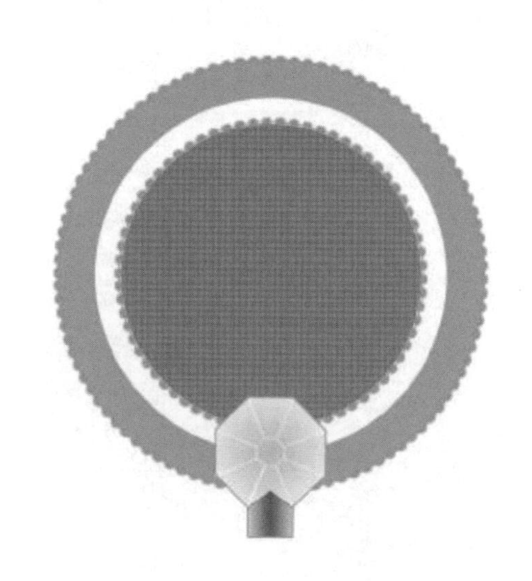

「沒錯，但上次收到報告，說圓環最裡面還在施工。『具現』團隊應該會留在宴會廳，那邊天花板上有出風口，比較暖和。」

「剛才工頭說『跑不動』，」艾芙莉問：「什麼意思？」

「那就是『具現』。工程師把具現伺服器從公司帶到這裡，類似一個小型基石陣列，足夠執行一組具現程式。但就算只跑一組，也需要大量電力，工人營房那邊的太陽能電池不夠，旅館這邊電力比較充足。我猜他們是要啓動小型基石伺服器，安裝具現。」戴斯蒙又想了想。「要是他們已經進去了，得先把人叫出來。」

「什麼意思？」艾芙莉問。

「『魔鏡』設計上，有最高存取權限的人員可以自由進出，也就是在模擬世界和肉體世界來回。這也是不得已的事，總得有人負責硬體維護。但之前沒設想過基石陣列主動關閉的情況，畢竟整個計畫的前提就是系統要能持續運行。簡而言之，直接拔線會導致他們的腦部損傷，但我有昇華的植入裝置，應該可以過去叫他們。」

車裡忽然沉默下來。沃德對艾芙莉使了個眼神，戴斯蒙一時半刻無法理解。

旅館出現在前方，坐落山丘上。珮彤、琳恩、艾芙莉忍不住探頭張望。外頭空地有另一輛雪貓，戴斯蒙停在隔壁，然後像先前一樣由他、艾芙莉和沃德先進去探察。

鋼質雙開門被戴斯蒙推開時吱嘎叫著，空蕩蕩的接待大廳瀰漫詭異的靜默。他摘下護目鏡與防寒頭罩。

地板就是冰塊，只不過雕刻了類似石灰華的紋理避免滑倒。三人小心翼翼地移動，槍托輕輕靠在肩膀上。宴會廳就在裡頭一點點，被南極旅遊員工戲稱是「巨蛋」，因爲天花板是玻璃圓頂，加上場地音效也十分出色。

宴會廳中間多了個六呎高的伺服器架，也就是勒格夫等人帶來的「具現」本體。外殼由黑曜石製成，靜靜反射自圓頂投下的日光。

旁邊有四張小床排成一列，各自躺了一位工程師，神情都很安詳，身體和伺服器之間沒有接線，透過無線訊號和植入式裝置通訊。戴斯蒙看他們的呼吸狀態，就能他們確定都在「具現裡面了。

眼角有個影子閃這。他轉身同時舉槍瞄準，結果是穿著厚雪衣、戴老花眼鏡的曼弗瑞・榮格。

他壓低槍口。「博士！」

「你好啊，戴斯蒙，好久不見。」

腳步聲跟了過來，博士背後冒出兩個二十幾歲的女子，儘管不認識，但戴斯蒙猜得到是勒格夫的女友和梅蘭妮的妹妹。那頭的走廊被一道臨時牆堵住，掛上了厚塑膠布條，大概是想預防熱空氣流失。

沃德指著大宴會廳中間的機器。「就是這個？」

「嗯。」戴斯蒙回答。

「安裝了『具現』？」

「對。」

「而且是唯一一份。」

「嗯哼。」戴斯蒙被問得有點煩，當務之急是確認這裡的狀況，所以他轉頭問博士：「他們多久之前——」

「喂！」艾芙莉大叫。

戴斯蒙一旋身，便看到沃德瞄準了艾芙莉。她擋在伺服器前面，伸出雙手阻攔。

沃德上前一步。「艾芙莉，妳讓開。」

戴斯蒙只好舉起槍口，對著他逼近。「沃德，打壞伺服器等於殺了旁邊四個人。給我五分鐘就好。」

可是沃德緊盯著艾芙莉。「不能冒險。」他遲疑幾秒。「閃開，我不想傷到妳，而且這是我們的任務。」

戴斯蒙悄悄地摸到四呎之內。他飛撲的同時，沃德扣下了扳機。

76

康納從飛機舷窗望向停在下方跑道的灣流航太噴射機。「他們搶先了一步。」

「無所謂，」尤里說：「重點是最後誰離開。」他指著筆電。「發報器顯示她在十哩外。」

「那間旅館。」

「應該是。」

康納啟動無線電，下令三架飛機都降落，開始清掃居住區內的敵人。

☣

宴會廳長寬都是一百呎，玻璃圓頂在三十呎上空，地板則是冰層，槍響迴蕩其中，極其震撼。

戴斯蒙緊接在槍聲之後，撞過去壓制沃德。沃德的頭顱往地板一敲，然後臉上又被猛捶一拳，指節穿透皮肉、嵌進骨骼，聲音聽起來就像靴底重重踩踏積雪。沃德的頭朝旁邊一擺，雖然尚未失去意識，但也差不多了。

戴斯蒙見狀覺得可以收手，回頭發現兩個女孩和榮格博士都已不見蹤影，四個工程師躺在小床上的模樣沒什麼變化。但艾芙莉已倒在地上，身體底下冒出一灘血。

「榮格！」他大叫。

博士從走廊探頭出來。

「快救她！」

博士快步過去跪在艾芙莉身旁，輕輕將她翻了面，忽然間瞪大了眼睛。

戴斯蒙太專注在艾芙莉的傷勢，完全沒察覺自己周圍的情況。

沃德悄悄近身時，戴斯蒙感覺一陣劇痛，立刻意識到那不是拳頭而是刀刃，並且已深深插入他的體內。

☣

雪貓引擎閒置，珮彤聽見那聲槍響後，下意識朝著門把伸手。

母親拉住她的手臂。「珮彤……」

「我得過去看看。」

琳恩微笑。「我懂。我是要跟妳一起過去。」她從口袋取出手槍交給女兒。「或許會用到。」

接著琳恩拿起從阿爾塔米拉帶出來的包袱。「進去以後，看我的信號行動。」

「媽……」

「妳相信我嗎，珮彤？」

她沒回答，盯著母親心想自己也說不準。

「我做的一切都是爲了保護妳，還有妳姊姊和妳哥哥。」

珮彤開了門，母女倆跳下車，跑向旅館。她手裡拿著槍，琳恩緊跟在後，手持無線電忽然傳來彼得森的聲音。

「修斯先生，有別的飛機降落了。」

77

沃德從戴斯蒙腰間拔出刀，鮮血像水龍頭一樣泉湧。他想再刺第二下，卻被戴斯蒙擒住手腕，按在冰層上。戴斯蒙另一手握拳，再朝沃德臉上招呼，可惜這回沒命中，反被對方往胯下使了一記膝蹴。

劇痛自下腹部蔓延到胸口，嘔吐感湧現，但戴斯蒙緊緊扣住沃德持刀的手不放。沃德向前使勁，將他壓制在地，刀刃往他的頸部逼近。戴斯蒙光是要阻止刀子靠過來已萬分吃力，腰際的傷口血流不止，腹部陣陣抽痛，利刃卻一吋吋逼近。

刀鋒碰到皮肉，劃出傷口，血珠迅速滲出。戴斯蒙出腳踢他，可是腿沒什麼力氣。他的手朝沃德身上擊打，一拳、兩拳、三拳，刀刃還是越鑽越深。

☣

尤里在旁邊聽著傭兵審問工頭。

「我都說了，」大鬍子回答：「只有五個人，兩男三女。」

「戴斯蒙．修斯？」

「嗯，」他點頭。「他是其中一個。」

康納將尤里拉到一旁。「派人過去收拾掉就好。」

「不行，事關緊要，我們得親自監督。」

☣

鮮血流遍頸部，也流走了戴斯蒙的力氣。大衛．沃德刺中他的腰部時就已經獲勝，戴斯蒙只是頑強奮戰、垂死掙扎。

沃德忽然向右一看，接著鮮血濺出。槍聲彷彿一秒後才傳入他耳裡。沃德的肩膀垂下，戴斯蒙鬆手以後，他往側面倒落。

☣

雪貓後座的尤里轉頭看著康納。「他就在那裡。」

康納沒講話。

「他是你最後的親人，」尤里不放過他。「活著就得做抉擇。」

78

戴斯蒙將沃德的遺體推開。幾呎外，艾芙莉的手還顫抖著，冰天雪地中的槍口冒著煙。他用手肘膝蓋爬過去，檢查艾芙莉的傷勢。她的胸腔中彈，子彈從背後穿出，失血太多了。戴斯蒙的手掌染成一片血紅，他上前捧起艾芙莉的臉。

「謝謝。」

艾芙莉閉上眼睛，呼了口氣。

戴斯蒙將臉埋過去。「對不起……」

艾芙莉的手摸了摸他的頭髮，又忽然抓緊了，將他的頭提起來，與他四目相交。「不必道歉，完成你該做的事。」

☣

珮彤跟著母親從旅館前門衝進去，穿過空無一人的大廳，來到宴會廳之後，就看見戴斯蒙摟著艾芙莉低頭凝望，兩人的對話聲音朦朦朧朧聽不清楚，但他們身旁的血泊幾乎開始發黑。

她快跑過去，輕輕拉著戴斯蒙轉過來，留意到他腰上的傷口。

「我沒事，」戴斯蒙聲音虛弱：「先急救艾芙莉。」

珮彤趕快看了看艾芙莉。子彈命中她的上胸，毫釐之差避開了肺部。旁邊一位白髮粗壯男子盯著艾芙莉，神情十分擔憂。「麻煩你按壓傷口。」珮彤吩咐以後，起身跑向入口，卻聽見琳恩說：「榮格博士，請幫忙拉開天線。嗯，那邊可以緩一下，這裡更重要。」

珮彤出了旅館，繼續跑向雪貓、拉開車門。寒風刺痛她的臉頰，但她無暇穿戴頭罩或護目鏡，趕快從副駕駛座下面找到醫藥箱。遠方傳來的引擎嗡嗡聲讓她愣住。她放下醫藥箱，從駕駛座前面拿了望遠鏡一看，發現有兩輛雪地車正在駛近。

79

珮彤提著醫藥箱，用力推開旅館大門，嘴裡忍不住悶哼出聲。

她重返圓廳，看見母親彎著腰、面向地板上已開啓的手提箱，從阿爾塔米拉帶來的包袱也打開扔在一旁。

戴斯蒙染紅、顫抖的手正拿著手機不斷點按。

珮彤走到他身邊。「這是做什麼？」

「啓動『具現』，」他朝小床上的四個工程師比了比。「得先把他們帶出來。」

「要多久？」

「不知道。」他轉頭望向艾芙莉。「先去救她，她救了我的命。拜託妳，珮彤。」

她掐掐戴斯蒙的手臂。「好。」

珮彤將艾芙莉從前胸到後背纏好繃帶，雖然這樣能夠延緩出血速度，但還是必須趕快送她到手術室——前提是方圓千里內眞有手術室這種地方，機率似乎很低。「艾芙莉，要撐住。」珮彤只能低聲爲她打氣。

琳恩對著手提箱裡的鍵盤瘋狂打字，還拿出有線聽筒對準了耳朵。珮彤覺得那看起來像是九○年代的古董電話。

「請轉接負責人，」她說完，等了一會兒。「惠麥爾小姐，我是琳恩．蕭，現在執行上傳。」

珮彤大惑不解，母親究竟聯絡了誰？

「媽——」

艾芙莉蠕動身子想拿槍。「住手。」她朝琳恩叫著，但聲音孱弱、雙手不停發抖。

琳恩看到她手中的槍。「珮彤，攔住她。」

艾芙莉握緊手槍，但琳恩的眼睛眨都不眨。「尤里．帕挈柯授權，存取密碼Alpha-Omega-Sigma-4828-47-29，請確認。」

「放下電話！」艾芙莉想坐起來又跌了下去，不過槍還在她手裡，只是手臂震得很厲害。

琳恩將話筒放到頸部，但電話還夾在耳邊。「普萊斯小姐，妳還想見妳父親嗎？」

艾芙莉眨了眨眼。

珮彤起身。「媽，妳到底在做什麼？」

琳恩蹲坐到地上，面部距離艾芙莉的槍口只有幾吋距離。「這是唯一的機會。妳父親正在『基石』裡等著，重度阿茲海默症患者是上傳的第一批次。」她注視艾芙莉。「妳當初進入輝騰，求的不就是這個？至少妳在面試時是這麼告訴我們的。妳說妳想治好父親以及和他一樣的病患，這是眞心話，還是掩護用的假話？通常眞實經驗才是最好的掩護，對吧？例如和目標談戀愛……」琳恩的目光掃向戴斯蒙，他已經躺下不動。「結果眞的愛上他。」

珮彤不由自主地後退一步，深深覺得母親原來是個怪物，連這一刻仍在用她無法理解的手段操弄人心。

「妳父親，」琳恩繼續說：「和好幾百萬人還在等待。現在停止上傳，他們就眞的死了，再也回不來。妳的使命不是保護他們嗎？」

轟隆聲迴蕩整個旅館。

80

這個「具現」和戴斯蒙以為的不一樣。開發階段測試的版本都是模擬眞實世界，畢竟最初設定的「具現」就是要與眞實世界難以區別。對於進入「魔鏡」的人而言，具現就是現實。

但眼前所見可不是眞實世界會有的景象——即便他知道自己到了什麼地方。放眼所及，四處風景如畫，屋子是蓋在土裡的地洞。這個聚落叫作「哈比屯」，而屋子叫作「袋底洞」，都出自奇幻經典文學《魔戒》，是故事角色比爾博．巴金斯和佛羅多的家。

世界即將滅亡之際，具現工程團隊選擇在這種地方度過餘生。戴斯蒙早就覺得這群人都很「宅」，現在眞的該頒發證書。

他推開圓木門，蹲低身子，鑽了進去。

比爾博抽著菸斗，正在講故事給勒格夫、朗佛德、凱文、梅蘭妮聽，四個人圍坐圓桌邊。

朗佛德攤開手。「夠了，是誰把戴斯蒙寫進程式？」他瞪著另外三人。「太沒代入感了。」

「我是本尊，人到了南極，跟你們本人只隔了三呎。」

四人互相望望。凱文爆笑出聲。「天哪，到底誰搞的？算了，無所謂，我比較好奇這要怎麼弄出來，是在伺服器上裝鏡頭？還是趁我們離線偷偷寫進去？快告訴我——」

「閉嘴，凱文，我說我親自到了南極——」話說到一半，戴斯蒙察覺門外又冒出人影，也朝袋底洞走了過來。怎麼會？

新房客進了屋子，和戴斯蒙同樣錯愕，然後看了看桌邊的四個工程師。

「呃，這又是哪位？」勒格夫問：「誰家的爺爺？」

戴斯蒙問：「你怎麼會在這裡？」

「我也不知道。」

「那你最後一段記憶是？」

「我和你在季蒂昂島行政樓裡，你們從伺服器倉庫出去了，我幫忙爭取時間，最後被抓到。尤里把我帶到一個房間掃描。珮彤呢？」

「和我在一起。」戴斯蒙的腦袋轉了又轉。「人在南極洲，平安無恙。」

威廉點頭。「那就好。我被掃描之後怎麼了？」

「你死了。」

「也就是說——」

「你到了『魔鏡』裡。」戴斯蒙回答：「看來主基石陣列不知爲何與這個位在南極的具現伺服器連線了。『魔鏡』已完整啓動。」

81

珮彤轉頭望向轟隆聲來源，接著目睹旅館大門被整個轟開，穿著白色迷彩雪衣的士兵紛紛竄入大廳，朝眾人所在處湧了過來，散開後再堵住三個出入口，架著步槍待命，雷射瞄準器的綠色光點在她、艾芙莉、琳恩和戴斯蒙身上游移不停。算了算至少有二十人，敵我懸殊。

艾芙莉將槍口對準最靠近她的一個。

珮彤伸手扣住她手腕。「別反抗了，對方人數太多。」

琳恩舉起雙手，聲音在圓廳內迴蕩。「不必警戒，我們是同一陣線。」

一個士兵啓動對講機：「裡面安全了。」

大廳那頭又傳來腳步聲，兩個身影走過來，氣質接近得簡直像是一對倒影。尤里・帕挈柯和康納・麥克廉舉手投足皆冷酷剛硬，臉上絲毫找不到情緒。兩人靜靜地將現場狀況看進眼裡。

上次見到康納・麥克廉是在健太郎丸號上，他才剛殺害了喬納斯與疫情調查班學員，而且珮彤並不知道戴斯蒙與這個人是親兄弟。如今再看到康納臉上的燒疤，似乎稍稍能夠體會他生命歷程的艱辛，但仍無法因此改變對他的想法——這個人就是禽獸。

還有尤里。父親被他殺死，兄長被他囚禁，一家人因他受了太多苦難。

珮彤察覺艾芙莉又在掙扎。她想舉起槍瞄準尤里，模樣彷彿殭屍對人類的復仇。珮彤還是阻止了她，除了寡不敵眾，再者若演變爲槍戰，恐怕流彈會損及伺服器，也會賠上戴斯蒙的性命。

艾芙莉抬頭瞪她，眼裡滿是怒火。

等等，珮彤用唇語示意。

「我完成承諾了。」琳恩開口說。

尤里從雪衣掏出手機，放在耳邊。「啓動了嗎？」

「什麼承諾？」珮彤問。

母親不回答。

「是妳帶他們過來的，對不對？」

不說話就是默認。珮彤追問：「交換什麼？他究竟答應妳什麼？」

她依舊得不到回應。琳恩的視線專注在尤里臉上，他露出冰冷自信的笑容。

「我履行承諾，」琳恩又說：「『具現』是你的，『魔鏡』也完成了，輪到你按協議進行。」

「好。」尤里將話筒放到嘴邊。「惠麥爾小姐，看來蕭博士已棄暗投明，可以重啓她的季蒂昂成員權限。」

琳恩呼出一口氣，這才轉頭望向女兒。「這都是爲了妳。」

「不……」

「只有這樣做才能離開山洞，保住妳的命。」

「是妳放走他的？」

「沒有別的辦法。」

康納走到戴斯蒙身旁。「他進去了？」

「對。」琳恩說：「很可能已經察覺『具現』不止連接了這邊的簡易伺服器，也已與主基石陣列建立連線，總之會知道『魔鏡』啓動。」她的聲音變得溫和。「然後他會改變，會明白事情只能到此爲止，你們之間的矛盾告一段落，兄弟吵架也是一時難免。」

康納點點頭，眼睛始終沒離開戴斯蒙。

尤里對身旁一個傭兵使了個眼色。「上校，去關掉機器。」

「不行！」珮彤大叫：「你會害死他們！」

季蒂昂軍官走向伺服器，康納卻伸手阻攔。「停。」

對方遲疑了，回頭看看尤里。尤里說：「上校，我下了命令。」

「提醒你，」康納十分鎮定。「我才是季蒂昂安全會議的總長。」

上校點點頭後退。

尤里將手機放進雪衣裡，手再探出時卻多了一把槍。

「他有槍！」珮彤驚叫。

康納轉身望過去。「我有事和他說。」

「我們之前討論過了，康納，按照計畫進行。」

琳恩的音量就只有康納能聽見：「現在的戴斯蒙會明白自己錯在哪兒。要是你們連最後一面都沒見到，你會抱憾終生。」

尤里舉起手槍。

康納朝他走過去。

但老人的槍口指向戴斯蒙，扣下了扳機。

82

子彈擊碎玻璃圓頂，碎片如細雨灑落，冷風倏地襲來，好似巨大冰櫃的門扉敞開。尤里扣扳機前一刻，被康納扣住了手，使槍口偏移，沒能打中他哥哥。戴斯蒙逃過一劫——雖然只是暫時。

珮彤忍不住也要拔槍，卻被母親制止：「別動。」

康納箝制尤里的雙手，凝視他的眼睛說：「尤里，拜託。」

季蒂昂傭兵部隊面面相覷，不敢貿然行事。

琳恩緩步靠近尤里與康納，戴斯蒙同時睜開了雙眼。

「戴——」珮彤低聲叫喚。

他想起身卻又倒回小床上，和每次恢復記憶以後同樣暈頭轉向。戴斯蒙微微抬頭，看見珮彤還蹲在艾芙莉身邊，康納與尤里在一旁拉扯著，琳恩則小心翼翼在兩人周圍移動。他看見士兵包圍眾人，所以張大了眼睛，這回終於用力撐起上半身，兩腿再度甩到床邊。

戴斯蒙開口，聲音沙啞：「康納……」

弟弟一聽便轉頭，尤里持槍的手則趁機掙脫，再度瞄準戴斯蒙。

而康納這次並沒有快到能夠挪開槍口。

他只好自己以身相擋。

下一秒，戴斯蒙的淒厲哀嚎穿透珮彤的心魂。那聲音不像人類，混雜了憤怒、驚懼、痛苦，

而他的神情……叫人看了跟著絕望不已。

83

子彈貫穿了康納的身體，再擊裂另一片玻璃。宴會廳變得越來越寒冷，碎片灑落地面時，發出風鈴般的清脆聲響。一道血跡濺在具現伺服器上，那是康納的血。然而他的雙手仍扣住尤里不放，不顧自己的背部噴血不已，繼續與尤里纏鬥。

珮彤站了起來，但又立刻停住。一個季蒂昂傭兵舉槍搖頭，示意她別輕舉妄動。

戴斯蒙蹣跚地走向前，看著弟弟用上最後一分力氣，將尤里推倒在地。

琳恩搶先一步，行雲流水地自雪衣掏出手槍，近距離射擊。

尤里癱軟在地。康納轉頭，一臉震驚地看著琳恩。

戴斯蒙隨即過去將弟弟從尤里身上拉進自己懷中。

珮彤看清楚了：子彈穿過康納的脖子、截斷他的頸動脈，導致血流如注。他剩下的時間不多了。

戴斯蒙一定也明白，只是坐在地上摟抱著康納，聲淚俱下：「對不起，康納，對不起……」

康納說了一句話，珮彤沒聽見。後來只見他肩膀一垮，手掌垂到了冰塊上。戴斯蒙低下頭，雙目緊閉。

「戴斯蒙……」琳恩叫喚。

他抬起頭，滿臉淚痕。

「快點完成。」

他的神情困惑。

琳恩指著打開的手提箱，方才她就是用這機器上傳「具現」。「終端已經得到最高存取權限。」

戴斯蒙似乎領悟了什麼事，點頭之後輕輕將弟弟放在地上，走向手提箱。

宴會廳內所有傭兵都舉起步槍，雷射準心全落在他身上。

戴斯蒙停下動作、高舉雙手。冷風從玻璃圓頂的破洞呼呼灌入，他望著周圍那群士兵，嘴裡呵出陣陣白煙。

四個具現工程師漸漸醒來，坐起了身，士兵的槍口又對了過去。

「放下武器。」琳恩高聲說：「各位請注意，戴斯蒙和我，已是季蒂昂最後的兩個幹部。你們應該也聽見了，尤里死前已經恢復我的職權。」

傭兵顯得不知所措，又不敢放鬆戒備，大部分人的目光飄向上校。

琳恩也直接朝他喊話：「上校，考慮清楚，現在只有這條路。」

對方終於妥協：「放下武器。」

士兵別過槍口以後，戴斯蒙跑向手提箱。既然這臺機器方才上傳資料、建立場景，自然代表具有「具現」的完整存取權。他打開檔案清單一看，隨即震驚不已，裡面已有兩百多萬條人命正活在自己創作的虛擬實境世界裡。

季蒂昂成員的「昇華」備份資料儲存在限制存取區塊裡，只有戴斯蒙知道密碼。進去以後，他看了看紀錄文檔，得知最後一次備份建立於十小時前，其中包括尤里和康納。

戴斯蒙點了尤里的名字，調閱他留下的所有備份檔案。確認他從相關技術存在開始，留下了將近十年份之多。戴斯蒙全選之後，按下刪除，輸入兩次密碼確認才能執行。隨著最後一次enter鍵，尤里便徹底自宇宙消失。現實世界的尤里死於琳恩之手，殺夫虐子之仇有了個了斷。戴斯蒙則保證尤里不會復活在魔鏡世界中，他爲了這臺機器草菅人命，沒有資格再經由這臺機器復活。

完成之後，他朝琳恩點點頭。琳恩從尤里口袋拿出衛星手機撥號。「惠麥爾小姐，我是琳恩．蕭，這裡出了意外，尤里與康納亡故，我和戴斯蒙是僅存的季蒂昂成員。」接著沉默片刻。「嗯，好，」琳恩將手機遞給上校，上校聽了一會兒說：「瞭解，授權代碼JADIRVX39382。」他再聽了聽以後，將電話交還琳恩。

「惠麥爾小姐，」琳恩說：「請給我現況報告。」聽完以後，她繼續說：「很好。首先請妳確保魔鏡持續運行，再來請暫緩所有轉移計畫，包括執行中的、鎖定政府官員與高威脅目標的程序。」

戴斯蒙肋骨下的刀傷忽然疼了起來，但現在有更重要的事得完成。他走到珮彤與艾芙莉身旁，艾芙莉的氣息已經很淺，地上那灘血太大片了。

珮彤望著他。「她得動手術和輸血，不能等了。工人宿舍那邊——」

「有更好的地點。」戴斯蒙轉頭對上校說：「將她搬上飛機，送到麥克默多研究站。」

85

戴斯蒙被施行胸部手術後，傷口還是很不舒服。如今麻醉已褪，繃帶底下發癢難耐。

他和珮彤坐在麥克默多綜合醫院等候室。這是南極洲能找到最大的醫療機構，隸屬美國經營的麥克默多研究站。站內居住了將近八百人，研究團隊一直處於極地威脅之下，因此醫療人員對各種外傷都很有心得，戴斯蒙十分相信他們的能力。

問題在於，艾芙莉過來的時間會不會太遲。外科醫生看見她的時候表情凝重，被戴斯蒙問起是否救得成也不敢直接回答。

珮彤起身。「要咖啡嗎？」

「嗯，謝謝。」

「還是黑咖啡？」

「對。」

「鑽油工地就這麼難找到奶精和糖？」

他笑了笑，情緒稍微放鬆一點。「的確。」

珮彤拿著咖啡回來以後，兩個人靜靜坐著啜飲。他的思緒轉來轉去，後來是珮彤先開口：「可惜沒能救到你弟弟。」

戴斯蒙轉頭過去，但珮彤沒看他。「嗯，我很懊惱讓他做了那些事。康納……心理很複雜，有好多方面還沒長大，而且……可能也沒辦法長大，無法理解正常的情感。」

「直到遇見你。」珮彤淡淡地說。

「可惜太晚了，他在這世界受了太多苦。但現在，康納去了好地方。」

珮彤終於望過來。「魔鏡？」

戴斯蒙點點頭。

「結果我媽為了完成魔鏡，欺騙了我們。」

「那是為了保護我們，她沒有別的選項。她說過：魔鏡是必經之路，能夠改變的只有誰來控制。」

「現在變成她掌控魔鏡。」

「是我們一起掌控。」戴斯蒙說。

「這又代表什麼呢？尤其對世界上其他人而言？」

「意思就是世界即將改變，但是由我們決定何時改變、如何改變。主導權不在尤里、康納或者官僚與政客手中。」

珮彤喝了口咖啡。

「對了，珮彤，我在魔鏡裡見到妳父親，他已經進去了。」

珮彤瞇起眼睛。「怎麼會？」

「他在死亡之前被尤里掃描過。」

她揉揉太陽穴。「看來我要好一陣子才能習慣這些事。」

戴斯蒙過去伸手摟著她，她也靠上戴斯蒙胸口，頭頂著他下巴。

「別擔心，妳爸爸有無窮無盡的時間了。」戴斯蒙低聲說。

他等這一刻等了很久，心裡難得如此踏實。「但我們不能一直耗下去。」

珮彤沒動，卻呼吸加速：「戴，我知道……你很在乎她。」

這個她是誰不言可喻，幾呎外的手術室大門，就像她的代言人。

「我是愛過她。她在我需要的時候出現，我也在她需要的時候出現。在我心裡，她會永遠有個特殊的位置。可是，我對她的愛和對妳的愛不一樣。」

珮彤的胸口劇烈起伏。她挺直身體，凝視戴斯蒙。

「我還是一樣愛妳。」他壓抑不了聲音中的情感，而且也不再壓抑。「我原本就是爲了妳才想製造魔鏡。我想進去『修好』自己，做出不同的選擇。我希望能重頭來過。」

珮彤捧著他的臉。「我之前就告訴過你——你根本沒『壞』。我們沒有機器也能重來，需要的只有彼此而已。」

尾聲

二十個中學生在網球場上來回跑動，有的已經喘不過氣，每個人都汗流浹背。艾芙莉看看手錶，吹了哨子，集合學生之後宣布：「記住下星期有錦標賽，大家要保持最佳狀態！」學生揮手說再見，一邊嬉鬧一邊走向公車站。

網球場位於華盛頓高地社區，明明設在首都，卻以低收入家庭學生爲主。艾芙莉就是爲此而來，每次下課以後還特地留在自己轎車內觀察，確定學生都平安地搭上了公車。

她回到阿靈頓市的公寓，淋浴後躺倒在沙發上，頭髮還包著毛巾，胸前的傷口依舊泛紅，凹凹凸凸的很難看。醫生擔心她穿泳裝會不自在，但艾芙莉覺得無所謂，這傷口背後的故事太精彩。

她躺下以後，啓動手機上的具現遊戲程式，輸入專屬密碼。

公寓在她眼前瞬間消失，場景轉爲兒時父母住處。中午的光線明亮，陽光自大片雙懸窗射入。農家周邊圍著一英畝廣闊草地，更外面則是延伸到視野盡頭的大豆田，作物隨著父親駕駛的收割機經過，正一條一條慢慢消失。

收割機到了屋子前面停下，車門開啓，父親悠閒地漫步回家。

艾芙莉出了房間下樓，空氣中瀰漫著烤雞與燉馬鈴薯的香味。她父親喜歡田園風味，母親也就常做這幾道菜。看見女兒進廚房，母親露出微笑。

「寶貝，妳剛才又睡回籠覺啊？」

「沒啊，看了點書。」

「多休息吧，明天就要回去嗎？」

艾芙莉倒了三杯茶，放在小餐桌上。「可以星期二早上走，那天下午才有課。」

母親端了馬鈴薯過來。「太好了。」

前門打開，她父親摘下義消紀念帽。「什麼東西太好啦？」

「艾芙莉說可以留到星期二。」

「我看我跟妳一起去上課好了。」他坐下來說：「那鬼機器大概要資工博士才會開。」

「哪有那麼難。」艾芙莉說。

「小妞，妳試試看一下子從騎馬跳到開太空船看看。」

艾芙莉笑著說：「爸，你太誇張了。」

「哎呀，大概我的腦袋沒其他人那麼靈光。」

「你的腦子好得很。」母親牽起兩人的手，一家三口做了餐前禱告。

「我這老骨頭跟不上時代囉。」

艾芙莉咬了一口雞肉，味道很棒。「爸，你別緊張，接下來日子會很好過的。」

陸軍少校護送戴斯蒙穿過走廊，來到五角大廈的講堂，與會者有高階將領、內閣首長及情報官員，最前排則是副總統、白宮發言人和臨時議院院長。

總統與國防部長在講臺上等候。戴斯蒙進去之後，總統才走向麥克風前。

「各位來賓，相信不必我多做介紹，大家都讀了普萊斯探員的報告以及盧比孔的檔案。過去幾天，我和修斯先生會談了多次，各位先聽聽他怎麼說。理所當然的，你們一定會有很多顧慮和質疑，但聽完之後請保持心胸開放、好好討論，不要有太多成見。我們今天是要商量雙方如何合作，合作是我們唯一的選項。」

總統將麥克風讓給戴斯蒙，他清了清喉嚨，朝臺下看去，一張張臉上寫滿了猜忌，也有不少人掩藏不了好奇。

「人類有史以來，始終受制於自然環境：颶風，洪水，饑荒，乾旱，疾病。過去幾十年，我們更受到另一種威脅，那就是人類自身遭橫的戰爭、核武、汙染等等。接下來的時代裡，這些問題只會越來越嚴重。這個地方，」戴斯蒙揮手指著整個五角大廈。「一開始只將目標放在傳統概念的『敵人』身上，也就是敵對的國家及其軍隊，未曾想像到貧困鄉村裡，也可能會有年輕人製造生化武器、帶上飛機，或者思想偏激的博士班學生，會做核彈放在手提箱，拎著去乘船。這些還只是我個人想像力局限下能給出的舉例。」

他取出一疊資料。「我們這邊的工程團隊提出了更多可行攻擊計畫，像是能控制天候的無人機，有如數位蝗蟲般癱瘓世界的電腦病毒，甚至是挖掘深度足以引起板塊活動，導致地震與海嘯的機器。」戴斯蒙蹙著眉頭繼續說：「接下來的發想稍微天馬行空一點：『降低人類智力的病毒』——除非先透過飲用水讓疫苗進入體內。『改變行爲的基因操作』——保存正常智力但會服從未受改造的群體。」

聽眾忍不住竊竊私語起來，有些人則瘋狂筆記著。

「其他一些想法，你們大概也聽過。機器人的價格大約等於普通人一週工資，以太陽能發電、二十四小時不間斷工作、幾十年不必替換甚至不必維修保養；也就是說，世界上九成體力勞動者將會失業。如果你們禁止這種技術發展，沒禁止的國家就會成爲地球的製造業中樞。即使與這些國家斷絕貿易往來，與他們維持貿易關係的國家，依舊享有巨大的經濟優勢。

「再來是能夠完成世界上半數工作的人工智能。技術支援、數據輸入、簡單的醫療診斷、遺囑與不動產之類的法律程序，或者會計事務都能包括在內。雖然人類創造了社會，但社會卻不再需要人類的肉體，甚至心智。我們面對的就是這樣一個新時代，轉型過程充滿動蕩和阻礙。」

戴斯蒙拿起講臺上的瓶裝水喝了一口，故意製造空檔，讓聽眾沉澱思緒。「我們想提供的僅是一種趨吉避凶之道，無論天然或人爲的災害，都能夠做出因應。透過設定情節，對未來做出預測，並且分析大腦活動，找出意圖傷害他人者，即時制止。更進一步的話，我們提供全新的生命型態，而那已經是存在於你、我、每個人體內的潛能。

「今天，我來到這裡，目的是與各位和解。季蒂昂不是你們的敵人，而是你們的夥伴，希望彼此能夠合作。然而我也必須事前提醒：季蒂昂追求和平善良的世界，縱使你們再不願意，我們也會堅持到最後。」

戴斯蒙再讓大家冷靜一下。「各位有什麼問題，請說。」

一個將軍低吼：「這是要我們投降嗎？」

「不是。對敵人才需要投降。」

將軍翻個白眼。「那換個說法——你想控制所有人，控制整個世界？」

「不想。相信我，我對那種事毫無興趣。我們的要求很單純，只希望人類停止自相殘殺。」

☣

戴斯蒙在會議後回到自己辦公室，坐倒在零重力座椅上，啓動具現程式。

視覺成像之後，他身處於童年故居的客廳，牆壁完好沒有燒焦。在這個具現場景裡，聖灰星期三森林大火根本沒有發生。

有人自裡面的房間探出頭，笑問：「你去哪裡啊？」

「開會。」戴斯蒙咕噥。

他起身與弟弟大大擁抱。康納的嘴角幾乎上揚到耳朵邊，他的臉頰光滑、鬍子剃得很乾淨，找不到一絲傷疤。

「和誰開會？」

「將軍和官員那些。」

「乾脆留在這兒不就好了。」

「我有認眞考慮過。」

「孩子們！」在另一個房間做手工的母親叫喚：「去幫一下你們老爸！」

兄弟倆出去時，父親正好下了馬，把轠繩交給康納，道謝過後走進屋內。三人一起餵飼料、清穀倉。

「我的記憶只停在布宜諾斯艾利斯，後來發生了什麼事？」

「你救了我的命。」

「怎麼會？」

戴斯蒙拄著掃帚。「尤里想殺我。」

康納停下動作，等哥哥說完。

「你不同意，然後救了我。」

「所以我怎麼了？」

「尤里開了槍，要打的本來是我。我們來不及救你。」戴斯蒙的眼角泛淚。「對不起，眞的沒辦法……」

「這樣很好啊。」

「嗯？」

「你活下來就好。你在那邊的狀態本來也比我好得多。我被你找到之前，根本是行屍走肉，可能撐不了幾年也會死掉。」

「在這裡呢？」

康納望向哥哥。「這裡和我想的一樣。我終於回家了，回到屬於我的地方。」

☣

華盛頓另一頭，珮彤・蕭也站在講臺上，地點在美國國家衛生研究院，底下聽眾的神情友善得多。

「傳染病、或者說醫學，整體在歷史上一直以做出回應為主。有人生病，醫生才治療，病原進入幾百人幾千人的身體，我們才得以發現和研究。」

珮彤按下滑鼠，切換投影片。「現在，我們終於可以扭轉這個過程。有史以來第一次，人類能在病原侵入宿主時就立刻察覺。更重要的是，我們終於能透過無線傳輸，蒐集有關病原體的資料，模擬病毒或細菌如何影響人體，並透過虛擬實境測試治療手段的效果；成功之後也無需採侵入式處置，就能夠進行遠端治療。」

臺下大部分人一臉震驚，少數幾個知道X1眞相的人則點頭稱是。

「方才我所描述的景況並非還在開發中、需要大量資金與漫長等待、無法解決眼前問題、會遭遇重重實務阻礙的未來科技，而是已經存在於你我身體裡的裝置。」

下一張投影片是昇華奈米機器。「醫學即將徹底改變，人類可以治療所有疾病，在病原進駐人體前加以根除。我畢生致力對抗傳染病、教授相關的技術知識，現在終於找到一勞永逸的工具。今天，我就來和各位分享這項突破。」

世界逐漸回歸正軌，X1瘟疫及隨之而來的離奇猝死也鮮少再被提起。學界稱其爲「X1症候群」，正式名稱則叫作「突發急性腦病變症候群」，縮寫爲SACS。

華盛頓特區房市也開始回溫，代表供給不足，價格水漲船高。戴斯蒙到了卡洛拉馬區物色房子，找到一間需要稍作修繕，不過後院很大的地方。珮彤覺得很完美，兩人當天就買下了它。

戴斯蒙回去的時候，珮彤已經在家，廚房中島上擺了一杯酒。

「情況如何？」她問。

「沒想到有一天，我會慶幸自己被世界上脾氣最差、最會強詞奪理的人養大。」

「全都和歐威爾·修斯一個樣？」

「差不多。」戴斯蒙也替自己斟杯酒。「什麼時候跟大家碰頭？」

珮彤勾起嘴角。「等一下。」

「等一下是等多久？」

「反正還有時間。」

她拉起戴斯蒙的手，兩人一邊接吻一邊倒退過去踢開臥室房門，就像在史丹佛宿舍的那一夜。

兩個人滿身是汗地躺在床上，一起盯著天花板的吊扇旋轉。珮彤的手機響起，跳出行事曆提醒。

家族晚餐。

「時間到囉，準備好了沒？」

戴斯蒙從床頭桌拿起自己的手機，開啓具現軟體。「好了。」

☣

場景轉到倫敦，因爲珮彤全家人一開始住在那裡。雖然有很多難過的回憶，但也有落葉歸根的感受。

街上很熱鬧，與X1之前的世界沒兩樣——應該說根本一樣，在這個版本的具現裡，疫情從未爆發，還有其他許許多多小更動也是。

戴斯蒙開了大門，兩人搭電梯找到她童年記憶裡的公寓。這裡毫無變化，季蒂昂內亂、他們連夜逃走、父親差點兒喪命這些事，都沒留下一絲痕跡。

琳恩應門，給了兩人大大擁抱。安德魯和夏綠蒂先到了，麥迪遜和姊夫也在場。珮彤對這個具現情境很滿意。哥哥並沒有改變身體狀況，左臂仍是義肢，與現實世界相同。

廚房的彈簧門打開，父親從裡面倒退著走出來，裹著手套端出一鍋約克郡布丁。

放下點心以後，他過來擁抱女兒，手套都沒摘，就在她背上一直猛拍。

「爸，能再見面眞是太好了。」一滴淚珠滑落她的臉頰。

琳恩．蕭睜開眼睛，理查．費古森坐在角落。「還愉快嗎？」

她點點頭。「等他們離開魔鏡時說一聲。」

「好。」費古森起身，走到門口又停下腳步。「妳確定要這麼做？」

其實琳恩沒那麼肯定，「兔子洞」是她畢生的心血，然而粒子加速實驗的結果難以預料。目前僅能肯定人類演化受到某種量子作用影響，證據就是藏在DNA裡幾千幾萬年，等著被發現的痕跡。那稱作「隱日」的量子作用力，像燈塔一樣吸引所有高智慧物種靠近，關係好比重力和質量。

但爲什麼呢？意義何在？

組織裡有些人認爲不需要理由，隱日確實就像重力之類，只因宇宙規律而存在，背後沒什麼崇高理由。

可是她不認同。她覺得眼前這一步將是有史以來最偉大的發現。琳恩相信自己父親提出的理論：人類基因組的密碼是刻意爲之的線索，同樣的痕跡存在於宇宙所有智能物種體內。密碼以數學和量子物理的語言書寫，只要智能水準夠高，就能讀得懂。

不過追根究柢，問題在於啓動「兔子洞」之後，會發生什麼事？機器製造匹配人類基因組的次原子粒子，然後呢？琳恩認為在無數宇宙無數星球上，有無數科學家和探險家都邁出了這一步。歷史不斷循環，這回輪到了地球。她相信「兔子洞」將連接到全宇宙所有「魔鏡」，以及所有之前與之後完成「魔鏡」的生物；人類前進的方向就是走入「魔鏡」、穿越「兔子洞」，抵達存在的下個階段。對她而言，這是自然而然、注定會發生的步驟。

但包含費古森在內的其他團隊成員都沒這麼樂觀，反而擔心「兔子洞」產生的粒子會擾亂「魔鏡」的作用，就像磁鐵掃過硬碟。也有人想像了更戲劇化的事件，譬如毀滅地球的大爆炸。這群人擔心基因組裡的痕跡類似木馬病毒，是故意要留給智能種族發現的。他們的理論確實也可以解釋為何始終沒發現其他高等文明。

但琳恩覺得自己必須得到答案。也因此她希望進行實驗期間，至少自己關心的人不要留在「魔鏡」內。

「確定。」她回答費古森，然後坐在原位等待。

幾分鐘以後，費古森回來。「都離開了。」

兩人走進控制室，此處外觀神似NASA的任務控制中心。琳恩點了點頭，費古森上前一步。

「各位，上工了。」他轉頭望向琳恩。「去看看另一邊究竟有什麼吧。」

她注視螢幕上各種數據，周圍瀰漫起微弱的嗡嗡聲。明明是人類史上最尖端的實驗，卻沒有媒體和社群圍觀注目。

「撞擊確認，」一位量子物理學家報告：「穩定了。開始產生始源粒子。」

琳恩朝費古森點點頭，走出房間到自己辦公室躺椅上，啓動了具現，跳出密碼視窗時，她稍微遲疑一下。來到人類歷史關鍵時刻，但身邊沒有見證者——無所謂，甚至再合適不過，牛頓與阿里斯塔克斯也是一個人默默成就了科學突破。尼爾．阿姆斯壯登陸月球與此相比，簡直只是撐桿跳——人類早就知道月球存在，只是不確定太空人能否平安抵達。琳恩則是踏入未知的領域，在彼岸等待的那股力量是善是惡，或者有別的性質，完全沒人能想像。

她輸入密碼，辦公室消失。

此刻她站在牛津大學教室裡，學生們正收拾書本、離開講堂。

對琳恩而言，這是很合理的象徵符號與線索：現在的自己也是學生，正透過具現學習。

她緩步走進卡特街，從拉德克利夫廣場到大門，對售票處亮證件以後，一路穿過方庭和前廊，進入神學院。裡頭空蕩蕩的，這倒是出乎琳恩意料。也許自己眞的猜錯了，還錯得很厲害。

上二樓時，她的思緒紊亂。要是兔子洞——還有兔子本身——只是獵犬繞著跑道追逐的塡充玩具？要是宇宙之所以存在，只爲了讓人類精疲力竭，一旦發現兔子、追進兔子洞反而會招致毀滅？那等待自己的究竟是什麼？

圖書館和上次造訪時並無二致，依舊有一排排深色木架，堆滿了書本，兩層樓高的窗戶透進牛津特有的朦朧光線。琳恩聽見一陣咔噠聲，像挽馬走過街道。

接著，她在一座書架前找到瘦削的光頭男子，他戴著細框眼鏡，正從推車取了好幾本書歸位。

男子站起來以後察覺琳恩。「需要幫忙嗎？」

「我……不確定。」

對方露出誠懇笑容。「有什麼目標嗎？」

琳恩決定孤注一擲。「我想知道下一步。」

男子的笑容褪去，前額浮現皺紋。「什麼意思？」

「我和同胞在尋找循環中的下個階段，能幫忙我們嗎？你們已經前進了？」

對方緩緩放下書本。「當然，」他的微笑讓琳恩回想起舅舅總是仁慈而優雅的模樣，即便身處於水深火熱的香港亦然。「我們也關注你們很久了。」

「多久？」

他搖頭。「時間在這裡沒有意義。」

「我想也是。」

琳恩心裡有好多問題，打算先從南極洲事件切入。

「我有些事情想請教。」

男子斜著頭，示意她繼續說。

「原本擔心我們的『魔鏡』會被另一個人控制。」

「叫作『尤里』那位。」

「沒錯。是你們……阻止他的？干預了事件結果？」

對方的笑容帶著同情，不過卻搖搖頭。「我們沒有權力干涉。雖然知道妳爲什麼製作『兔子洞』、希望來這裡求助，但我們能做的僅止於旁觀或提供建議。我們曾經得到引導，現在也會引導你們，可是旅途和現在的成果都屬於你們自己，也必須由你們親手成就。」

「不過我們的提升並不完整，還有很多人沒進來。完成的比例很低，少部分人則在兩邊來來回回。」

「這很正常。」

「如何處理是好？」

「照現在的節奏進行，循序漸進就可以。等時機成熟，你們自然知道該怎麼辦。」

琳恩思索了一下這番話。

男子舉起一根手指。「我給個建議？」

「請說。」

「根據過去經驗，我們發現往來魔鏡兩端的人，很容易模糊界線，不確定自己身在何處。」

琳恩還沒考量到這點，聽起來是個問題。「怎麼處理呢？」

「做些良性的更動。」

「譬如？」

「一般來說，地名是最好的選項。」

琳恩又想了想。「可以舉例嗎？」

「例如，世界最高峰。」

「嗯，所以到了『魔鏡』另一邊，就用不同的名字？」

「對。如此一來只要找人詢問世界最高峰，就能立刻判斷自己在哪一邊。」男子望向天花板沉吟片刻。「妳原本的『魔鏡』裡，最高峰以首次攻頂的人爲名，在這邊就可以用比較隱晦、不至於誤解的詞。比方說……可能就以確定地名之前那個年代的官員命名。」他停頓一下，繼續說：「嗯，就這樣吧。你們可以用確認頂峰高度之前，那一任英屬印度測量局長之名來命名，比較容易解釋。」

男子等著琳恩回應，但她開口說：「你把我弄糊塗了。」

「在這個『魔鏡』裡，就稱之爲埃佛勒斯峰（聖母峰）吧（注）。」

（大滅絕檔案　全書完）

注：地球最高峰在英語世界稱為埃佛勒斯峰，用以紀念英國測量局長喬治・埃佛勒斯爵士（中文則另有『珠穆朗瑪峰』等常見名稱）。可證明紀錄中，首次登上聖母峰者為艾德蒙・希拉里和其雪巴人嚮導丹增・諾蓋。

後記

謝謝大家讀完這本書。

它是我目前寫過最長的書，難度也始料未及。「大滅絕檔案」系列的前置研究，比起之前「亞特蘭提斯進化」系列規模更大、內容也更複雜，偏偏還撞上我私生活最繁忙的一段日子。數年之前，我就開始準備這套書的前置作業，蒐集資料、寫草稿，編輯過程裡又與安娜從佛羅里達州搬回北卡羅萊納，生了第一個女兒，也處理了新屋事宜。我上回好好睡個一整晚，不知是多久以前的事了，但我樂在其中。半夜兩點起來換尿布、餵奶，然後修稿、開紙箱、看房子設計圖都是伴隨這本書的生活日常。各種甜蜜的負荷是我寫作的原動力（但讓我保持清醒的還是咖啡）。

很多讀者反應，希望我出書快一點，而我在回應大家期望的同時，也盡可能保持最佳品質。品質還是最重要，希望等候是值得的。

對於內容裡事實與虛構資訊有興趣的讀者，可以到我的網站查詢細節，網址是：agriddle.com/pandemic。

也有許多熱心讀者對我過去的作品發表書評，我十分感激。各位的意見是我寫作之路的明燈，我會努力不辜負大家的關注。此外，我也從各種評論中學習到很多，尤其是對我的支持鼓勵，絕對是推動這本小說的能量泉源。

再次感謝各位的閱讀。

注：各種意見及疑問都可以寫信給我（ag@agriddle.com），雖然有時候會花上幾天，但我每封信都會回。

傑瑞・李鐸

致謝

寫書有時候感覺像是乘著聖瑪麗亞號（注）朝新世界航行，雖然手邊有地圖（也就是大綱）、知道大略方向，但實際到達目的之前的過程還是很艱難，無法預知途中天氣變化等等。有時風平浪靜，有時狂風暴雨。我寫作這套書時，就是過著如此變幻莫測的生活，一下大風大浪一下陽光普照。

這也是我第一次感謝與工作不直接相關的人。幾個月前，杜克大學醫院胸肺專科救回了我母親的性命。她還不算康復，雙肺需要進行移植，但與之前相比已見到一絲希望，我想藉此機會對專科醫生團隊和杜克大學醫院全體員工表達謝意。這個經歷呼應了故事中艾利姆．基貝醫師說「希望有強大力量，而人總在可能失去健康時才懂得珍惜。」

以下幾位對本書貢獻良多：

首先感謝我們寶貝女兒的好媽媽安娜，陪伴著我度過人生每一關。

David Gatewood，這位編輯做得太棒了，他的各種建議使這本小說更上一層樓，對細節的講究也免去我在網路被人凌遲（至少能少挨幾頓罵），欲瞭解他的作品可見網站：www.lonetrout.com；Judy Angsten 與 Lisa Weinberg 校閱初稿以後，給了我很棒的建議，也抓出我自己讀一百遍也找不到的錯字。

幾位前期讀者與特定領域專家，提供了許多意見改善了本書內容，包括：Sylvie Delézay, Carole Duebbert, Kathleen Harvey, Fran Mason, 和 Lisa Weinberg。

特別感謝Hannah Siebern，這位朋友是厲害的德文作家，幫我修訂了書中的德語表達。

然後我有很棒的試讀讀者群，多虧他們幫忙，否則我無法跳脫自己的盲點：Lee Ames, Judy Angsten, Jeff Baker, Jen Bengtson, Kari Biermann, Paul Bowen, Jacob Bulicek, Robin Collins, Sue Davis, Michelle Duff, Skip Folden, Kay Forbes, Marnie Gelbart, Lisa Gulli Popkins, Mike Gullion, Aimee Hess, Justin Irick, Ajit Iyer, Kris Kelly, Karin Kostyzak, Matt Lacey, Cameron Lewis, Kelly Mahoney, Nick Mathews, Kristen Miller, Kim Myers, Amber O'Connor, Cindy Prendergast, Katie Regan, Dave Renison, Teodora Retegan, Lionel Riem, Chris Rowson, Andy Royl, John Schmiedt, Andrea Sin clair, Christine Smith, Duane Spellecacy, Phillip Stevens, Paula Thomas, Gareth fturston, Tom Vogel, Ron Watts, Sylvia Webb, 以及 Lew Wuest。

以下這群讀者，則以聰明才智和豐富的好奇心深深激勵了我：Michael Alaniz, Shannon Barker, Roe Benjamin, Matthew Blaquiere, Emily Bristol, Tom Buckner, James Burge, Jim Burns, Sarah Cartwright, Stephania Cheng, Jim Critchfield, Dan Davis, Kevin Davis, Robert Deffbaugh, Norma Fritz, Tim Gallagher, Kelley Green, Corey Guidry, Michael "mooP" Haymore, Jonathan Henson, Brandon

注：哥倫布首航美洲，艦隊三艘船中的旗艦。

Holt, Rodney Keith Impey, Alex Jones, Josh Kling, Louis Laeger, Mark Lalumondier, Logan Lykins, Timothy Mak, Stephen Maxwell, Carrie McNair, Steve McNaull, Henry A. Mitchell III, Elias Nasser, Najar Ramsada, Joshua Ramsdell, Gabriele Ratto, Ryan D. Reid, Ignaty Romanov-Chernigovsky, Mandie Russell Clem, Alfred Sadaka III, John Schulz, Nicolò Sgnaolin, Jack Silverstein, Vojt ch Šimonka, Antonio Sonzini, Josh Sutton, Matt Tobin, Joshlyne Villano, Maegan Washburn, Ryan White, 和 Raymond Yep, Jr。

最重要的依舊是，感謝各位讀者的支持。無論海洋的前方是什麼狀況，我都會堅持下去，現在靠岸停帆便太沒樂趣了。

傑瑞・李鐸

中英名詞對照表

A

al-Shabaab 青年黨

Adam Shapiro 亞當・沙丕洛

Adams 亞當斯

Adelaide 艾德雷

Adeline Andrews
艾德琳・安朱斯

Agnes 艾涅絲

Akia 阿奇亞

Alexei Vasilier
亞列西・瓦西里夫

Alistair Anderson Hughes
亞利斯泰・安德森・修斯

Amy 艾美

Anderson McClain
安德森・麥克廉

Andrea 安潔雅

Andrew Shaw 安德魯・蕭

Andrew Blair 安卓・布萊爾

Arktika 北極號

Arlo 鄂洛

Avery Price 艾芙莉・普萊斯

B

Bancroft 班廓弗

Barrow 巴洛

Beagle 米格魯號

Beatrix McClain
碧翠絲・麥克廉

Bill 比爾

Boxer 拳師號

Brandon 布蘭登

Brittney 布芮妮

Bromitt 布羅米特

Byron 拜倫

C

Carl 卡爾

Cave of Altamira
阿爾塔米拉洞穴

Carl Vinson　卡爾・文森號

Cedar Creek Entertainment
杉溪娛樂

Charles Latham　查爾斯・勒坦

Charlotte Christensen
夏綠蒂・克里斯坦森

Charter Antarctica　南極旅遊

CityForge　城市鍛造計畫

Conner McClain　康納・麥克廉

Cruz Bustamante
克魯茲・布斯塔曼特

D

Dadaab　達達阿布

Dale Epply　德爾・伊普利

David Ward　大衛・沃德

Derek Richard　德瑞克・里查茲

Derrick　德瑞克

Desmond Barlow Hughs
戴斯蒙・巴洛・修斯

Dhamiria　妲米莉亞

E

Edgar　艾德嘉

Edith　艾蒂絲

Edward Yancey　艾德華・楊希

Eleanor　艾琳諾

Elim Kibet　艾利姆・基貝

Elizabeth Bancroft Hughes
伊麗莎白・班廓弗・修斯

Elliot Shapiro　艾略特・沙丕洛

Ernesto　恩聶斯托

Extinction Parks　絕種公園

F

Finney　范尼

Furst　弗斯特

G

Garin Meyer　蓋林・梅爾

Gavin Newsom　葛文・紐森

George　喬治

Gerhardt　格哈特

Goins　葛因斯

Goodwyn　顧文

Grant　葛蘭特

Gray Davis　格雷・戴維斯

Greg　葛雷格

Gretchen　葛瑞琴

Groves　格羅夫斯

Gunter Thorne　岡特・索恩

H

Halima　哈莉瑪

Hannah Watson　漢娜・華生

Hans Emmerich　漢斯・埃莫瑞克

Healy　希利號

Henry Anderson　亨利・安德遜

Herman　赫曼

Huan　阿奐

I

Icarus Capital　伊卡洛斯創投

Ice Harvest　稼冰號

Ingrid　英格麗

Invisible Sun Securities　隱日證券

J

Jackson　傑克森

Jacob Danielson　雅各・丹尼爾森

Jacob Lawrence　杰柯・羅倫斯

Johnson　強森

James Marshall　詹姆士・馬歇爾

Janson Becker　詹森・貝克

Jennifer Nelson　珍妮佛・尼爾森

Jonas　喬納斯

Joseph Ruto　喬瑟夫・魯多

Josh　賈許

Julie　茱莉

K

Keller　凱勒

Kensington　坎辛頓

Kentaro Maru　健太郎丸號

Kenyatta　肯塔雅

Kevin　凱文

Kito　齊托

L

La Brea Tar Pits　拉布雷亞瀝青坑

Labyrinth Reality　迷宮實境

Langford　朗佛德

Lars Peterson　拉爾斯・彼得森

Latham　勒坦

Leslie　萊斯利

Lin Shaw　琳恩・蕭

Looking Glass　魔鏡計畫

Lucas Turner　盧卡斯・特納

M

Madison Shaw　麥迪遜・蕭

Magoro　馬格洛

Mandera　曼德拉

Manfred Jung　曼弗瑞・榮格

Marcia　瑪西亞

Mayweather　梅威勒

Melannie Louis　梅蘭妮・路易斯

Melissa Whitmeyer
梅麗莎・惠麥爾

Mikhailova　米凱洛娃

Millen Thomas　米倫・湯瑪斯

Moore　摩爾

Mullins　穆林斯

N

Nathan Andrews　納坦・安德魯

Nathan Jamison　納桑・傑米森

Neil Ellison　奈爾・埃里森

Nelson　尼爾森

Nia Okeke　妮婭・奧可可

Nigel Greene　奈傑爾・格里尼

Nilats　林達斯

Nimitz　尼米茲號

O

Olivia　奧莉薇

Order of Citium　季蒂昂集團

Orville Thomas Hughs
歐威爾・湯普森・修斯

P

Pablo Machado　帕布羅・馬卡多

Pamela　帕米菈

Paul Kraus　保羅・克勞斯

Pax-Humana Fuond
　和平人道基金

Peachtree Street　桃樹街

Peter Finch　彼得・芬奇

Peterson　彼得森

Peyton Adelaide Shaw
　珮彤・艾德蕾・蕭

Phaethon Genetics　輝騰基因

Phil Steven　菲爾・史蒂文

Phillip　菲利普

Prometheus Technologies
　普羅米修斯科研

R

Rabbit Hole　兔子洞

Raghav　勒格夫

Rapture　昇華極光

Rapture Aurora

Rapture Therapeutics　昇華生技

Red Dunes　紅沙丘

Reeves　里維

Rendition　具現

Rendition Games　具現遊戲

Reyes　雷耶斯

Richard Fergason　理查・費古森

Robert　勞勃

Rodriguez　羅卓戈

Roger　羅傑

Rook　基石

Rook Quantum Sciences
　基石量子

Rose Shapiro　蘿絲・沙丕洛

Ross　羅斯

Rubicon　盧比孔

Ryan Shapiro　萊安・沙丕洛

S

Santillana del Mar　散提亞拿

Samantha Shapiro
　莎曼珊・沙丕洛

Sang-min Park　朴尚民

Sarah　莎拉

Savile Row　薩佛街

BEST 嚴選 116
大滅絕終部曲：未來（完結篇）

原著書名／The Extinction Files
作　　者／傑瑞・李鐸（A. G. Riddle）
譯　　者／陳岳辰
企畫選書人／王雪莉
責任編輯／王雪莉

版權行政暨數位業務專員／陳玉鈴
資深版權專員／許儀盈
行銷企畫／陳姿億
行銷業務經理／李振東
副總編輯／王雪莉
發　行　人／何飛鵬
法律顧問／元禾法律事務所　王子文律師
出版／奇幻基地出版
城邦文化事業股份有限公司
台北市 104 民生東路二段 141 號 8 樓
電話：(02)25007008　傳眞：(02)25027676
網址：www.ffoundation.com.tw
e-mail：ffoundation@cite.com.tw
發行／英屬蓋曼群島商家庭傳媒股份有限公司城邦分公司
台北市 104 民生東路二段 141 號 11 樓
書虫客服服務專線：(02)25007718・(02)25007719
24 小時傳眞服務：(02)25170999・(02)25001991
服務時間：週一至週五 09:30-12:00・13:30-17:00
郵撥帳號：19863813　戶名：書虫股份有限公司
讀者服務信箱 e-mail：service@readingclub.com.tw
歡迎光臨城邦讀書花園　網址：www.cite.com.tw
香港發行所／城邦（香港）出版集團有限公司
香港灣仔駱克道 193 號東超商業中心 1 樓
電話：(852) 2508-6231　傳眞：(852) 2578-9337
e-mail：hkcite@biznetvigator.com
馬新發行所／城邦（馬新）出版集團
【Cite(M)Sdn. Bhd】
41, Jalan Radin Anum, Bandar Baru Sri Petaling,
57000 Kuala Lumpur, Malaysia.
Tel: (603) 90578822 Fax:(603) 90576622
email:cite@cite.com.my

封面設計／朱陳毅
排　　版／極翔企業有限公司
印　　刷／高典印刷有限公司
■ 2019 年（民 108）6 月 27 日初版
■ 2023 年（民 112）5 月 19 日初版 4 刷

售價／ 420 元

]家圖書館出版品預行編目資料

大滅絕終部曲：未來 / 傑瑞・李鐸 (A. G. Riddle)
作 ; 陳岳辰譯 . -- 初版 . -- 臺北市 : 奇幻基地出版 :
家庭傳媒城邦分公司發行 , 民 108.06
面 ; 公分 . -（Best 嚴選 ; 116）
譯自：Genome
ISBN 978-986-97628-5-4(平裝)

874.57　　108007738

BN 978-986-97628-5-4

nted in Taiwan.

廣　告　回　函
北區郵政管理登記證
台北廣字第000791號
郵資已付，免貼郵票

104台北市民生東路二段141號11樓

英屬蓋曼群島商家庭傳媒股份有限公司城邦分公司 收

請沿虛線對摺，謝謝

每個人都有一本奇幻文學的啓蒙書

奇幻基地官網：http://www.ffoundation.com.tw
奇幻基地粉絲團：http://www.facebook.com/ffoundation

書號：1HB116　　書名：大滅絕終部曲：未來（完結篇）

請於此處用膠水黏貼

讀者回函卡

謝謝您購買我們出版的書籍！請費心填寫此回函卡，我們將不定期寄上城邦集團最新的出版訊息。

姓名：______________________　　性別：□男　□女

生日：西元__________年__________月__________日

地址：______________________________

聯絡電話：______________傳真：______________

E-mail ：______________________________

學歷：□1.小學　□2.國中　□3.高中　□4.大專　□5.研究所以上

職業：□1.學生　□2.軍公教　□3.服務　□4.金融　□5.製造　□6.資訊

□7.傳播　□8.自由業　□9.農漁牧　□10.家管　□11.退休

□12.其他______________________________

您從何種方式得知本書消息？

□1.書店　□2.網路　□3.報紙　□4.雜誌　□5.廣播　□6.電視

□7.親友推薦　□8.其他______________________

您通常以何種方式購書？

□1.書店　□2.網路　□3.傳真訂購　□4.郵局劃撥　□5.其他

您購買本書的原因是（單選）

□1.封面吸引人　□2.內容豐富　□3.價格合理

您喜歡以下哪一種類型的書籍？（可複選）

□1.科幻　□2.魔法奇幻　□3.恐怖　□4.偵探推理

□5.實用類型工具書籍

您是否為奇幻基地網站會員？

□1.是□2.否（若您非奇幻基地會員，歡迎您上網免費加入，可享有奇幻基地網站線上購書75折，以及不定時優惠活動：http://www.ffoundation.com.tw/）

對我們的建議：______________________________

____

____

請於此處用膠水黏貼

— the — EXTINCTION FILES